여신
女神

나남
nanam

여 신
女 神

2016년 10월 10일 발행
2016년 10월 10일 1쇄

지은이_ 고승철
발행자_ 趙相浩
발행처_ (주) 나남
주소_ 경기도 파주시 회동길 193
전화_ (031) 955-4601 (代)
FAX_ (031) 955-4555
등록_ 제 1-71호 (1979. 5. 12)
홈페이지_ http://www.nanam.net
전자우편_ post@nanam.net

ISBN_ 978-89-300-0637-8
ISBN_ 978-89-300-0572-2 (세트)

책값은 뒤표지에 있습니다.

나남창작선 137

여신
女神

고승철 장편소설

나남
nanam

소설적 인물,
소설에서 살아나다

1986년생인 육상 영웅 우사인 볼트 선수가 리우 올림픽에서 금메달을 목에 주렁주렁 걸고 "나도 늙었다"며 은퇴할 뜻을 내비쳤다. 만 30세 청춘에! 근육의 순간적인 폭발력을 필요로 하는 단거리 종목이니 그 연령이면 정점(頂点) 이후에 해당된다 하겠다. 이에 비해 중장거리 종목의 선수는 30대 중반까지 베스트 컨디션이 유지되는 편이다.

문학 장르에 이를 원용해보자. 랭보, 이상(李箱)처럼 소년, 청년 때 절정기를 누린 시인들이 있다. 그러나 소설, 특히 장편소설 부문에서는 청소년 작가가 남긴 불후의 명작은 없는 것으로 안다. 소설에 등장하는 여러 작중인물들은 작가가 직·간접적으로 만난 숱한 인간상(像) 가운데 대표인물 아니겠는가. 그런 점에서 장편소설은 삶의 쓴맛, 신맛을 꽤 체험한 40대 이후의 소설가가 써야 제대로 된 작품이 나오지 않을까.

대다수 문인들이 '문학청년' 때 문학, 사랑, 죽음에 대해 지독한 열병

(熱病)을 앓은 데 비해 필자는 무덤덤한 청소년 시절을 보냈다. 중·고교 6년간 한글날마다 열리는 교내 백일장에서 한 번도 입상하지 못했다. 문학 창작은 별나라에서 온 이인(異人)들이나 하는 것이려니 여겼다.

20대 후반, 첫 직업이 신문기자였다. 세인들은 흔히 특이한 일을 보면 "신문에 날 일!"이라 말한다. 그렇다! 평범한 일상은 신문에 나지 않는다. 아침에 일어나 밥을 먹고 출근해서 묵묵히 일하는 '갑돌이'의 범사(凡事)는 언론의 관심 밖이다. '신문쟁이'가 만나는 취재원은 좋은 일의 주인공이나 흉악한 사건의 피의자 등 뭔가 주목을 끄는 인물들이다. 언론은 '사람을 문 개'는 도외시하고 '개를 문 사람'을 조명한다.

사건기자 때다. 고관대작(高官大爵)의 고대광실(高臺廣室)에서 물방울 다이아 등 휘황찬란한 보석을 훔친 대도(大盜)의 얼굴이 내 육안에는 뜻밖에도 선량한 아저씨처럼 보여 의아했다. 세월호 침몰사건 직후 스스로 목숨을 끊은 총수를 필자는 1980년대 초반에 어떤 사건에 대한 의혹을 캐러 찾아간 적이 있다. 그는 신문기자를 기피하기는커녕 환한 웃음으로 맞는 여유를 보여주었다. 인간 행동과 내면세계는 어떤 상관관계가 있을까, 하는 소설적 의문이 생겼다.

경제부에서 일할 때는 거대한 부(富)를 축적한 창업자들과 애국심, 총명한 두뇌, 출세욕 등으로 무장된 엘리트 경제관료들을 적잖이 만났다. 대기업에 월급쟁이로 입사해 '박 터지는' 경쟁을 통해 최고경영자(CEO) 자리에까지 오른 '성공인'들도 경제기자의 주요 취재원이다.

개개인별로 평전(評傳)을 써도 될 만큼 파란만장한 삶을 살아온 인물들이었다.

어느 대북(對北) 사업가와 만날 때였다. 그는 휴대전화를 받고 일어나 잠시 바깥에 나갔다 오더니 "북한 국방위원장(김정일)이 방금 내게 전화를 걸어왔다"고 말했다. 자기 과시용 허풍 같은데 진위(眞僞)를 판별할 길이 없었다. '잡초 인생'을 살았다는 그는 이병주 작 장편소설 《산하》의 이종문 같은 인물로 보였다.

이래저래 스치듯 만난 재벌총수, 정치인, 고위관료, 법조인, 유명학자 등 '잘난' 인물들은 저마다 치열한 욕망 덩어리를 가슴에 품은 자(者)들이었다. 그들의 내밀한 심리를 파악해 야망의 근원을 찾는 것은 소설가적 탐구행위였다.

세월이 흘러 필자가 언론계를 떠날 무렵, 이런 개성 강한 인간 군상(群像)을 소설의 전형(典型) 인물로 그리고 싶었다. 《임꺽정》이나 《수호전》에 등장하는 호걸, 방외(方外)지사, 기인 등의 현대 한국판 인물들을 내 눈으로 봤으니 어찌 소설로 되살리고 싶지 않겠는가. 물론 '튀는 인물'의 행적을 그대로 옮긴다 해서 소설이 되지는 않는다. 현실 인물은 미학적 변환과정을 거쳐야 작중인물로 탄생한다.

늘그막에 문학에 입문한 게 다행이었다. 이런 경험적 자산이 없이 열정만으로 문학청년 시절을 보냈다면 골방에 쪼그리고 앉아 재능의 한계를 통탄하며 얼마나 고뇌했겠는가.

《여신》은 '행운의 여신'처럼 필자에게 나타난 작품이다. 온라인 연재

소설 집필을 청탁받아 〈동아닷컴〉에 2016년 5~9월 주 1회 띄운 연작 소설 20편이다. 연재하는 동안 독자들에게서 민망할 정도로 과분한 칭찬을 받아 낯이 뜨겁다. 내용 일부는 필자가 2013년에 낸 장편 《소설 개마고원》에서 모티브를 따왔다.

《여신》의 단점은 평범한 일상을 살아가는 '갑돌이'와 '을순이'가 거의 등장하지 않는다는 점이다. 그런 성실한 민초(民草)들의 애잔한 이야기는 다른 정통파 소설가에게 맡긴다.

인터넷 연재물을 종이책으로 만들면서 다시 세심한 손질을 가했다. 모쪼록 독자들이 이 책을 읽고 흥미, 감동, 교양 등 3마리 토끼를 한꺼번에 잡기를 기대한다.

2016년 9월 한가위, 한반도 평화를 기원하며

고승철

여
신
女
神

탁종팔	'서울 돈키호테'라 불리는 부초그룹 및 부초미술관 창립자. 젊은 시절 영화관 간판화가로 일하다 명화를 위조하기도 함.
장다희	명품가게를 운영하다 부초미술관 관장으로 발탁된 언어의 천재. 탁종팔 회장의 수양딸. 사회 변혁을 꿈꾸는 '흙수저' 출신의 야심가.
민자영	룸살롱 마담 출신자로 미모와 예지력이 뛰어남. 환생한 명성황후로 여겨짐.
마동출	미국 MIT 공학박사. 장인 탁종팔 회장의 기업을 물려받은 경영인. 마라도나처럼 축구 재능이 탁월함.
도민구	테너 성악가였으나, 무대를 떠나 로마에서 한식당 경영. 장다희가 전수학교 다닐 때 음악 강사로 일함.
갈용소	S대 의대 교수. 서양의사 갈레누스 연구자.
탁하연	탁종팔 회장의 외동딸. 강남 사교계의 마당발 여성.
무기고	이탈리아 열혈청년으로 마피아 타도가 인생 목표.
소피아	'전설의 여기자' 오리아나 팔라치를 사숙하는 이탈리아 여기자.
줄리아	이탈리아 고(古) 미술계 명문가 후손. 부초미술관 큐레이터.
마르티노	이탈리아의 재야 역사학자. 갈용소 교수와 친교.
오범선	문화재 밀매 거간꾼인 재일교포. 일본 협객계의 전략가.
채봉우	영화배우 출신. 연예사업으로 성공한 재력가.

12

아! 이탈리아!

제1부

얄미운 X

중견그룹 총수의 부인 탁하연 여사는 '강남 사모님 사교계'에서 '얄미운 X' 또는 '부러운 X'으로 알려진 여성이다. 한때 유행하던 '얄미운 X' 시리즈의 주인공처럼 탁 여사는 공부를 못했어도 명문학교를 나왔고, 아들·딸도 일류대학을 다닌다. 요란스럽게 다이어트나 필라테스 따위의 운동을 하지 않아도 몸매는 '몸짱 아줌마'처럼 날씬하고, 보톡스 주사를 맞지 않아도 피부는 탱탱하며, '아리수'만으로 세수해도 얼굴엔 '물광(光)'이 번쩍인다.

탁 여사의 친정아버지는 영화관, 미곡상, 주유소, 버스회사 등 주로 현금을 받는 업종에서 떼돈을 벌었다. 어린 시절 탁 양은 아버지가 밤마다 농협 쌀자루에 담아온 현금 뭉치를 엄마와 함께 100장씩 묶어 돈 다발을 만드느라 졸음과 싸워야 했다. 은행 마감 이후에 번 돈이 그 정도이니 은행에 예치한 뭉칫돈은 얼마나 많겠는가.

탁 양이 고액권 몇 장을 슬쩍 감추어도 아무런 표시가 나지 않았다. 그녀는 학교 매점에서 꽈배기, 찰떡, 라면땅 등을 사서 친구들에게 마구 나눠 주었다. 하교 후엔 제과점에 친구들을 무더기로 데려가서 팥빙수, 소보로빵 등을 실컷 사 먹이고 아버지 소유의 극장에서 영화도 공짜로 보여주었다. 탁 양은 초, 중, 고교 내내 전교 학생회장을 지냈다.

'콩나물값 깎지 마라!'
탁하연 양의 아버지인 탁종팔 회장이 내세운 가훈(家訓)이다. 유치하다는 가족들의 지적에 대해 아버지는 빙그레 웃으며 말했다.
"내하고 거래하는 모든 사람한테 이익을 줘야 하겠다, 이기(이것이)
내 철학이다! 콩나물값 깎아봐야 몇 푼 되겠노? 우리 종업원 월급봉투,
다른 회사보다 두어 배 두툼한 기라. 그라이께 유능한 인재들이 우리
회사로 구름같이 몰려든다 앙이가? 사람들은 돈 벌기가 에렙다(어렵다)
하면서 애낄라꼬만(아끼려고만) 하는데 넘한테 이롭게 해봐라, 더 큰
돈이 자꾸 들어온다, 이기라(이것이라)! 절약하모(하면) 가난은 멘(면)
하겠지만 부자는 될 수 없는 기라!"
아버지는 일제시대에 《훈민정음 해례본》 원본을 부르는 가격보다 10
배나 비싸게 주고 산 간송 전형필 선생의 사례에서 큰 깨달음을 얻었다
했다. 국보에 대해 제대로 대접하자면 그 돈을 주어야 마땅했으리라.
그 일화가 알려지자 문화재 거간꾼들은 좋은 물건이 나오면 간송에게
다투어 달려갔다고 한다. 아버지도 거래 상대방에게 항상 값을 후하게
치렀다. 아버지와 거래하려는 사업자들이 언제나 줄을 이었다. 소비자
에겐 경쟁업자보다 한 푼이라도 싸게 팔았다.

탁 양이 고2 때 학교 성적이 밑바닥이어서 번듯한 대학에 가기 어렵다

고 낙담하자 낙관주의자인 아버지는 딸의 어깨를 툭툭 두드려주었다.

"우리 이뿐 딸내미가 와 그리 울상이고? 이 아부지가 길을 찾아볼 낑게 찌푸린 얼굴 활짝 펴봐라!"

아버지는 S대 수석합격자를 탁 양의 가정교사로 모셔왔다. 홀어머니 슬하에서 자란 그 대학생 마동출 군은 신문에 인터뷰 기사가 큼직하게 난 '유명인사'였다. 마 군은 탁 양의 수학 실력을 점검해 보고 경악했다. 더하기, 빼기, 나누기, 곱하기가 탁 양 수학세계의 전부였다. 2차 방정식은커녕 인수분해도 언감생심이었다.

"그딴 복잡한 수학, 배워서 뭐해요?"

탁 양의 수학무용론에 대한 신념은 확고했다. 고교 때 이미 대학 교재 '미적분학'을 흥미진진하게 독학했던 마 군의 눈에 탁 양은 외계인으로 비쳤다. 탁 양의 눈에도 마 군이 'ET'처럼 보였다.

돌파구는 예체능계였다. 그러나 음악, 미술, 체육 어느 분야에도 별다른 재능이 없는 탁 양은 이 돌파구로도 나갈 수 없었다. 그녀의 어머니가 해결책을 찾아왔다.

"하프 배워볼래?"

음악대학에 하프 전공자를 1명 뽑는데 지원자가 거의 없어 원서만 내면 합격한단다. 하프는 값이 엄청 비싼 데다 운반전용 차량까지 있어야 하기에 재력가 자녀가 아니면 엄두를 못 내는 악기다. 탁 양은 부모의 재력, 정보력 덕분에 '학교 종이 땡땡땡 …' 정도 연주하는 실력만으로도 당당히 합격했다.

탁 양은 신입생 때 벚꽃 필 무렵 미팅에서 만난 S대 사회계열 남학생과 한때 달콤한 연애기간을 보내기도 했다. 키가 크고 눈썹이 짙은 그 미남형 청년과의 사랑은 여름쯤에 끝났다. 청년이 탁 양을 찼다. 탁 양이 음대생이라기에 청년은 쇤베르크, 슈톡하우젠 등 현대음악의 거장에 대해 자꾸 이야기했다. 탁 양은 처음 들어본 이름이라 눈만 껌벅거렸다. 청년이 함석헌, 로자 룩셈부르크를 들먹이자 탁 양은 목젖이 보일 만큼 크게 하품을 했다.

외모가 연예인급인 탁하연은 숱한 청년들로부터 구애를 받았다. 그러나 그들 대부분은 탁하연의 눈에는 '찌질남'일 뿐이었다. 탁하연이 사귀고 싶어 하는 '훈남' 청년들은 반대로 그녀를 외면했다. 대학을 졸업하고 결혼적령기를 살짝 넘긴 그녀의 고민을 해결해준 구원 투수도 역시 아버지였다.

"마동출 군 기억 나제? 니 가정교사 했던 수재…."

"기억나다마다요. 그 똥자루…."

"똥자루? 그 무신 소리고?"

"김정일처럼 생겼잖아요. 몸통은 땅딸막하고 대가리는 큼직하고…."

"허허, 이 가시나가 말버릇이 와 그 모양이고? 길게 말할 거 없다. 니 신랑감이다!"

탁하연은 일생일대의 결단을 내려야 했다. 아버지가 천거한 신랑 후보 마동출에 대한 장단점이 머릿속에 일목요연하게 그려졌다. 먼저 단점부터 떠올랐다. 무엇보다 못생긴 용모가 싫었다. 어쩌면 김정일처럼 머리칼까지 곱슬머리일까. 쌍꺼풀 진 큼직한 눈은 두꺼비 눈 같아 마주치기조차 싫었다. 한미한 집안 출신이라는 점도 켕겼다. 홀어머니마저 별세해 혈혈단신이란다. 하고많은 직장 가운데 아버지 회사에 들어온 것도 거슬렸다. 장점에 대해서는 아버지가 열거했다.

"부부끼리 살다 보모(보면) 외모는 안중에도 안 들어온데이. 니 눈에는 똥자루로 보인다 카지만 내 눈에는 나폴레옹인데 … 키는 작아도 영웅 앙이가? 마 서방은 머리도 천재지만 힘이 장사라! 김정일은 살퉁이지만 마 서방은 근육덩어리야. 우리 회사에 들어온 건 니도 짐작하겠지만 내 후계자로 키워볼라꼬 … ."

"후계자라뇨?"

"내가 천년만년 사는 것도 앙이고 … . 니가 무남독녀잉께 사우(사위)한테 구릅(그룹)을 맡겨야제. 마 서방을 오래 지켜보니 믿을 만한 사람잉 기라. 부모도 안 계시니 데릴사우 아잉가베? 니도 샤베(시아버지), 쇼메(시어머니) 수투레스(스트레스) 없으이 더 좋은 거 앙이가?"

어머니도 아버지에게서 세뇌되었는지 맞장구쳤다. 부모님은 마동출을 벌써부터 '마 서방'이라 부르며 사위로 기정사실화하려 했다.

"2세를 생각해 봐라. 남편감은 뭐니 뭐니 해도 머리 좋은 사람이 최고인 거야. 마 서방은 S대학 수석합격자 아니냐? 우리 회사 장학금으로 미국 MIT에서 박사 학위도 받았고."

탁하연은 2세와 관련해서 '최선', '최악', 이 두 단어가 떠올랐다. 최선은 아이들이 머리는 아빠, 외모는 엄마를 닮는 것이다. 최악은 그 반대 … . 그러니 절체절명의 용단이 필요하지 않겠는가. 모 아니면 도. 위험한 도박이었다.

탁하연은 고심 끝에 부모님 제안을 받아들였다. 그러나 마동출과의 권력관계를 미리 설정해야겠다고 다짐했다. '가정교사 남편-제자 아내' 부부들은 대체로 아내가 평생 짓눌려 산다는 사례를 익히 알기 때문이다. 남편의 뇌리엔 늘 '돌대가리 제자'가 자리 잡고 있잖겠는가.

결혼식을 앞두고 뜻밖에도 마동출이 먼저 협상 카드를 꺼냈다.

"민망한 부탁이지만 … 결혼식장에서 딱 하나만 부탁할게. 이것만 들어주면 평생 당신에게 순종할게."

남편이 아내에게 '순종'한다니? 탁하연은 자기 귀를 의심했다.

"무슨 부탁?"

"음 … 자기는 플랫 슈즈, 나는 키높이 구두를 신는 것 … ."

'똥자루' 마동출은 '쭉쭉 빵빵' 탁하연이 하이힐을 신을 상황이 두려웠다. 탁하연으로서는 묘한 일이었다. 그 제의를 받기 전에 그렇잖아도 그런 모양새를 구상했다. 신부보다 키가 작은 신랑과 웨딩마치를 한다는 것이 자기로서도 '쪽팔렸기' 때문이다.

"좋아요."

신랑과 대등한 권력관계를 요구할 참이었는데 신랑이 먼저 백기 투항하는 바람에 주종(主從) 관계를 간단히 확보했다.

세월이 흘러 마동출은 장인의 회사들을 물려받아 탄탄한 중견그룹으로 성장시켰다. 업종도 IT, 화학 등으로 다각화했다. 자녀들은 탁 여사가 거둔 최대의 도박 성공사례였다. 두뇌는 아빠를 닮아 IQ 160~170, 얼굴과 몸매는 엄마를 닮아 연예인급이다. 아들과 딸은 과외 한 번 받지 않고도 각각 D외고, S과학고를 최상위급으로 졸업하고 S대 수시전형에 합격했다. 아들은 경영학과, 딸은 기계항공공학부에 다닌다. 그러니 탁 여사가 사교계에서 '얄미운 X'이란 질시를 한 몸에 받지 않겠는가.

탁 여사는 중년에 접어들었어도 여전히 '쭉쭉 빵빵'이다. 여성연기인이자 모델인 차예련을 닮았다는 이야기를 자주 듣는다. 청담동 미용실에서는 별명이 '차예련 언니'이다.

'명품 숍' 밀라노 부티크 장다희 대표가 2015년 2월 초 탁하연 여사에게 〈더 테너 - 리리코 스핀토〉라는 영화를 꼭 보라고 추천했다. 배재철이라는 테너 성악가의 굴곡 많은 삶을 영화화한 것이란다. 유럽 무대를 휩쓸던 '차세대 파바로티'가 갑상선암에 걸려 수술을 받은 후 목소리를 잃었다는데 …… .

"영화에서 부인 역으로 나오는 차예련이 여사님과 흡사하다는 사실을 다시 확인했답니다."

"그래? 그렇잖아도 그 영화 본 몇몇 사람이 내게 그 말을 하더라구."

"남자 주연 유지태 …… 정말 멋지더군요. 내면 연기, 외모, 노래 솜씨 모두가! 스토리, 음악, 영상미학 등 모든 면에서 대단한 명화예요."

"유지태? 내가 좋아하는 배우인데 …… ."

며칠 후 설 연휴 때 탁 여사는 남편 마동출 회장에게 오랜만에 영화를 보러 가자고 했다. 남편은 운전기사도 없는데 뭘 타고 영화관에 가느냐는 둥 가지 않을 구실을 찾는 눈치였다. 그럴 때마다 그녀는 장난기 가득한 웃음을 띠며 남편에게 말한다.

"순종!"

이 한 마디만 하면 남편은 피식 웃으며 꼬리를 내린다. 그날도 마 회장은 즉각 승용차 운전대를 손수 잡았다. 영화관은 이수역 부근의 어느 빌딩 꼭대기 층에 있었다. 자그마한 독립영화관이었다.

'100년에 한 번 나올 목소리'라는 찬사를 들은 테너에게 어느 날 청천벽력 같은 시련이 닥친다. 수술 끝에 목소리와 오른쪽 폐 기능을 잃은 것. 방황하던 그에게 일본인 음악기획자가 나타나 재활 수술을 권한다. 성공가능성이 매우 낮은 수술을 일본인 노(老) 의사가 이뤄낸다. 목소리를 겨우 되찾은 주인공은 화려한 기교는 없어도 삶을 관조한 자세로 재기의 무대에 선다. 잔잔한 성조로 부르는 〈어메이징 그레이스〉….

과연 명화였다. 영화를 보는 내내 가슴이 벅차고 눈물이 흘러나왔다. 여배우 차예련에 빙의되어 영화 속으로 자기 몸이 빨려든 것 같았다. 주인공 역인 유지태의 짙은 눈썹과 훤칠한 몸에서 얼핏 대학생 시절 잠시 사귀었던 S대 사회계열 남학생의 인상이 어른거렸다.

영화가 끝나고 남편에게 감상을 물었다.

"여배우가 당신 닮았더군."

남편은 건조하게 그렇게 대답할 뿐이었다. 탁 여사의 눈물로 범벅이 된 얼굴을 본 남편은 '웬 과잉반응이냐?'는 투로 쏘아보았다. 그러거나 말거나 아랑곳없이 그녀는 이 명화가 왜 흥행에 실패했는지 이해할 수 없다, 한국 관객의 수준이 한심하다, 스크린 배정 시스템에 문제가 있다는 둥 말을 이었다.

탁 여사는 집으로 와서 차례상에 올렸던 전, 밤, 대추 등 안줏거리를 놓고 남편과 마주 앉아 와인을 마셨다. 오디오에서 푸치니 작곡 오페라 〈투란도트〉의 아리아 〈공주는 잠 못 이루고〉(Nessun Dorma)를 크게 틀어 감상하며 …. 아까 영화에서 주인공이 부른 노래다.

"여보, 영화 만든 김상만 감독과 주연배우 유지태 씨, 차예련 씨 … 언제 한번 저녁 식사 초대하면 어때요?"

"뭐라구?"

마 회장은 탁 여사의 말을 못 알아들은 체했다. 영화인들과 얼굴을 마주한다는 게 도무지 어색해서 ….

"기업인들이 예술가들을 후원하는 … 메세나? 당신도 메세나 활동을 좀 해봐요!"

"공돌이 출신인 내가 무슨 그런 활동을 … 송충이는 솔잎을 먹어야 지."

탁 여사는 일밖에 모르는 남편의 이런 면이 좋기도 하고 답답하기도 했다. 그러나 이번만큼은 물러설 수 없었다. 언젠가 〈미녀와 야수〉라는 영화를 보러 가자고 했더니 이 핑계, 저 핑계 대며 한사코 발뺌했다.

"영화 제목이 너무 노골적 아냐?"

마 회장이 그렇게 말한 것은 '미녀 = 탁 여사', '야수 = 마 회장'이라는 등식을 염두에 두고 한 언급이리라. 탁 여사는 그런 남편을 너무 윽박지르는 것 같아 그 영화 관람은 그만두었다. 그러나 유지태, 차예련 초청 건은 양보하고 싶지 않았다.

"순종!"

탁 여사는 남편 눈을 응시하며 목소리를 높였다. 마 회장은 울상을 짓더니 고개를 끄덕였다. 탁 여사는 연예계 사정에도 밝은 밀라노 부티크 장다희 대표에게 저녁 만남 주선을 부탁할 참이었다. 그러나 몇 달이 지나도 성사되지 않았다. 남편이 해외출장을 간다느니, 주주총회 준비를 한다느니 하며 요리조리 빠져나갔기 때문이다.

탁 여사가 남편이 기피하는 이유를 파악한 것은 남편이 메모지에 낙서한 글씨 때문이었다. 거기엔 '유지태 188'이라 쓰여 있었다. 인터넷에 검색해 보니 모델로도 활동하는 유지태의 신장이 188cm였다. 남편은 자기보다 키가 20cm가 더 큰 유지태와 함께 서기 싫었던 것 아닐까. 남편의 심경을 간파한 그녀는 더 이상 채근하지 않았다. 남편의 기를 꺾어 좋을 일이 뭐 있겠는가, 하는 양처(良妻) 본성이 발동한 것이다.

마동출 회장은 새벽 4시에 일어나 집으로 배달된 신문 5종을 훑어본 다음 하루 일과를 시작한다. 종이신문을 펼쳐 읽어야 뉴스의 경중(輕重)을 판단할 수 있고 세상 흐름을 일목요연하게 파악할 수 있다는 경험칙 때문이다.

2016년 5월 16일 새벽에도 평소처럼 혼자 서재에서 커피를 마시며 신문을 읽던 마 회장은 〈D일보〉에 전면(全面) 인터뷰로 보도된 성악가 배재철 기사를 발견하고 벌떡 일어섰다. 신문을 들고 침실로 들어가 쿨쿨 자고 있는 아내의 얼굴에 들이대며 아내를 깨웠다.

"여보! 당신이 존경하는 배재철 테너 인터뷰가 나왔네! 우리 배재철 테너 부부를 저녁식사에 초대하기로 했지?"

"예? 배재철이 아니라 유지태, 차예련 아녜요?"

"영화배우보다 오리지널인 배재철 테너를 만나는 게 더 좋지 않겠어? 마침 이 인터뷰를 진행한 박용 경제부 차장도 내가 아는 분이네. 부부 모두 음악애호가이지. 그분께 부탁해서 배 테너 부부와 저녁 자리를 마련할게요."

24

마라도나 vs 꼬라도나

마동출 회장은 밀라노에서 열리는 공작기계박람회를 둘러보려 이탈리아에 왔다. 원래는 CTO(기술담당 대표)가 가기로 했으나 마 회장의 부인 탁하연 여사가 하도 이탈리아를 자주 들먹이기에 '나도 이참에 이탈리아 구경 한번 해보자!'며 서둘러 출장을 떠났다.

'떡 본 김에 제사 지낸다'는 속담처럼 밀라노에 살고 있는 MIT 대학 동창생 볼타 박사도 만나기로 미리 약속을 잡았다. 건실한 기계업체를 경영하는 그는 '볼타 전지'를 발명한 알레산드로 볼타의 후손이라는 사실에 무척 자부심을 가진 친구였다. 전압을 나타내는 볼트(Volt)는 '볼타'에서 유래했다. 세계적인 물리학자 페르미 박사도 외가 혈통의 어르신이란다.

"꼬라도나! 오랜만이군. 2002년 월드컵대회 때 서울에서 만났으니 14년이 되었군. 세월이 참 쏜살같이 빨리 흐르네."

"볼타! 자네, 날렵한 몸매는 여전하군!"

'꼬라도나'는 마 회장의 별명이다. 마 회장이 전설적인 축구선수 마라도나처럼 땅땅하고 가슴이 두꺼운 체형인 데다 축구 실력도 거의 프로 급이어서 그렇게 불렸다. '꼬레아 + 마라도나'의 합성어이다.

1993년 가을에 '공과대학의 최고봉'이라는 미국 MIT에 유학 간 한국 청년 마동출은 영어가 달려 애를 먹었다. 기숙사 룸메이트인 이탈리아 청년 볼타도 영어가 서툴기는 마찬가지였다. 영어 스트레스를 푸는 데는 축구만큼 좋은 운동이 없었다. 마동출과 볼타는 모두 축구광이었다.

미국에서는 미식축구와 야구가 '국민 스포츠'였고 사커(축구)는 변방 종목이었다. 한국과 이탈리아에서는 축구가 '국민 스포츠' 아닌가. 두 청년은 축구 덕분에 의기투합했고 한국, 이탈리아 유학생들을 중심으로 축구 동아리를 만들어 주말이면 잔디밭을 누볐다.

MIT, 하버드, 보스턴 대학 등 보스턴 지역의 유학생들끼리 한·이 (伊) 축구경기를 펼치기도 했다. 마동출은 한국팀의 주 공격수, 볼타는 이탈리아팀의 최종 수비수여서 서로 몸을 부딪칠 때가 잦았다. 공중 볼을 차지하려 점프하다 마동출의 정수리가 볼타의 아래턱을 강타한 적도 있었다. 볼타는 학처럼 목이 긴 장신 체형이었다. 한국팀이 대체로 3번에 2번꼴로 이겼다. 승리요인은 마동출의 정교한 슈팅 덕분이었다.

마동출이 고2 때의 일이다. 전국 4강에 드는 축구부가 있는 학교여서 운동장은 늘 축구선수들이 활개 치는 공간이었다. 어느 날 수업이 끝나고 하교하던 마동출은 운동장에서 '대통령금배 고교축구대회'를 앞두고 맹연습하는 축구선수들이 눈에 띄자 문득 공을 차고 싶다는 욕구가 꿈틀거렸다.

"야! 꼬마야! 공, 이리로 차!"

터치라인 밖으로 공이 날아가자 축구부원 누군가가 마 군에게 이렇게 외쳤다. '꼬마'라고 불렸기에 순간적으로 기분이 나빴지만 발 앞에 공이 다가오자 그런 불쾌감도 잊고 공 중앙부를 정확하게 찼다. 논스톱 발리킥이었다.

"골인!"

라인 밖 사각지대에서 찬 공이 골문을 뚫다니! 마 군은 스스로도 놀랐다.

축구감독이 마 군을 불러 킥 테스트를 했다. 마 군은 바나나킥, 오버헤드킥, 캐넌 슛 등 다양한 킥의 마술을 선보였다. 감독의 눈에서 빛이 번쩍였다.

"축구부 당장 들어와!"

감독과 코치는 마 군의 어머니를 불러서 설득했다.

"소질이 보이니 축구 시키세요. 우승, 준우승 하면 고대, 연대 입맛대로 갈 수 있습니다. 차범근, 허정무… 고대, 연대 출신이죠."

어머니는 황소고집을 부리며 끝내 반대했다. 마 군의 아버지가 H은행 소속 축구선수였는데 아킬레스건을 다쳐 20대 중반에 은퇴하고 울화병으로 일찍 저세상으로 간 트라우마 때문이었다. 어머니는 감독에게 당당하게 말했다.

"감사합니다만, 공부로도 일류대학에 갈 수 있으니 염려 마세요. 지금 전교 1등이에요."

마 군은 어머니 기대 수준을 넘어서 S대학교 자연계 수석합격이라는 쾌거를 이루었다. '과학 영재' 출신답게 마 군은 공을 찰 때 베르누이 정리, 마그누스 효과 등 물리학 이론을 응용한다. 킥 순간에 강약, 방향을 컴퓨터처럼 순간적으로 머릿속에서 계산해 발동작을 조절하는 것이다. 그러니 적어도 킥 실력만큼은 웬만한 프로선수를 뺨쳤다.

키는 작지만 탄탄한 하체를 바탕으로 한 서전트 점프력이 농구선수급이어서 제공권 다툼에서도 장신선수들에게 밀리지 않았다. 90분 내내 뛸 수 있는 지구력은 갖추지 못해 후반전에서는 허덕거리는 게 큰 약점이었다.

마 군은 대학에 들어가서 '총장배 쟁탈 축구대회' 등 교내외 아마추어 대회에서 군계일학의 기량을 발휘했다. 심심찮게 해트트릭을 기록했고 MVP로 뽑히지 않으면 그게 이상할 정도였다.

마동출이 유학 온 이듬해인 1994년에 들어서자 미국에서도 축구 열풍이 불기 시작했다. 여름에 열리는 미국 월드컵 축구대회 덕분이었다. 언론에 축구 소식이 자주 보도되었고 동네 잔디밭에서 '사커'를 즐기는 청년들이 간간이 눈에 띄었다. 한·이 유학생 축구대회도 주말마다 벌어졌다.

마동출은 지구력을 늘리려 룸메이트 볼타와 함께 한동안 새벽마다 보스턴 시내를 달렸다. 장거리 달리기에서는 볼타가 훨씬 뛰어났다. 심폐기능이 탁월한 볼타는 MIT 교내 육상대회에서 1만 미터, 5천 미터 종목에서 입상하기도 했다. 볼타는 내친김에 1994년 4월에 열리는 보스턴 마라톤대회에 참가하려고 토요일이면 장거리 달리기에 몰두했다. 그럴 때 마동출은 자전거를 타고 볼타 옆에서 달리며 보스턴 교외 풍경을 구경했다.

"꼬레아노 (한국인) 들은 마라톤도 잘하는가 봐?"

"1936년 베를린 올림픽에서 손기정이라는 선수가 금메달, 1992년 바르셀로나 올림픽에선 황영조 선수가 금메달을 땄지."

"민계식 … 꼬레아노 선수, 알아?"

"MIT에서 박사학위를 받은 한국인 선배인데 … 자네가 어떻게 민 박사 이름을 기억하는가?"

"MIT 육상선수들에겐 신화적인 인물이야. 1만 미터, 5천 미터 교내 대회에서 불멸의 기록을 세웠어. 전문선수급 기록이지!"

마동출은 민계식 박사가 '육상 천재'라는 소문은 들었지만 그렇게 유명한 줄은 몰랐다. 볼타에게서 그 이야기를 들은 김에 민 박사에 대해 알아봤더니 과연 놀라운 인물이었다.

경기고, 서울대 조선공학과 졸업. 미국 MIT 공학박사. 1966년 10월 30일에 열린 9·28 서울 수복 기념 국제 마라톤대회 7위 입상 (2시간 23분 48초).

인천~서울 구간의 이 대회에 참가한 당시 세계 최고의 마라토너인 아베베 선수는 1960년 로마 올림픽에서 맨발로 달려 우승해 '맨발의 아베베'라는 별명을 얻은 세계적인 스포츠 영웅이었다. 1964년 도쿄 올림픽에서도 금메달을 딴 아베베는 1966년 서울대회에서도 2시간 17분 04초 기록으로 우승했다.

민계식은 서울대 공대 학생일 때 아베베와 같은 주로에서 달려 상위 입상한 것이다. 체계적인 훈련을 받지도 않은 아마추어 달림이가 그렇게 좋은 성적을 냈으니 전문 육상인들도 깜짝 놀랐다. 국가대표 선수로 발탁돼 합숙훈련을 받으려다 아버지의 반대로 전문선수 길은 포기했다.

마동출은 자기도 전문 축구선수의 길로 갔으면 어느 수준에 도달했을까, 상념에 젖었다.

1994년 4월 어느 날 마동출은 여느 때처럼 자전거를 몰고 기숙사를 나왔다. 불타가 달릴 보스턴 마라톤대회 코스를 미리 점검하는 훈련이었다. 이른바 '심장 파열 언덕'이라는 곳을 지나다 마라톤코스를 답사하는 황영조 선수를 만났다. 1992년 바르셀로나 올림픽 마라톤에서 몬주익 언덕길을 힘차게 달려 경쟁자들을 따돌리고 금메달을 목에 건 영웅!
"꼭 우승하세요!"
마동출은 황영조 선수에게 이렇게 덕담을 건넸다. 케냐, 에티오피아 선수들이 세계의 유명 마라톤대회에서 상위 입상을 휩쓴 지 오래되었다. 보스턴대회는 한국과도 인연이 깊다. 1947년 대회에서 서윤복 선수가 우승했고 1950년 제54회 대회에서는 한국선수들이 1위(함기용), 2위(송길윤), 3위(최윤칠)를 '싹쓸이'했다.

1994년 4월 19일 열린 보스턴 마라톤대회에서 마동출은 보스턴 도심에서 멀리 떨어진 웰즐리 여자대학 앞에까지 가서 응원했다. 여대생들이 비키니 차림으로 나와 응원한다는 풍문을 듣고 '눈요기'라도 할 겸 해서 왔는데 과연 10여 명의 여학생들이 그런 복장으로 나왔다. 그녀들은 'Kiss Me!' 따위의 글을 쓴 종이판을 흔들며 환호했다.
마동출은 선두그룹에서 달리는 황영조, 이봉주 선수를 발견하고는 목이 터져라 외쳤다.
"파이팅 황영조! 힘내라 이봉주!"

전문선수들이 지나간 후 한참을 있다가 아마추어 달림이들이 무더기로 몰려왔다. 볼타도 그 무리 속에 보였다. 이 대회에서 황영조 선수는 2시간 8분 9초라는 한국 최고기록을 세우며 4위로 들어왔다. 이봉주 선수는 11위(2시간 9분 7초)를 차지했다.

볼타의 기록은 2시간 59분 33초. 아마추어 마라토너로서는 3시간 이하의 대기록인 '썹(sub) 3'을 이룬 것이다.

볼타와 함께 완주 축하 점심을 보스턴 시내 맥도널드에서 먹고 기숙사로 돌아온 마동출은 관리인에게서 메모 쪽지를 건네받고는 부리나케 택시를 탔다. 공항 부근에 있는 힐튼호텔로 급히 오라는 내용이었다. 발신인은 미국 유학 장학금을 제공하는 탁종팔 회장.

"고생 많제? 용돈은 안 모자라고?"

"회장님 덕분에 아무 불편 없이 공부 잘 하고 있습니다."

"우야든동(어쨌든) 묵는 것도 잘 챙기(챙겨) 묵고!"

"예! 어쩐 일로 보스턴에 오셨습니까?"

"마라톤대회 후원 쪼매이 한다꼬 … 한국에서 사업 하다 보모(보면) 이런저런 인연으로 서포처(스포츠) 돕는 일에 끼어들게 되능 기라."

"보람 있는 일이지요."

"자네, 기말고사 운제(언제) 끝나노?"

"6월 22일입니다."

"그라모(그러면) 잘 됐다!"

탁종팔 회장은 6월에 미국에서 열리는 월드컵 축구대회도 후원한다고 했다. 그때는 도저히 미국에 올 짬을 내기 어렵다면서 한국팀 대(對)

독일팀 경기 관람권 2장을 꺼냈다.

"경기가 텍사스 달라스에서 6월 27일 열린다는데 … 보스턴에서 엄청 먼 데 앙이가? 비행기 값을 줄 낑게 머리 식힐 겸 해서 구경하고 오시게."

탁 회장은 두툼한 돈봉투를 마동출의 손에 쥐어 주었다.

"회장님께 해드린 것도 없는데 … ."

"자네가 우리 딸내미 가정교사 할 때 마음고생 심하게 한 거, 다 안다. 그리고 에무아이티(MIT)에서 공부 마치고 우리 회사 들어와서 도와주모 될 거 앙이가?"

봉투에 든 돈은 백 달러짜리 지폐 50장이었다. 유학생 용돈으로는 거액이었다. 마동출은 탁 회장이 자신의 어깨를 두드리며 격려한 말이 귀에 내내 맴돌았다.

"코쟁이들한테 기죽지 말고! 세계 각국에서 온 유학생 가운데 똘똘한 놈들 보이모(보이면) 밥도 술도 팍팍 사 멕여서 자네 사람으로 만들게. 이 친구들이 앞으로 세계 기술계 이끌어갈 인재 아잉가베?"

기숙사에 돌아와 은색 홀로그램 무늬가 번쩍이는 월드컵 입장권을 볼타에게 보여주었더니 눈이 휘둥그레진다.

"볼타? 이것 구경하러 댈러스에 갈까?"

"정말? 와우!"

기말고사가 끝나던 날 마동출과 볼타는 허름한 승용차를 빌려 머나먼 서부행 여행을 나섰다. 보스턴에서 텍사스 주 댈러스까지 가는 데이틀 반이 걸렸다. 운전은 교대로 했다. 숙박은 고속도로 인근의 '데이인'(Day Inn) 같은 대중 모텔에서 해결했다.

"이탈리아와 미국 생활 비교해서 불편한 게 뭔가?"

"유럽에서는 고속도로에서 시속 2백 킬로로 달려도 별 문제가 없어. 미국에서는 제한속도가 대체로 55마일이잖아. 88킬로? 이탈리아에 비하면 굼벵이 속도이지. 그리고 거리를 킬로 대신 마일로 표기하는 것도 생소해. 무게도 파운드, 온도는 화씨 … 국제 표준과는 동떨어진 계량단위를 대명천지 미국에서 여전히 고집하고 있으니!"

댈러스 코튼볼 경기장에 들어서니 열기가 후끈 달아올랐다. 화씨(F)온도를 섭씨(C)로 환산해 보니 무려 42도이다. 이런 폭염 속에서 축구경기를 벌이다니! 하지만 관중석에 앉으니 그늘인 데다 습도가 낮아 견딜 만했다. 그러나 얼음을 채운 큼직한 종이컵 콜라를 세 잔이나 마셔도 목이 여전히 말랐다.

경기가 시작되자 한국팀은 지난 1990년 이탈리아 월드컵대회 우승팀 독일에 투지로 달려들었다. 그러나 의욕만으로는 실력 차를 줄이기 어려워 전반전에만 3골을 내주고 말았다. 한국 응원단은 꽹과리와 징을 요란하게 두드렸으나 이렇게 무기력하게 뒤지자 응원 열기도 시들해졌다.

후반전 들어 독일선수들은 체력이 고갈되었는지 수비에 급급했다. 한국팀은 죽기 살기식 정신력으로 총반격에 나섰다. 황선홍 선수가 한 골 만회한 데 이어 홍명보 선수가 여러 독일 수비수들을 제치고 멋진 골을 성공시켰다. 후반전은 한국팀이 시종 우세했다. 한국은 2무 1패로 예선 탈락했지만 세계 최강팀을 상대로 선전했다는 점에서 찬사를 들었다.

마동출과 볼타는 그 후 '댈러스 추억'을 공유했다. 월드컵대회가 끝나자 미국에서는 축구 열기가 식었고 이들은 박사과정 수업을 따라가느라 축구를 즐길 시간을 찾기가 어려워졌다.

학위를 받고 귀국한 마 박사는 2001년 4월 16일 볼타가 보낸 e메일을 받았다. 그해 제105회 보스턴 마라톤대회에도 참가한 볼타의 글은 다음과 같았다.

42.195km의 풀코스를 달리는 동안 자네의 얼굴이 내내 눈앞에 어른거렸네. 마침 코레아 마라토너 이봉주 선수가 올해 보스턴 마라톤대회에서 우승(2시간 9분 43초)해 내가 얼마나 기뻐했는지 자네는 상상도 못할 거네. 자네와 함께 MIT에서 뒹굴던 추억, 댈러스에 월드컵대회 보러 갔던 때가 요즘도 자주 머리에 떠오르지. 마침 2002년 월드컵이 서울에서 열린다 하니 그때 한국을 방문하겠네.

2002년 6월 18일 밤 대전 월드컵경기장에서 마동출과 볼타 박사는 나란히 앉아 한국 대 이탈리아 경기를 관람했다. 이탈리아가 전반 18분에 비에리 선수가 넣은 선제골을 후반 내내 유지해 경기는 곧 끝날 듯했다. 그 후반 43분 설기현 선수가 동점 골을 차 넣었다. 한국과 이탈리아가 월드컵 8강 진출을 놓고 맞붙은 그 대결에서 연장전에 안정환 선수의 멋진 헤딩골이 터지면서 한국이 2 대 1로 이겼다.

경기가 끝나자 볼타는 혼자서 중얼거렸다.

"께스따 에 라 비타(Questa è la vita)!"

마 사장이 조심스럽게 무슨 뜻인지 물어보니 '이것이 인생'이라는 뜻이란다. 환호했다가 금세 나락(奈落)으로 떨어지는 게 인생이라는 의미 아니겠는가.

그렇게 세월이 흘러 2016년 밀라노에서 해후한 마 회장과 볼타 박사.

"요즘도 마라톤 하시나?"

"사업이 바빠 취미 삼아 조깅 정도만 한다네. 서울에서도 매년 3월 전통 깊은 국제 마라톤대회가 열린다며? 언젠가 나도 그 대회에 나가고 싶네. 자네는 축구 계속하는가?"

"한국에서는 조기 축구회라고 새벽에 축구하는 모임이 활발하다네. 나는 요즘도 꾸준히 운동하지."

"꼬라도나 슈팅 위력은 여전하겠군?"

"요새는 다리에 힘이 빠져 볼을 정확하게 차지 못한다네. 모두 과거의 영광이지, 하하하!"

"자네가 온다기에 오늘 저녁 축구경기 입장권을 확보해 놓았네. 인터밀란, SSC 나폴리 대결이야."

마 회장과 볼타 박사는 인터밀란 전용구장의 VIP룸에서 시칠리아 명산품인 독한 와인 마르살라를 곁들여 화려한 정찬을 먹으며 이탈리아 축구의 진수를 구경했다. 마 회장은 마라도나가 활약한 나폴리팀을 응원했다. 그러나 인터밀란이 2 대 0으로 이겼다.

"자네, 나폴리팀의 본고장에 가서 응원해 보지 않겠나? 며칠 후에 나폴리팀이 AS로마와 한판 붙는데 자네와 함께 그곳에 구경 가고 싶은데."

"좋지! 이번 기회가 아니면 언제 가보겠나."

"마라도나도 그날 참관할지도 모른다고 하더군. 자네와 마라도나가 만나도록 내가 주선해 보겠네."

"내가 마라도나 같은 축구영웅을 만날 자격이 있나?"

"무슨 소리야? 축구를 사랑하는 한국의 성공한 기업인이라면 그럴 자격이 있지. 그리고 두 사람이 체격이나 축구 스타일이 비슷하다는 인연이 있잖아."

"나로서는 영광이지."

"이왕이면 만남의 순간을 드라마틱하게 만들어 보세. 자네가 약간의 분장을 하는 게 좋겠네."

마동출은 마라도나를 만날 수 있다는 기대감에 가슴이 울렁거렸다. 아르헨티나에는 "펠레가 '축구 황제'라면 마라도나는 '축구의 신(神)'이다!"라며 '마라도나 교'를 신봉하는 신도 10만 명이 있다고 하지 않는가. 마동출은 1986년 멕시코 월드컵 때 마라도나가 영국 선수 5명을 제치고 환상적인 골을 성공시킨 장면을 떠올리며 허공에 발을 뻗어 슈팅 동작을 해보았다.

마동출 회장은 나폴리 공항에서 내릴 때 볼타 박사가 건네준 마라도나 헤어스타일의 가발을 쓰고 선글라스를 꼈다. 행인들이 마 회장을 힐끔힐끔 쳐다봤다.

산파올로 구장으로 들어가던 마 회장은 주변의 입장객들이 지르는 환호성에 귀를 쫑긋 세웠다.

"마라도나!"

실제로 마라도나가 왔나 보다 하며 주위를 둘러보았다. 보이지 않았다. 입장객들의 환호성은 그치지 않았다.

"비바(Viva)! 마라도나!"

어느 육덕 좋은 중년 여성이 마 회장에게 다가오더니 잽싸게 포옹했다. 그녀는 마 회장의 귀에 대고 속삭였다.

"띠아모(사랑해요) 마라도나!"

마 회장은 당황했다. 관중들이 마 회장을 진짜 마라도나로 착각한 것 같았다.

구장에 들어서니 6만 관중의 엄청난 함성이 들렸다.

"리또르나(Ritorna, 돌아오라)! 마라도나!"

전광판을 보니 마 회장의 모습이 비친다. 마 회장은 얼떨결에 두 손을 V자 모양으로 들고 흔들었다.

"와!"

환호성과 함께 관중들은 일제히 기립 박수를 쳤다.

세계챔피언 김기수

　이탈리아 로마에서 테이블 8개짜리 자그마한 한국식당을 경영하는 셰프 도민구는 2016년 4월 초 잠시 한국에 왔다. 야당 후보로 국회의원에 출마한 사촌 형님의 긴급 호출을 받은 것이다.

　"니 좋은 목청으로 선거 로고송이라도 불러야 할 꺼 앙이가! 이태리 가서 니만 잘 묵고 잘 살모 우찌 피를 나눈 형제라 하겠노?"

　B급 프로복서 출신인 형님은 한 시대를 풍미한 남자 영화배우 채봉우의 보디가드를 하다가 호텔 사장으로 변신한 인물이다. 채봉우를 '아부지'라고 부르며 따라다니다가 채봉우의 친자 대신 호텔을 물려받은 것이다. 물론 형님은 채봉우 대신에 옥살이도 했고 툭하면 벌어지는 호텔 나이트클럽 이권 싸움에서 칼침도 10여 차례 맞았다. 왕년의 복서라지만 김성준, 김지원 세계챔피언처럼 얼굴이 곱상하고 몸매가 호리호리해 외모로 봐서는 뮤지컬 가수 또는 발레리노 출신처럼 보였다.

　사촌 형님과는 달리 도민구는 밀라노의 라 스칼라 극장 무대에도 서 본 정통파 테너인데 콧등이 내려앉은 데다 눈매가 날카롭게 생겨 "왕년에 복싱 했소?"라는 질문을 자주 받을 정도로 얼굴이 험악하게 생겼다. 도민구는 로베르토 알라냐와 비슷한 미성의 소유자인데도 고약한 인상 때문에 캐스팅 받기가 어려워 식당업으로 생계를 바꾸어야 했다.

"당신은 〈오페라의 유령〉에 출연한다면 가면을 쓰지 않아도 되겠소!"

오죽했으면 이런 비아냥까지 들어야 했을까.

도민구가 귀국한 이유는 형님의 유세를 돕기보다는 사실은 노인요양원에 계시는 백부를 뵙기 위한 것이었다. 사촌 형님의 아버지, 즉 백부는 도민구의 유일한 집안 어른이었다. 아버지를 일찍 여읜 도민구에게 백부는 친부와 같았고 산타 체칠리아 음악원에 성악 공부를 하러 떠날 때도 유학 경비로 쓰라며 미화 100달러 지폐 200장이 든 두툼한 봉투를 건네주는 등 지원을 아끼지 않았다. 백부도 청년 시절에 프로복서로 링위에서 뛰었다. 한국인 최초의 세계챔피언 김기수 선수와도 붙어 비록 KO패를 당하긴 했으나 한 방 맞고 쓰러지기 전까지는 오히려 우세했다고 한다. 백부의 말씀이 맞는다면 특A급 선수였던 셈이다.

도민구는 테르미니 역 부근에서 식당을 개업하고 얼마 후에 카리스마 넘치는 어느 노신사 손님을 맞았다. 노신사와 함께 온 대여섯 명의 손님들도 풍모를 보아하니 젊은 시절에 주먹깨나 쓴 협객 같았다. 노신사는 전설적인 미남배우 알랭 들롱을 닮은 얼굴로 일흔 넘은 노객이지만 반듯한 콧날과 깊은 눈동자가 돋보였다. 상의 가슴 쪽 주머니엔 마른 장미로 만든 코르사주가 꽂혀 있었다.

"코레아 레스토랑이 보이기에 반가워 일부러 들어와 봤소."

노신사는 도민구에게 악수를 청하며 말을 걸었다.

"한국과 무슨 인연이라도?"

노신사는 대답 대신에 빙그레 웃기만 했다. 노신사 옆에 앉은 늙수그레한 대머리 영감이 눈을 동그랗게 뜨고 손사래를 치며 목청을 높였다.

"코레아? 노!"

한국을 싫어한다는 뜻 아니겠는가. 도민구는 당혹했다. 2002년 6월 18일 한일 월드컵대회 때 이탈리아팀이 한국팀에 1대 2로 패배한 악몽 때문일까?

그날 응원석에는 'Again 1966!'이란 플래카드가 걸려 있었다. 이탈리아인들은 이 의미를 잘 안다. 1966년 7월 19일 런던 월드컵대회 때 이탈리아팀은 북한에게 충격적인 0 대 1 패배를 당했다. 우승 후보라던 이탈리아팀은 북한의 공격수 박두익 선수에게 한 방을 먹고 예선 탈락이라는 고배를 마시고 말았다. 이탈리아 반도 전체가 비탄에 빠졌음은 물론이다. 36년 세월이 흘러 이탈리아팀이 한국팀에게도 졌으니 이탈리아 축구팬들이 '코레아'에 대해 알레르기 반응을 일으키는 것은 당연하다 하겠다.

도민구는 조심스레 물어봤다.

"축구 때문에요?"

이번에는 노신사가 슬며시 일어서며 대답했다.

"아니오."

노신사는 허허 웃으며 주먹을 힘차게 앞으로 내뻗는 섀도복싱 동작을 몇 번 반복했다. 부드럽게 이어지는 몸놀림으로 봐서 얼치기 복서가 아니었다.

대머리 영감이 노신사를 바라보며 소리쳤다.

"니노! 여전하네!"

노신사는 동작을 멈추고 도민구에게 말을 건넸다.

"혹시 코레아노 복서 김기수를 아시오?"

"김기수⋯. 알지요."

도민구는 자기 또래 한국 친구들은 아마 김기수를 모르리라고 짐작했다. 도민구는 어릴 때 백부에게서 김기수 선수에 대해 숱하게 들었기에 금세 고개를 끄덕였다.

'혹시 이 노신사가 니노 벤베누티가 아닐까?'

김기수 선수와 1966년 6월 25일 서울 장충체육관에서 주니어 미들급 세계타이틀전을 벌인 그 불세출의 복서! 1960년 로마 올림픽 금메달리스트이며 프로복서로 전향해서 세계 왕좌에 오른 이탈리아의 국민 영웅! 그러나 김기수에게 판정으로 져 타이틀을 넘겨준 비운의 주인공⋯. 당시에 프로복싱은 한국에서 가장 인기 있는 스포츠였다지⋯.

"귀하가 니노 벤베누티?"

도민구가 이렇게 묻자 벤베누티는 고개를 끄덕이며 파안대소했다. 도민구는 백부와 사촌 형님도 복서였다고 밝히며 특히 백부도 김기수 선수와 링에서 주먹을 섞었다고 들뜬 목소리로 말했다.

"백부는 살아 계시오?"

"예. 펀치드렁크 후유증으로 건강이 좋지 않습니다만⋯. 귀하가 1966년 서울에 오셨을 때 저희 백부와도 만났다고 합니다. 트레이닝 할 때 백부가 도와주셨답니다."

"그런 인연이⋯. 나보다 나이가 한 살 아래인 김기수는 1997년에 작고하셨다고 들었소."

벤베누티는 눈가에 어린 물기를 손으로 훔치고 상의 주머니에 꽂힌 코르사주를 도민구에게 건넸다.

"코레아에 가시면 백부에게 이걸 정표로 전해주시오."

대머리 영감은 1966년에 이탈리아에서는 한국 때문에 난리가 났다고 호들갑을 떨었다.

"니노가 한국에 가서 챔피언 벨트를 빼앗겼고 곧이어 우리 축구팀이 북한에게 졌고 … ."

큰아버지가 계신 삼척시 도계읍 소재 요양원은 풍광이 수려한 숲 속에 자리 잡고 있었다. 겉보기로는 특급호텔과 다름없었다. 그러나 내부에 들어가니 시큼한 소독약 냄새와 구릿구릿한 똥오줌 악취가 뒤엉켜 코를 막지 않을 수 없었다.

"큰아버지!"

10여 년 만에 뵙는 백부는 몸피가 미라처럼 말랐다. 김기수와 맞붙던 건장한 체격은 어디로 가고 앙상한 뼈마디만 남았다. 몸무게가 40킬로나 될까?

백부는 도민구를 전혀 알아보지 못하고 눈곱이 잔뜩 낀 퀭한 눈만 껌벅거렸다. 도민구는 백부를 휠체어에 태워 휴게실로 나왔다. 2016년 4월 10일 낮, 마침 TV에서는 필리핀의 국민영웅 복서 파퀴아오의 은퇴 경기가 중계되고 있었다. 상대는 미국의 브래들리. 이 '세기의 경기'는 라스베이거스의 화려한 링에서 벌어졌다.

백부는 멍한 눈으로 복싱 경기를 보다가 라운드가 거듭하자 주먹을 불끈 쥐며 생기를 되찾는 듯했다. 파퀴아오가 브래들리를 다운시키자 백부는 주먹을 허공으로 뻗으며 펀치를 날리는 포즈를 취하기도 했다. 브래들리는 시종일관 뒷걸음질 아웃복싱을 구사했다. 경기는 지루하기 짝이 없는 졸전이었다.

파퀴아오의 판정승이 선언되자 백부는 두 팔을 번쩍 위로 쳐들고 워, 워 … 환호하는 듯 소리를 냈다.

도민구는 벤베누티에게 받은 장미 꽃송이를 백부의 환자복 상의 주머니에 꽂아주면서 속삭였다.

"큰아버지! 이 꽃은 이태리에서 가져왔습니다. 세계 챔피언 벤베누티가 주었답니다."

"벤베 … ?"

백부는 어렵사리 입을 뗐다. 도민구는 백부의 귀에 입을 바싹 대고 또렷이 말했다.

"벤-베-누-티!"

백부는 눈을 몇 번 끔벅거리더니 휠체어를 박차고 엉거주춤 일어섰다.

"큰아버지, 괜찮으세요?"

도민구의 물음에 백부는 대답은 하지 않고 다시 두 손을 하늘로 치들고 중얼거렸다.

"나는 챔피온 … ."

자원봉사를 나온 여중생 대여섯 명이 백부를 보고 생글생글 웃으며 질문했다.

"할아버지 권투선수 하셨어요?"

"으…응…."

"챔피언 하셨나요? 할아버지 이름이 뭐예요?"

"나는 김 … 기 … 수 … ."

몽고반점

인천발, 로마행 대한항공 여객기 비즈니스 좌석. 도민구는 여태까지 이코노미석 단골 여행자였으나 이번에 처음으로 비즈니스석에 앉아 보았다. 비싼 만큼 넓고 안락했다. 화려한 오페라 가수를 포기한 대신 '밥장사'에 나섰으니 돈이라도 여유 있게 쓰고 싶었다.

플라스틱 성형업체를 경영하는 먼 친척 어른이 독일 프랑크푸르트에서 열린 메세(박람회)에 다녀온 뒤 1등석에 앉아 봤다며 큰 소리로 자랑하던 말이 귀에 맴돌았다.

"돈 쓰는 맛 나데. 1등석에 턱 앉으이까 수추아데싸(스튜어디스) 아가씨들이 나를 황제처럼 모시더라. 무릎을 탁 꿇어앉아 뭐 드시겠습니까, 뭐 불편한 것 없으십니까 하고 묻더라. 온갖 포도주에 치즈를 갖다 바치는데 내 입맛에 맞지 않아 많이 묵지는 못했지만 기분은 끝내주더라. 라면 낄이(끓여) 달라 하니 계란도 넣어주데. 컵라면 말고 봉지 라면으로 말이야. 1만 미터 상공에서 맛보는 라면, 직이(죽여) 주데! 거래처에 가서 온갖 갑질 당할 때는 사업 때려치야 뿌리겠다고 몇 번이나 다짐했는데 퍼스트 쿠라수(클래스)에 앉으이 그 수모 잘 견뎠다는 생각이 들데. 폼 나게 돈 쓰는 재미에 사업하는 거 앙이겠나?"

도민구가 맞장구를 쳐주었더니 그 어른은 더욱 의기양양하게 목소리를 높였다. 중학교를 중퇴하고 구로공단 공장에 '시다바리'로 들어가 오늘날 번듯한 업체의 사장이 된 그분은 중고교 졸업장과 학사, 석사 학위도 돈을 주고 샀다고 한다. 무슨 협회니 조합이니 하는 단체의 장에도 출마해 낙선, 당선도 했다. 명문대 AMP(최고경영자 과정)도 두 군데나 마쳤다.

"AMP 동창 모임에 가면 스카이 대학 나온 양반들, 간뎅이가 콩알보다 작은 쪼다들이야. 기껏해야 회비 몇 만 원 내는 수준이고 통 크게 전체 회식비 쏘는 기마에 가진 호걸이 없더라. 모도(모두) 좀팽이들이지! 으이그, 쪼잔한 놈들!"

기내에서 펼쳐 든 여러 신문에 사촌 형님의 국회의원 당선 소식이 보도되었다. 초선이니 그리 중요한 인물도 아닌데 몇몇 신문에는 인터뷰까지 실렸다. 사촌 형은 관광 전문가로 소개되었으며 앞으로 중국인 관광객들이 대거 몰려올 '한류 관광시대'에 대비하여 관광진흥책 관련 입법에 기여할 인물로 부각되었다.

도민구의 머리에 연상되는 사촌 형 관련 키워드는 나이트클럽, 조폭, 룸살롱, 사채업자 등 암흑세계투성이인데 신문들은 밝은 면만 조명했다. 2류 프로복서 출신이라는 사실을 보도한 신문은 한 군데도 없었다. 최종 학력도 K대 경영대학원 석사로 표기되어 있었다. 중학교도 제대로 나오지 않은 주먹 출신 형이 어떻게 명문 K대에서 석사학위를 받았을까. 플라스틱 성형업체 사장인 친지 어른처럼 석·박사 학위 용역업체에 과제물 작성, 논문 대필을 시킨 것 아닐까.

도민구는 비행기가 이륙한 직후 공항 면세점 서점에서 산 소설책 2권을 꺼내들었다. 기내에서 읽은 다음 로마의 '아리수 식당'에 비치할 작정이다. 이상훈 작 《한복 입은 남자》와 한강 작 《채식주의자》. 어떤 책을 먼저 읽을까 살피다가 《채식주의자》를 펼쳤다. 한강이라는 여성 작가의 이름이 특이하거니와 권위 있는 문학상인 맨부커(Man Booker)상 후보작으로 뽑혔다는 언론보도를 봐 호기심이 생겼기 때문이다.

〈채식주의자〉, 〈몽고반점〉 등 여러 작품으로 이뤄진 연작소설이었다. 주인공 영혜는 인간의 폭력성을 거부하려 고기를 입에 대지 않는 극단적 채식주의자이다. 영혜의 남편과 형부, 언니의 시선에서 각각 서술한 단편소설을 묶어 놓았다.

〈채식주의자〉는 영혜 남편의 시선으로 그려졌다. 소녀 시절에 개에 물린 영혜는 그 개가 죽임을 당한 후 그 끔직한 장면이 꿈에 나타나자 육식을 꺼린다. 언니 인혜의 집들이에서 영혜가 고기를 먹지 않자 장인 어른(영혜의 아버지)은 영혜의 입을 억지로 벌려 고기를 넣으려 한다. 발악하며 거부하던 영혜는 흉기로 손목을 긋는다.

〈몽고반점〉은 영혜의 형부인 비디오 아티스트의 시선으로 서술된다. 그는 아내(인혜)에게서 영혜의 엉덩이에 아직도 시퍼런 몽고반점이 남아 있다는 말을 듣고 형부는 처제의 엉덩이를 보고 싶어 한다. 그는 처제에게 비디오작품의 모델이 되어 달라고 간청한다. 벌거벗은 영혜의 몸에 보디페인팅을 해서 촬영하지만 만족하지 못해 남자 후배에게 영혜와의 섹스를 제안한다. 이 장면을 찍겠다 했더니 후배는 거절한다. 그는 자신의 몸에 꽃을 그려 처제와 성애를 벌이며 자동카메라로 찍는다.

작중 인물들이 모두 도착증 환자로 보여 더 이상 읽기가 불편했다. 더욱이 옆자리에 이탈리아인 젊은 부부와 젖먹이 아기가 앉아 있어 천진난만한 아기 눈동자를 보니 이런 '19금' 같은 책을 읽는 게 죄스럽기도 했다. 아기 엄마에게 상투적인 질문을 던졌다.

"아기가 참 귀엽군요. 몇 살이에요?"

"1년 2개월이에요."

아기의 눈동자는 에메랄드 색으로 빛났다. 머리칼은 부드러운 금발. 두꺼운 안경을 쓴 아기 아버지에게 물었다.

"한국에 관광 오셨는지요?"

"관광이라기보다는 … 고향 방문이지요."

"고향?"

"예. 제 먼 조상이 한국에서 이탈리아로 간 분이랍니다. 4백여 년 전에 … ."

"그럼 임진왜란 때 일본으로 끌려가 이탈리아에 노예로 팔려간 그 소년?"

"맞습니다. 조상의 뿌리를 찾아왔지요. 새로 태어난 아들에게 한국의 기운을 느끼게 해줄 겸해서."

도민구가 가진 역사 지식 대부분은 역사소설을 읽은 덕분이었다. 4백여 년 전에 이탈리아에 간 소년의 사연도 오세영 작 《베니스의 개성 상인》을 읽고 알았다.

오세영 작가는 1983년 영국 런던 크리스티 경매장에서 소묘화로서는 당시 경매 사상 최고가에 팔려서 화제가 된 네덜란드 화가 루벤스의 그림 〈한복 입은 남자〉에서 착안하여 이 작품을 집필했다고 한다.

도민구도 관련 자료를 뒤적이다가 진단학회가 발간한 《한국사》에서 '세계를 일주하던 이탈리아 무역상 카를레티는 일본에서 조선인 포로 5명을 노예로 사서 세례를 받게 하고 그 가운데 1명을 1606년 이탈리아로 데려갔고 안토니오 코레아라는 이름으로 불렀다'라는 내용을 찾았다.

안토니오는 이탈리아 여성과 결혼하여 조선과 기후가 비슷한 알비 (Albi) 라는 소도시에 정착했다. 요즘 '코레아 마을'로도 불리는 알비에는 3백여 명의 코레아 성씨를 가진 시민이 살고 있으며 인근의 카탄차로, 타베르나 등지에도 코레아씨가 흩어져 산다고 한다. 로마의 전화번호부에도 코레아씨가 20여 명 보인다.

"실례지만 성함은?"

"로베르토 코레아입니다. 제 아들은 산드로 코레아 ….."

"한국을 방문하니 어떤 느낌이 들던가요?"

"마음이 푸근해지더군요. 산하를 둘러보니 이미 와본 적이 있는 것처럼 기시감이 느껴지고요."

코레아씨 부자(父子) 의 외모에서 한국인의 모습은 발견할 수 없었다. 금발에 파란 눈, 전형적인 서양인 얼굴이었다.

《채식주의자》를 덮고 《한복 입은 남자》를 펼쳤다. 과거에 읽은 《베니스의 개성상인》과 비슷한 내용이겠거니 짐작했는데 주인공이 달랐다. 루벤스 그림의 한복 입은 남자는 안토니오 코레아가 아니라 세종대왕 시절의 대표적인 과학기술자 장영실이라는 것이다. 물론 소설가의 머리에서 빚어진 허구이다. 장영실은 임금이 타는 가마를 잘못 설계했다는 죄목으로 유배를 가서 실종된다. 그 장영실이 중국 명나라의 정화 장군이 대선단을 끌고 항해를 떠날 때 동행해서 유럽에 갔다는 줄거리다. 도민구는 작가의 풍부한 상상력에 감탄했다. 소설 속에서는 50대 장년 장영실이 베니스에 도착해서 천재 소년 레오나르도 다빈치를 만나는데 ….

갑자기 비행기가 몹시 흔들렸다.

"승객 여러분, 이상 기류 때문에 기체가 흔들리니 즉시 안전벨트를 매십시오."

기내 방송이 흘러나오자 찰칵, 하는 안전벨트 매는 소리가 여기저기서 들린다. 비행기는 아래위로 심하게 요동쳤다.

산드로 코레아 아기가 놀라 울기 시작했다. 어머니가 아무리 달래도 울음이 그치지 않았다. 기체가 다시 안정되었는데도 아기는 숨이 끊어지는 듯 곡성을 질렀다. 마침내 아기는 호흡이 거의 멎는 듯하더니 입술이 파래졌다. 울음소리도 내지 못했다. 승무원이 그 광경을 보고 기내 방송을 했다.

"기내에서 응급 환자가 생겼습니다. 승객 가운데 의사가 계시면 승무원에게 말씀해 주시기 바랍니다.

이 방송을 들은 S대 의과대학 갈용소 교수는 간담이 서늘해졌다. 나서야 하나, 말아야 하나. 의사 면허증 소지자이니 이런 상황에서는 환자 진료에 나서는 것이 의무사항이다. 그러나 의학사(醫學史), 즉 의학의 역사를 전공하다 보니 의사 면허증은 '장롱 면허'에 불과한 지 오래다. 의과대학을 졸업하고 의사 면허를 따긴 했으나 시뻘건 피를 보면 현기증이 생기는 체질 탓에 임상 의사를 포기했다.

"갓난아기가 호흡곤란으로 위급상황에 빠졌습니다. 의사가 계시면 속히 와주십시오!"

갈 교수는 군의관 시절에 열차 안에서 경기(驚氣)를 일으켜 숨이 넘어가는 아기를 살려 내는 어느 시골 할머니의 능숙한 처치 장면이 기억에 살아나 벌떡 일어섰다.

"제가 의사입니다만 …."

승무원의 안내로 아기에게 다가온 갈 교수는 침착하게 아기의 옷을 홀딱 벗겼다. 발가벗은 아기의 몸이 드러나자 아기 부모는 질겁을 하는 눈치였다. 이 상황에서 의사라 해도 무슨 수로 아기의 숨통을 틔우겠는가, 하고 걱정했다. 갈 교수는 아기를 안더니 엉덩이를 손바닥으로 찰싹, 쳤다. 아기는 앙, 하고 울음을 터뜨린다.

"이제 됐습니다."

갈 교수는 자신감 넘치는 목소리로 이렇게 말하고 아기를 엄마에게 넘긴다. 엄마가 아기를 안고 한참 어르니 울음을 그친다. 승객 모두는 안도의 숨을 쉬었다. 바로 옆에서 지켜보던 도민구도 가슴을 활짝 폈다.

도민구는 엄마 품에 안긴 아기의 엉덩이를 바라보다 놀랐다. 시퍼런 멍 자국이 보였다. 아까 의사가 너무 세게 때려 멍이 든 게 아닌가 하는 생각이 얼핏 스치다가 얼른 고개를 저으며 실소했다.

"몽고반점!"

산드로 코레아 아기의 몸에 한민족의 DNA가 면면히 이어져 옴을 나타내는 징표가 아니겠는가.

오드리 헵번 … 로마의 휴일

  자칭 '돌팔이 의사'인 S대 의과대학 갈용소 교수는 지금까지 비행기 여행에서 응급 환자를 진료한 경험이 8번이나 된다. 의대 교수들끼리는 '진료 환자 총원 불변의 법칙'을 거론하기도 한다. 물론 과장된 농담이다.

  "참 묘한 것이 환자를 직접 진료하지 않는 기초의학, 보건통계학 같은 전공자에겐 공교롭게도 기내 환자를 돌봐야 하는 경우가 자주 생기지요. 반대로 응급의학이나 가정의학 등 기내 환자를 진료하기에 적절한 의사들은 오히려 그런 경험이 별로 없어요. 그렇잖아요?"

  갈 교수가 뉴욕-서울 기내에서 50대 서양인 여성 환자를 응급진료하고 진땀을 뺀 경험담을 동료교수들에게 털어놓으며 이렇게 말했더니 보건통계학 전공인 N교수도 체험담을 고백했다.

  "저도 이상하게도 기내 환자를 자주 만난답니다. 제 전공 직계 스승인 총장님(의과대학 교수 출신의 S대 총장)도 그랬다고 하더군요."

  해부학 전문가인 C교수도 나름의 애로를 고백했다.

"저는 의과대학 교수이긴 하지만 의사가 아니잖아요. 그런데 등산동아리 모임의 산행에서 부상자가 생기면 저에게 응급 진료를 요청하는데 그때마다 난감해져요. 모 방송사 과학전문기자는 의학박사인데 의사는 아니라 하더라고요. 그분도 명함에 새겨진 '의학박사'라는 타이틀 때문에 저와 비슷한 곤욕을 치르는 모양이에요."

갈 교수가 로마에 가는 '공식' 목적은 히포크라테스에 버금가는 고대(古代) 명의 갈레누스에 관한 자료를 찾는 작업이다. 학교 당국에 출장 이유로 보고한 것이다. 로마황제 마르쿠스 아우렐리우스의 어의(御醫)였던 갈레누스는 해부학, 생리학, 철학 등 광범위한 내용을 아우르는 저서 《갈레누스 전집》을 남겼다. 갈 교수는 '갈레누스와 허준 비교연구'라는 논문을 쓸 참이다.

공식 목적보다 더 중요한 '비공식' 목적은 병석에 누운 장인의 심부름을 이행하는 것. 정신과 의사 출신인 장인은 눈썹이 짙고 코가 우뚝해 청년시절에 별명이 '그레고리 백'이었다고 한다. 미남 영화배우 '그레고리 펙'과 닮았기 때문이란다. 장인의 성씨는 백씨.

그레고리 펙, 오드리 헵번 주연의 영화 〈로마의 휴일〉은 1953년 아카데미상을 휩쓸면서 한국에서도 큰 인기를 끌었다. 청초한 미모의 '세기의 요정' 오드리 헵번에 상사병 걸린 남자 팬들이 지구상에 얼마나 많았으랴. 장인도 그 가운데 하나였단다. 더욱이 장인은 '동양판 그레고리 펙'이어서 영화 속 주인공으로 스스로를 동일시하는 경증(輕症) 노이로제를 앓기도 했다.

갈 교수가 장인에게서 들은 사연은 이렇다. 밀라노에서 열린 정신의

학 학술대회에서 장인은 이탈리아 의사 안드레아 도티(Andrea Dotti)와 와인을 마시다 〈로마의 휴일〉의 여주인공 오드리 헵번을 화제에 올렸다. 취기가 오르자 장인과 도티는 모두 그녀에 대한 광팬이라고 밝혔고 이 때문에 의기투합했다. 도티는 장인에게 덕담을 건넸다.

"귀하는 그레고리 펙과 흡사하군요. 만약 오드리 헵번이 귀하를 만난다면 주목할 겁니다."

몇 년 후 장인은 신문에 보도된 오드리 헵번의 재혼 소식을 읽고 충격을 받았다. 새 남편은 안드레아 도티! 장인은 그의 명함을 찾아내 이탈리아로 국제전화를 걸었다.

"축하하오! 귀하는 대단한 행운아요!"

"고맙소! 그렇잖아도 오드리에게 그레고리 펙 닮은 코레아 의사가 있다고 했더니 꼭 만나고 싶다고 하오."

"그래요? 그럼 올 가을 로마에서 열리는 프로이트학회 행사에서 볼까요?"

"좋지요. 이왕이면 영화 〈로마의 휴일〉에 나오는 스페인 광장 부근에서 봅시다. 그곳 레스토랑을 예약하겠소."

장인은 그렇게 해서 오드리 헵번을 만나 꿈 같은 저녁식사 시간을 가졌단다. 갈 교수는 반신반의했다. 장인이 상상의 세계를 현실로 착각한 것 아닌가 하고.

장모는 오드리 헵번 이야기만 나오면 펄쩍 뛴다. 평소 남편을 '백 원장' 또는 '닥터 백'이라 부르는 장모는 이때는 호칭을 '영감탱이'라 바꾼다.

"저 영감탱이가 정신병자 오래 대하다 보니 본인도 돌았어! 시골 뒷간에 오래 앉아 있으면 온몸에 똥 냄새가 배는 것처럼 ….""

교양미 풍기는 말투가 특기인 장모가 이런 상스런 말을 할 만큼 과민 반응을 보인다. 그때마다 갈 교수는 다음과 같은 말로 장모를 달랜다.

"오드리 헵번 여사와 라이벌이셨군요! 어머님이 승자이니 노여움을 푸세요."

2015년 2월 설날 연휴 때 서울 동대문 DDP에서 열리는 오드리 헵번 관련 사진 전시회에 갈용소는 장인을 모시고 갔다. 물론 장모에게는 극비에 부치고⋯. 장인은 헵번 여사의 아리따운 청춘 모습뿐 아니라 아프리카에서 봉사활동 하던 노년 사진 앞에서도 한참 동안 서 있었다.

갈 교수는 눈가 물기를 훔치는 장인에게 슬쩍 물었다.

"실물이 사진보다 낫던가요?"

장인은 대답 대신에 고개만 끄덕였다. 뭔가 진정성이 느껴졌다. 오드리 헵번과 직접 만났다는 사실이 조금은 신빙성 있게 여겨졌다.

2016년 2월 설날에 갈용소는 장인에게서 세뱃돈 대신 로마의 호텔 숙박권을 선물로 받았다. 로마의 새 명물로 부상한 팔라조 펜디 호텔의 3박 4일 숙박권! 1박 요금이 몇천 달러라는 '럭셔리 극치'의 명소라는데⋯. 명품 브랜드 '펜디'의 본사 건물이었으나 최근에 매장과 호텔로 개조했다. 호텔의 객실은 단 7개.

"아버님, 웬 숙박권입니까?"

장인이 이 호화판 호텔의 초대권을 받은 것은 수십 년 전의 인연 덕분이었다. 오드리 헵번을 만나러 로마로 가던 비행기에서 진료한 응급 환자가 감사의 표시로 로마에서 식사 초대를 했단다.

"자네도 알다시피 내 전공이 정신과여서 기내에서 응급 환자를 만나면 난감해지지. 그날도 어느 30대 이탈리아 여성이 호흡 곤란으로 의식을 잃었는데 내가 할 수 있는 방법이라곤 마우스-투-마우스 인공호흡법밖에 없더라구. 입을 바로 맞추려 하니 서양인 여자의 오똑 선 콧날이 걸리적거리더군. 비스듬히 입을 맞춰 호흡시키느라 애를 먹었지. 다행히 곧 의식을 회복했고…."

그녀는 로마 시내 레스토랑에 호화로운 모피 코트를 입고 나타났다. 알고 보니 그녀는 세계적인 명품 브랜드 펜디 가문의 혈족이었다. 그녀에게서 선물로 받은 가죽 브리프 케이스에는 펜디 브랜드인 'F'가 선명히 찍혀 있었다.

그 후 장인은 로마에 갈 때마다 그녀를 만났다고 한다. 그녀는 장인을 '생명의 은인'이라 부르며 툭하면 구두, 양복, 가방 등을 선물했다. 세월이 흘러서도 이런 정성은 변함이 없어 새로 개관한 펜디 프라이빗 스위트룸 숙박권을 보내왔단다.

"나는 요즘 허리가 아파 누워 있으니 로마에 갈 엄두가 나야지? 자네가 거기 간다 하니 심부름을 하나 시키겠네."

"무슨 일인지요?"

장인은 뜸을 들이더니 대답했다.

"오드리 헵번을 만났던 '알라 람파'란 레스토랑을 찾아가서 창가 쪽 어느 테이블 위에 내가 쓴 글씨가 남아 있는지 확인해 오게."

"어떤 글씨인데요?"

"한글로 썼으니 남아 있다면 금세 알아볼 수 있을 거야. 사진을 찍어

오게."

"중요한 것인가요?"

"그러니 자네를 보내는 것 아닌가. 그리고 이 프로젝트는 자네 장모와 처에게도 비밀로 하게. 명심하게!"

갈 교수는 로마행 기내에서 장인의 당부 말씀이 떠올라 쓴웃음을 지으며 와인을 마셨다. 약간 취기가 오르자 혹시 자신에게도 '펜디 가문녀'가 나타나지 않을까 하는 공상도 했다.

우연이 반복되면 필연이라 했던가. 기내 상영 영화 〈트럼보〉가 그랬다. 할리우드의 전설적인 시나리오 작가 돌턴 트럼보의 파란만장한 일대기를 그린 영화였다. 트럼보는 공산당에 가입했다는 이유로 의회에 소환되고 의원들의 질문에 묵비권을 행사하는 바람에 의회모독죄로 1년간 수감된다. 그 후 본명으로는 작품을 발표할 수 없어 11개의 필명으로 숱한 작품을 썼다. 트럼보의 시나리오는 아카데미 각본상을 2개나 받는다.

영화 〈트럼보〉에 트럼보가 쓴 시나리오로 만든 흑백 영화가 비친다. 〈로마의 휴일〉! 오드리 헵번과 그레고리 펙이 스페인광장에서 만나는 장면이다. 도망 나온 공주와 신문기자의 조우(遭遇)가 사랑으로 싹튼다는 로맨스 스토리.

갈 교수는 장인의 오드리 헵번 관련 발언을 지금까지 사실상 건성으로 들었다. 〈로마의 휴일〉은 스틸 사진으로만 몇 장면 봤지 동영상은 처음이다.

펜디 호텔은 과연 명불허전(名不虛傳)이었다. 명품이 즐비한 1층, 2층 부티크를 대충 훑어보고 3층 스위트룸으로 들어서니 천장에 달린 아델만 샹들리에가 훤한 빛을 비추고 있다. 프리츠 한센의 디자인 예술이 빚어낸 목제 안락의자와 캄파냐 형제의 장인정신이 깃든 소파가 여독을 풀어 준다. 안락의자에 잠시 몸을 맡겼다가 서둘러 장인 심부름을 하러 그 레스토랑으로 달려갔다.

'알라 람파'에 들어서니 거의 전 좌석에 손님들이 앉아 있다. 하얀 테이블보가 덮여 있어 테이블 위에 쓰인 글씨를 찾아내려면 애를 먹을 것 같다. 무슨 수로 테이블보를 들추어 보나? 일단 자리에 앉아 묘수를 찾아보자. 마침 창가에 빈자리가 생겨 얼른 가서 앉았다.

"실례합니다. 여기는 예약석인데요."

배불뚝이 노인 웨이터가 다가오더니 갈용소에게 정중하게 알린다. 갈 교수는 한국에서 이 레스토랑에 예약하려 했으나 1인 예약은 받지 않는다고 해서 일단 찾아왔다. 엉거주춤 일어선 그는 멋쩍은 웃음을 지으며 자리를 떠났다.

"혹시 갈용소 교수님 아니세요?"

큼직한 펜디 선글라스를 쓴 한국 여성이 불쑥 나타나 이렇게 물었다. 아마 그녀도 이 레스토랑에 혼자 찾아왔다가 자리를 잡지 못해 서서 기다린 모양이었다.

"그렇습니다만 ⋯."

"아, 반갑습니다. 지난번 인문학 강좌에서 교수님 특강, 잘 들었습니다."

"예?"

"그, 있잖아요. 예술의 전당에서 '제중원의 유래'에 대해 강의하셨잖아요."

"아, 예 … 반갑습니다."

그 활달한 여성이 거침없이 손을 내밀기에 갈 교수는 얼떨결에 그녀의 손을 잡았다.

"오늘이 5월 15일, 한국으로 치면 '스승의 날'이지요? 여기 로마에서 스승님을 만났으니 제가 식사를 모시겠습니다. 이것도 인연인데 … ."

갈 교수는 특강 한두 번 들었다고 제자로 자처하는 이런 부류의 '아마조네스'가 두려웠다. 사진을 찍자느니 다시 만나자느니 하며 추근대면 뒷감당을 어찌할 것인가. 한국에서라면 당연히 적당한 핑계를 둘러대며 사절했겠으나 오랜 비행시간 탓인지 머리도 몽롱하고 해서 어정쩡하게 수락하고 말았다. '인연'이라는 말이 귀에 거슬렸다.

갈 교수는 배가 고팠으나 그녀와 인연을 맺기가 거북해서 '방금 밥을 먹고 왔다'고 둘러대고 커피만 마시기로 했다. 그녀는 제법 묵직한 풀코스 요리를 주문했다.

"교수님, 무슨 일로 로마로 오셨어요?"

"학술 자료 찾으려 … ."

그녀는 이것저것 꼬치꼬치 캐물었다. 갈 교수는 모두 어물쩍 대답했다.

그녀가 내민 명함엔 '밀라노 부티크 대표/ 럭셔리 평론가 장다희'라고 표기돼 있다.

"가을 상품 좀 보러 밀라노에 왔다가 로마에 이틀 여정으로 왔어요."

그녀는 명품 수입상이란다. 핸드백, 여성의류, 주얼리, 시계 등 명품을 수입해서 한국의 귀부인들에게 판매하는 모양이다.

식사를 마치고 그녀의 수다가 이어져 장인 심부름을 이행할 틈을 찾지 못했다.

"교수님, 어디 불편하세요?"

그녀가 '단도직입'적으로 묻기에 갈 교수도 짜증이 난 김에 '단순무식'하게 답변했다.

"이 식당에서 볼일이 좀 있소."

"볼일이라뇨?"

그녀는 주제넘게 깐죽거리며 물었다.

"알 것 없소."

퉁명스럽게 대답하고는 테이블보를 슬며시 치들었다. 테이블 위에 무슨 글씨가 있을까?

이 모퉁이, 저 모퉁이 들추어도 글씨는 보이지 않았다. 옆자리 손님이 떠나 빈 테이블이 되었다. 갈 교수는 반사적으로 그 자리로 옮겨 테이블보를 들추었다.

"뭐 하는 짓이오?"

전설적인 테너 루치아노 파바로티를 닮은 배불뚝이 웨이터가 다가와 갈용소에게 고함쳤다. 갈 교수는 순간 당황했다. 웨이터가 영어 대신 빠른 이탈리아어로 말하는데 알아들을 수는 없었지만 아마 식당에서 이

렇게 하면 재수 떨어진다는 뜻인 듯했다. 쩔쩔 매는 갈 교수에게 나타
난 구세주는 럭셔리 평론녀였다.

"교수님, 볼일이 이것이었나요? 뭘 찾으시는 거예요?"

갈 교수는 어딘가에 남은 글씨를 찾는다고 말하고 그 테이블에 오드
리 헵번이 앉았다고 덧붙였다. 그녀는 유창한 이탈리아어로 그런 사정
을 설명했다. '오드리 헵번'을 특히 강조했다.

"오드리 헵번?"

웨이터는 찌푸렸던 얼굴을 활짝 펴며 한 구석의 테이블로 안내했다.
이 레스토랑에서 평생을 보냈다는 그는 오드리 헵번이 이 레스토랑에 올
때마다 앉는 테이블이 거기라고 말했다. 마침 그 자리는 비어 있었다.

갈 교수는 성스런 제의(祭儀)를 집전하는 사제처럼 눈을 잠시 감고
기도를 올린 다음 테이블보를 들추었다. 목제 테이블의 표면은 노인의
피부처럼 기름기가 빠져 거칠거칠하고 누렇다. 아무런 글씨가 보이지
않았다. 실망하고 테이블보를 도로 덮으려다 갈 교수의 머리엔 창가 커
튼을 젖혀 보자는 아이디어가 떠올랐다. 여기가 어두워 안 보이는 게
아닐까.

커튼을 젖히고 테이블보를 홀랑 벗겼다. 자세히 살펴보니 무슨 글자
가 희미하게 보이는 듯했다. 한글 비슷한 글자이긴 한데 글씨가 작은
데다 뭉그러져서 판독하기 어려웠다. 부쩍 심해진 갈 교수의 노안 증상
탓에 잔글씨는 눈앞에서 아물거리는 것도 원인이었으리라.

"앗! 글자가 보이네요!"

럭셔리 평론녀가 환성을 질렀다. 그녀는 한 자, 한 자 천천히 읽었다.

"그-레-고-리-백, 오-둘-희, 역-사-적-인-만-남 …"

제 2 부

여신女神과 여왕女王

움베르토 에코 … 장미의 이름

서울 청담동 소재 밀라노 부티크의 장다희 대표는 명품업계에서 '만물박사'로 통한다. '문·사·철' 인문학에 해박하며 이탈리아어, 프랑스어, 영어 등을 능숙하게 구사한다. 회화뿐 아니라 서양 고전도 원전으로 읽는다. 단테의 《신곡》을 자주 인용하는가 하면 랭보의 〈지옥에서 보낸 한 철〉 따위의 불시(佛詩) 나 엘리엇의 〈황무지〉 같은 영시(英詩) 도 줄줄 읊는다.

장 대표의 학력은 단골손님조차 정확하게 모른다.

"관악산에서 청춘을 보내셨나요?"

"신촌 어느 미용실 단골이었나요?"

손님들은 이렇게 물으며 그녀의 출신학교 언급을 유도하려 했으나 실패했다. 그럴 때마다 장 대표가 염화시중의 미소만 지으며 확실한 답변을 하지 않았기 때문이다.

부초그룹 총수 부인인 탁하연 여사는 노골적으로 유도성 질문을 던졌다.

"신촌에 있는 여대 나오지 않았어? 채플 시간에 자주 본 얼굴인데? 그때 교목이 동서고금에 통달하신 김홍호 목사님이었지? 자기 몇 학번이야?"

탁 여사의 대학 후배들도 그날 이 말을 듣고 맞장구쳤다.

"그래 맞아! 나하고 같이 프랑스 현대철학 수강했잖아?"

"Y대 경영학과 남학생들과 소개팅도 함께 했지?"

그때 장 대표는 뜻밖의 대답을 했다.

"저는 야간 전수학교도 졸업하지 못하고 중퇴했답니다."

탁 여사는 그 말이 농담인 줄 알았고 다른 후배들은 '전수학교'가 무슨 학교인지조차 몰랐다. 전수학교는 집안 형편이 어려운 학생들을 위한 야간 고교인데 졸업생이 고졸 학력을 인정받으려면 따로 검정고시에 합격해야 한다.

탁 여사와 '재력가 사모님'들의 모임인 '르네상스회' 멤버들은 장 대표가 해외유학파인 것으로 추정했다. 1088년에 설립된 이탈리아의 유서 깊은 볼로냐 대학교? 그 근거는 장 대표와 그 대학교 교수인 움베르토 에코 박사가 함께 다정히 앉아 찍은 사진이다. 움베르토 에코는 당대 최고의 기호학자이자 《장미의 이름》, 《푸코의 진자》 등 베스트셀러를 쓴 소설가 아닌가.

"에코 선생과 무슨 인연이야?"

탁 여사가 장 대표에게 물었더니 장 대표는 '사제지간'이라고만 말하고 자세히는 밝히지 않았다. 세계적인 석학의 제자라 하니 르네상스 회원들은 일단 야코가 죽었다. 그러나 박사과정 제자인지, 석사과정을

66

다녔는지 구체적인 정보를 몰라 여전히 고개를 갸우뚱거렸다.

장 대표의 이런 신비주의 전략은 잘 먹혀들었다. 장 대표 스스로 한 번도 말하지 않았는데도 '사모님 사교계'에서는 볼로냐 대학 고전문학 박사, 움베르토 에코 수제자 등으로 알려졌다. 탁 여사는 여고 또는 대학 동창회에 나가면 이렇게 자랑한다.

"스카프 하나를 사더라도 볼로냐 대학 박사인 부티크 사장에게서 커피 대접 받으며 인문학 교양강좌 듣고 구입하면 일거양득이지."

장 대표가 전수학교에 다닐 때 음악 강사는 성악 전공 청년인 도민구였다. 그는 이탈리아 유학 자금을 마련하느라 이 학교에서 음악을 가르쳤다. 수업 방식은 베르디, 푸치니 등 이탈리아 작곡가의 오페라 아리아를 들려주는 것. 레코드를 틀거나 도민구 자신이 가볍게 흥얼거렸다. 대부분의 학생들은 책상 위에 얼굴을 대고 잠을 잤다.

그러나 장다희 학생은 오페라의 매력에 빠져들었고 탁월한 암기력으로 그 이탈리아어 가사를 외워 나갔다. 학기가 마칠 즈음엔 도민구와 다희 학생은 〈리골레토〉와 〈토스카〉의 가사를 주거니 받거니 하며 부를 수 있게 되었다. 물론 장다희의 노래 솜씨는 아마추어 수준에 불과했다.

장애인 부모를 둔 소녀가장인 장다희는 서울시청 부근 지하상가의 액세서리 가게에서 점원으로 일하며 전수학교에 다녔다. 가게 주인이 인근 보석가게를 인수하면서 '저녁 타임' 일을 봐달라고 하기에 그녀는 전수학교를 중퇴할 수밖에 없었다. 그녀는 가게에서 종일 오페라 아리아를 흥얼거렸는데 어느 날 한 서양인 손님이 와서 그 노래를 듣고 이탈리아어로 말을 걸었다. 장다희는 거의 무의식적으로 이탈리아어로 대답했다. 오페라 가사 어느 부분이 절로 튀어나온 것이다.

그 며칠 후 EBS '주말의 명화'에서 페데리코 펠리니 감독의 〈길〉(La Strada)이 방영되었다. 채널을 이리저리 돌리다 그 영화를 우연히 본 장다희는 야릇한 체험을 했다. 이탈리아어 대사가 귀에 쏙쏙 들려왔다! 이 영화의 비디오를 구하여 수십 번 보았더니 대사가 통째 머리에 들어왔다. 그 후 가게를 찾는 이탈리아인 손님들과 이탈리아어로 대화하며 물건을 팔았다.

이탈리아의 어느 아마추어 여행가가 이 가게를 들렀다가 장다희의 유창한 이탈리아어 솜씨를 칭찬하며 이 보석가게를 자신의 블로그 기행문에 소개했다. 그 후 한국을 찾는 이탈리아인들은 이 가게에 줄지어 몰려왔다. 그 여행가는 장다희에게 움베르토 에코 작 《장미의 이름》 이탈리아 원어판을 선물로 주었다.

1327년 이탈리아의 어느 수도원에서 일어난 살인사건을 테마로 한 이 추리소설은 인문학 지식의 거대한 창고였다. 처음엔 너무 어려워 한 페이지를 읽는 데 1시간쯤 걸렸다. 이윤기 번역 한글판을 참조하며 읽는 데도 페이지가 얼른 넘어가지 않았다. 그러나 점점 익숙해지면서 마지막 부분에 이르러서는 10분이면 거뜬히 읽었다.

장다희가 일하는 보석가게는 번창했고 가게 사장은 프랑스 파리에서 열리는 보석박람회에 포상 출장을 겸하여 장다희를 데리고 갔다. 파리는 뼛속까지 빈궁했던 '전수학교 중퇴녀'에겐 너무도 황홀한 공간이었다. 그녀는 에르메스, 루이뷔통, 샤넬 등 럭셔리 브랜드의 대형 매장을 구경했고 부쉐론 보석가게도 둘러보며 자신의 가슴에서 요동치는 야망의 울림을 느꼈다.

시내 곳곳엔 '키오스크'라는 신문 가판 가게가 보였다. 세계 각국의 신문 수십 종이 팔리고 있었다. 어느 이탈리아 신문이 눈에 들어왔다. 1면에 실린 움베르토 에코의 사진이 눈길을 끌어 그 신문을 사서 읽었다. 에코 교수가 파리 시내 '콜레주 드 프랑스'라는 곳에서 대중강연을 연다는 예고 기사였다. 1530년에 세워진 이 학술기관은 소르본 대학과 더불어 수백 년 동안 학문의 전당 역할을 맡은 곳 아닌가.

《장미의 이름》을 쓴 저자를 만날 수 있다니! 장다희는 잠시 짬을 내 강연장을 찾아갔다. 고색창연한 건물에서 열린 강연회에서 드디어 움베르토 에코의 얼굴을 보고 육성을 들었다. 강연 제목은 '유럽문화사에서의 완벽한 언어 탐구'였는데 내용이 어려워 이해하기 힘들었다. 질의응답시간에 장다희는 손을 들었으나 지명 받지 못했다. 공식 강연행사가 끝난 후 그녀는 에코 선생에게 다가갔다. 이탈리아어로 인사말과 질문을 던졌는데 가슴이 벅차올라 문법이고 뭐고 따지지 않고 말했다.

"코레아에서 온 애독자입니다. 《장미의 이름》을 한국어와 이탈리아어로 완독했습니다. 이 작품에는 아리스토텔레스의 논리학, 토마스 아퀴나스의 신학, 프랜시스 베이컨의 경험주의 철학 등 서양철학이 두루 무르녹아 있습니다. 선생님은 소설 글감을 학문에서 찾는 소설가인지요, 아니면 학문의 여기(餘技)로 소설을 쓰는 학자인지요?"

장다희의 당돌한 질문에 놀란 듯 에코는 잠시 눈이 동그래지더니 허허, 웃으며 대답했다.

"학자와 소설가, 모두 쉽지 않은 직업입니다. 그러므로 이 두 가지 일을 병행하는 것은 지난(至難)한 도전이지요. 소설가로서의 상상력은 학자의 시야를 넓혀주고, 학문의 심오성은 소설의 콘텐츠를 풍성하게 해줍니다."

이 만남이 계기가 되어 장다희는 움베르토 에코를 스승으로 모시게 되었다. 그의 소설 작품을 샅샅이 읽었다. 이탈리아어판, 불어판, 영어판을 구해 탐독했다. 그 덕분에 그녀는 여러 서양언어에 능통하게 되었다.

장다희는 밀라노 디자인쇼를 참관하러 현지에 갔다가 움베르토 에코의 자택을 수소문하여 찾아갔다. 한글로 번역된 그의 저서들을 갖고 갔더니 그는 한글 모양이 매우 아름답다며 한글의 우수성에 대해 높이 평가했다. 그는 한글의 음가(音價) 원리를 훤히 파악하고 있었다.

장다희는 에코 교수의 글을 읽고 가졌던 궁금한 내용을 질문했다.

"현대가 '새로운 중세'로 진입하고 있다고 지적하셨는데 어떤 의미인지요?"

"오늘날 독점 대기업을 보세요. 중세의 강고한 요새 같지 않아요? 대학은 어떤가요? 현실과 동떨어진 수도원 같지요? 중세의 요새와 수도원 밖에는 질병, 빈곤, 범죄에 시달리는 민중들의 고달픈 삶이 있었습니다. 오늘날 무력한 현대인들은 중세 민중과 비슷하지요."

"그들을 구제하려면?"

"다희처럼 지혜와 용기를 가진 젊은이가 분연히 일어서야지요!"

세월이 흘러 명품 숍 밀라노 부티크를 개업한 장다희 대표는 에코 교수와 e메일로 글을 주고받는 소수의 한국인이 되었다. 장 대표는 에코 교수가 암에 걸려 투병생활을 시작할 때부터는 그를 '빠드레(아버지)' 또는 '빠빠(아빠)'라고 불렀다. 산삼이 효험이 있을 것 같아 장 대표는

2015년 봄에는 산삼을 사서 밀라노에 가기도 했다.

결국 2016년 2월 19일 에코 교수는 불귀의 객이 되고 말았다. 그 무렵 뉴욕에 출장 갔던 장 대표는 서둘러 밀라노로 가서 조문했다. 석 달 후인 2016년 5월에도 일부러 밀라노 출장 건을 만들어 에코 선생의 묘소를 찾아갔다.

장다희는 에코 교수가 바로 앞에 앉아 미소 짓는다고 여기며 혼자서 중얼거렸다.

"빠빠! 《세상의 바보들에게 웃으며 화내는 방법》이란 책, 제목이 무척 마음에 들어요. 저는 화가 나더라도 크게 웃을게요. 중세 민중과 같은 이웃들을 살릴 수 있도록 제게 지혜와 용기를 주세요!"

장 대표가 밀라노에서 로마로 온 것은 전수학교 시절의 음악강사를 찾기 위해서다. 에코 스승을 저세상으로 보냈으니 오늘날 자신을 있게 한 도민구를 찾아 스승으로 모셔야겠다는 의무감이 생겼다. '유비통신'을 들으니 그는 산타 체칠리아 음악원을 졸업하고 유럽 무대에서 활동하다 어느 날 성악무대에서 홀연 사라졌단다. 로마 어느 곳에서 한국식당을 경영한다는 풍문을 들었으나 도저히 믿기지 않았다. 그의 천재적인 음악성이라면 당연히 라 스칼라 극장 무대에서 활약해야 하는 것 아닐까?

미리 구한 로마 시내 한국식당 주소 리스트를 들춰 보며 장 대표는 순례에 나섰다. 몇 군데에서 허탕을 치고 호텔로 돌아갈까 하다가 눈앞에 '아리수'란 한글 간판이 눈에 띄었다. 반가운 마음에 얼른 들어갔더니 자그마한 실내에 손님이라고는 한 테이블에 둘러앉은 손님밖에 없었다.

"아! 교수님을 여기에서 또 만났네요!"

장 대표는 낮에 우연히 '오드리 헵번' 레스토랑에서 만난 갈용소 교수
와 또 마주쳐 탄성을 질렀다. 갈 교수도 당혹스런 표정을 지으며 중얼
거렸다.

"설마 나를 미행하지는 않았을 테고…."

낯선 여성들에게서 스토킹을 가끔 당하는 갈 교수는 고개를 절레절
레 흔들었다. 갈 교수는 로마로 오는 비행기 안에서 응급진료 해준 코
레아 아기 부모의 초대로 온 참이었다. 코레아 가족 옆에 앉았던 한식
당 셰프 도민구의 명함을 받고 이곳에서 식사자리를 마련한 것이다.

이탈리아인 여성 종업원이 주문을 받으러 왔을 때 장 대표는 그녀에
게 식당 사장에 대해 물었다.

"혹시 이곳 사장님이 과거에 테너 성악가 아니었던가요?"

"예? 저는 모르겠는데요."

자그마한 레스토랑이다 보니 홀과 주방이 맞붙어 있어 주방 안에서
도 귀를 쫑긋 세우면 손님들의 대화가 들릴 수도 있다. 셰프 도민구의
귀에 얼핏 '과거에 테너'라는 말이 들렸다. 홀 쪽으로 눈길을 돌려 누가
그런 말을 하는지 살며시 살폈다. 한국인 여성 손님이 종업원과 얘기하
는 모습이 어른거린다. 성악을 해서 남의 목소리에 대한 감각이 매우
예민한 도민구는 그 여성의 목소리를 아련한 옛적에 들은 것 같았다.

"사장님이 산타 체칠리아 나온 분 아니에요?"

"저는 그런 것 전혀 몰라요."

대화를 듣던 도민구는 서울 남산 언저리에 있던 전수학교 풍경이 얼
핏 떠올랐다.

'나와 아리아를 주고받으며 부르던 그 장다희 양?'

도민구는 귀를 기울이다 그 장 양의 목소리임을 확신했다.

잠시 후 홀 안에는 작은 소동이 벌어졌다. 주방 문이 덜컥 열리며 도민구가 홀 쪽으로 나오더니 느닷없이 바깥으로 뛰쳐나간 것이다. 그 뒤태를 얼핏 본 장다희는 곧 벌떡 일어나 쫓아 나갔다.

"잠깐만요!"

장 대표가 이렇게 외쳤지만 도민구는 저 멀리 달아나고 말았다. 장대표는 그 사나이가 스승 도민구인지 알 수 없었다. 궁둥이가 남산만큼 불쑥 솟아 다른 사람 같기도 하고 ….

'식당 주방장이 왜 저렇게 뛰어나갔을까? 나를 만나기 거북해서일까? 그럼 저분이 진짜 도민구 선생일까?'

장 대표는 아리수 식당을 나와 로마 시내를 천천히 거닐었다. 머릿속엔 전수학교 시절에 부르던 노래가 맴돌았다. 자신도 모르게 푸치니 〈토스카〉 가운데 '사랑에 살고 노래에 살고'라는 노래가 입에서 절로 나왔다.

"비시 다르테/ 비시 다모레 …"

위대한 챔피언 … 무하마드 알리

로마 한식당 사장이자 셰프인 도민구는 저녁 손님을 맞아 궁중전골을 정성스레 준비했다. 종업원 소피아가 디저트인 약과, 결명자차까지 내갔을 때 휴대전화가 부르르 떨었다. 한국의 사촌 형님에게서 걸려온 전화였다.

"국회의원 금배지 단 기분이 어떠세요?"

도민구가 개구일성 그렇게 물었더니 20대 국회의원이 된 형님의 대답은 의외였다. 환성 대신 울음 섞인 목소리였다.

"호사다마(好事多魔)라 카더만 … 컥!"

"형님, 왜 그러세요?"

"아부지 … 돌아가셨다!"

"큰아버지가요?"

"그래. 니도 만사 제치고 빨리 오이라."

도민구는 얼마 전 한국에 갔을 때 뵌 백부의 노쇠한 모습이 떠올랐다. 그 상면이 마지막일 줄이야. 인생무상(人生無常), 이 단어가 도민구의 머릿속에 퍼뜩 떠올랐다.

밤에 인천으로 떠나는 비행기를 타려면 서둘러야 한다. 급한 마음에 소피아에게 식당 문단속을 부탁하지도 못하고 냅다 집으로 달렸다. 청년 시절에 사제지간으로 만났던 장다희가 식당에 찾아왔는데도 그녀를 만날 여유가 없었다.

여권과 옷가지들을 대충 챙기고 공항으로 출발했다. 전철 안에서 소피아에게 전화를 걸었다.

"긴급한 일로 한국에 가야 하니 1주일 휴업합니다. 소피아도 1주일 쉬세요."

"유급 휴가인가요?"

"유급이니 안심하세요."

"감사합니다. 그렇잖아도 나폴리에 가야 하는데 잘 됐네요. 제 남자친구가 오라 해서요."

"더벅머리 그 친구?"

"예. 그리고 … 혹시 산타 체칠리아 음악원 졸업하셨어요? 어느 손님이 물어보던데요."

"거기 나오긴 했는데 요즘 노래를 하지 않으니 … ."

도민구는 이번에 생애 처음으로 퍼스트 클래스에 탔다. 이코노미, 비즈니스 좌석이 모두 만석이었다. 퍼스트 클래스 한 좌석만 남았다는데 비즈니스 좌석 요금으로 할인해 주겠단다.

화려한 특등석에 들어서니 '하늘의 궁전'이란 말이 과장되지 않았음을 실감했다. 의자는 크고 안락했고 서빙 되는 물 한 잔, 과자 하나도 '럭셔리'했다. 손님들의 때깔도 번드르르하다. 회장님, 사장님, 사모님?

푹신한 좌석에 앉으니 '성공한 인생'이라는 느낌이 들었다. 먼 친척 어른이 해외여행 때마다 돈 쓰는 맛을 느끼려 특등석에 탄다는 심경에 공감이 갔다.

"대한민국에서 사업한다는 기(게) 머꼬? 치질 걸린 할망구 똥구녕 빠는 것보다 더 치사한 겡우(경우)가 수두룩한 기라. 고객이 왕이라꼬? 그라모(그러면) 사업가는 종놈 아잉가? 정부 사업에 나서모(나서면) 공무원은 항제(황제)라카이. 그거 치사해서 못하겠다 하모 사업 말아야제. 그리 해서 번 돈을 쓸 때는 내가 항제가 되는 기라!"

승무원이 건네주는 각국 신문 가운데 이탈리아 신문 몇 개를 집어 들었다. 달콤한 '뽀르뚜 와인'을 마시고 천사 같은 승무원의 시중을 받으며 신문을 읽는 재미! 무릉도원이 여기 아니겠는가.

'위대한 챔피언 알리 별세!'

프로복싱 헤비급 세계챔피언 무하마드 알리의 사망 기사였다. 그의 생애를 미주알고주알 소개했고 사진도 여러 장 실었다. 알리라면 프로복서 출신인 백부에게서 자주 듣던 이름이다. 백부는 알리가 한국에 왔을 때 안내했다고 자랑하기도 했다. 도민구는 일단 제목만 훑어보고 뒤로 넘겼다.

사회면에는 이탈리아 마피아 조직이 교도관 채용시험에 부정행위를 저지르다가 들킨 사건이 보도되었다. 교도관을 매수하느니 차라리 마피아 조직원을 교도관으로 합격시켜 수감된 마피아 조직원들을 보살피려 한 것이다. 황당무계한 사건이다.

스포츠면을 보니 마라도나 관련 가십성 뉴스가 눈길을 끈다.

'마라도나, 다이어트에 성공?'

이런 제목의 기사와 함께 큼직한 사진을 실었다.

도민구의 옆자리 손님도 마침 그 신문 그 면을 펼쳐 보고 있었다. 그 중년 남자는 나이답지 않게 키득키득 웃으며 그 사진을 뚫어지게 쳐다본다. 그러더니 도민구도 같은 신문을 펼쳤음을 눈치채고 고개를 돌려 말을 걸었다.

"혹시 이탈리아 신문을 읽을 수 있으신지요?"

"예. 이탈리아에서 10년 가까이 살아서 대충 이해합니다."

"그럼, 여기 마라도나 관련 기사 좀 읽고 해석해 주시겠습니까?"

"음… 대강 이런 뜻입니다. 산파올로 구장에 오랜만에 나타난 마라도나가 종전보다 몸이 가볍게 보인다… 콧날이 낮아졌다… 일설에 의하면 이날 나타난 마라도나는 진짜가 아니다….."

그 남자는 계속 킥킥 웃으며 가방에서 가발을 꺼냈다. 그는 곱슬머리 가발을 쓰고 선글라스를 끼고는 도민구 쪽으로 얼굴을 돌렸다.

"어때요? 마라도나 같나요?"

도민구가 보기에도 마라도나와 꽤 닮았다. 털북숭이 팔뚝, 짙은 눈썹에 딱 벌어진 어깨가 얼핏 봐서는 마라도나 같았다.

"진짜 같습니다!"

"이 신문 사진의 마라도나가 바로 저입니다. 나폴리 축구장에 갔다가 엉뚱한 일이 벌어진 거죠. 친구가 준 이 가발을 쓰고 들어갔더니 관중들이 기립 박수를 치며 환호하지 않겠습니까."

그 남자가 실없는 사람으로 보였다. 명함을 받으니 부초그룹의 마동출 회장이다. 부초그룹이라면 탄탄한 중견그룹 아닌가.

도민구는 알리에 관한 기사를 정독했다. 5개 면에 걸쳐 자세히 보도
했다. 도민구는 수첩을 꺼내 그 내용을 연보(年譜)처럼 정리해 보았다.

- 1942년 1월 27일 미국 켄터키 주 루이빌 출생. 본명 캐시어스 클
  레이.
- 14세 소년 시절에 흑인을 무시하는 백인 건달을 응징하기 위해
  복싱을 배움.
- 1960년 로마 올림픽 복싱 헤비급에서 금메달 획득. 인종차별에
  항의해 금메달을 강물에 던져 버림.
- 1960년 10월 29일 프로 데뷔. 신장 190.5cm, 팔 길이 200cm.
- 1962년 11월 15일 아치 무어와 시합하기 직전에 대기실 칠판에 '4
  회에 KO 시킨다'고 쓰고 예언대로 4회 KO승을 거둠.
- 1964년 2월 25일 세계챔피언 소니 리스턴과 대결에 앞서 "나비처
  럼 날아서 벌처럼 쏘겠다"는 명언을 남김. 리스턴을 7회 TKO로
  물리치고 챔피언이 됨. 이 경기 후 이름을 무하마드 알리로 바꿈.
  이후 9차례 방어.
- 1967년 베트남 전쟁, 징집영장이 발부되자 "나에게 아무런 해를
  끼치지 않는 베트콩과 싸우느니 흑인을 억압하는 세상과 싸우겠
  다"며 양심적 병역거부, 징역 5년 선고받음. 헤비급 타이틀을 뺏
  기고 프로복서 자격도 박탈당해 3년간 복싱 공백.
- 1970년 10월 26일 백인 복서 제리 쿼리와 붙어 3회 TKO승을 거
  두며 재기에 성공.
- 1971년 3월 8일 WBC, WBA 헤비급 챔피언 조 프레이저에 도전

했다가 15회 레프트 훅을 얻어맞고 다운당함. 판정패. 생애 첫 패배.

- 1973년 3월 31일 켄 노턴에게 판정패. 생애 두 번째 패배.
- 1973년 9월 10일 켄 노턴에게 판정승하며 설욕.
- 1974년 10월 30일 WBC, WBA 헤비급 타이틀전에서 조지 포먼을 8회 KO로 이김 (킨샤사의 기적). 이후 10차 방어 성공.
- 1975년 10월 1일 조 프레이저에 14회 TKO승.
- 1976년 6월 26일 일본 프로레슬러 안토니오 이노키와 격투기 대결.
- 1976년 6월 27일 한국 방문.
- 1978년 2월 15일 리언 스핑크스에 판정패, 타이틀 상실.
- 1978년 9월 15일 리언 스핑크스에게 판정승, WBA 타이틀을 되찾으며 3번째 타이틀 획득.
- 1979년 9월 6일 알리 은퇴 선언, 타이틀 반납.
- 1980년 10월 2일 컴백. 과거 스파링 파트너였던 래리 홈즈의 WBC 타이틀에 도전했지만 10회 TKO패.
- 1981년 12월 11일 트레버 버빅에 10회 판정패, 현역 은퇴. 통산 전적은 56승 (37KO) 5패.
- 1996년 7월 19일 애틀랜타 올림픽 개막식에서 최종 성화 점화자로 등장, 오른손을 떨면서 성화대에 점화함. 금메달을 다시 받음.
- 1999년 〈스포츠 일러스트레이티드〉 잡지와 BBC, 알리를 '20세기의 스포츠맨'으로 선정.
- 2005년 11월 9일 백악관에서 민간인에게 주어지는 최고 훈장인

자유훈장을 받음.

- 2016년 6월 3일 파킨슨병에 대한 합병증 호흡기 질환으로 사망.

이슬람교 신자인 알리는 미국에서 저항의 아이콘이었다. 베트남 전쟁 참전을 거부하고 흑인 인종차별에 저항한 독설가였다. 그리고 무엇보다 장신의 헤비급인데도 '나비처럼 날아 벌처럼 쏘는' 천재 복서였다.

도민구는 기내에서 제공되는 영화 가운데 알리의 삶을 다룬 영화 〈더 그레이티스트〉(The Greatest)를 골라 감상했다. 알리 본인이 주연배우로 출연한 이 영화는 1977년 작품이다. 도민구의 귀에는 조지 벤슨이 부른 영화 주제가 〈그레이티스트 러브 오브 올〉(Greatest Love of All)이 또렷이 들려왔다. 이 노래는 훗날 가수 휘트니 휴스턴이 리메이크하면서 1986년 빌보드 차트 1위에 올랐다.

도민구는 화장실에 갔다 돌아오면서 옆자리 손님인 마동출 회장도 같은 영화를 보는 것을 알았다.

"복싱 좋아하세요?"

이렇게 물었더니 마동출은 도민구의 질문에 반색하며 대답했다.

"물론이지요. 어릴 때 골목길에서 친구들과 놀이 삼아 권투도 많이 했답니다. 제가 축구를 할 땐 마라도나로 불렸고 복싱을 하면 타이슨이었지요. 목이 짧아 그렇게 보이지 않아요?"

마 회장은 눈을 찡긋하며 앉은 자세에서 두 주먹을 가볍게 앞으로 뻗어 복싱 포즈를 취하며 그렇게 말했다. 얼핏 보니 '핵주먹' 타이슨을 닮기도 했다.

"복싱 경기를 실제로 많이 보셨는지요?"

"과거에 복싱이 인기 종목일 때 세계챔피언 타이틀전이 열리는 문화 체육관, 장충체육관에 구경하러 자주 갔답니다."

"세계 타이틀전 입장료는 엄청 비쌌지요?"

"링사이드 좌석은 아무나 못 앉았는데 저는 거기에서 봤답니다."

"그때는 청년 시절이었을 텐데 당시에 용돈이 넉넉했는지요?"

"가난한 대학생이었습니다. 가정교사로 있는 집 회장님이 재력가인데 제게도 VIP 입장권을 주신 덕분이지요."

도민구보다 나이가 10여 세 많은 마 회장은 알리 대 포먼 경기에 대해 입에 거품을 물며 신나게 설명했다.

"정말 '세기의 대전'이었답니다. 1974년 아프리카 킨샤사에서 열린 이 경기는 '정글의 혈전(The Rumble in the Jungle)'이라 불렸지요. 당시 조지 포먼은 무시무시한 강펀치를 휘두르며 상대방을 추풍낙엽처럼 KO로 물리치던 복싱 최강자였답니다. 알리는 한물간 떠버리로 치부됐는데 공이 울리자 예상대로 포먼은 일방적인 공격을 퍼부었지요. 알리는 코너에 몰린 채 죽도록 얻어맞았고. 정말 애처로울 정도로! 그러다 8회전에 대반전이 일어났습니다. 어느 순간 알리의 원투 스트레이트가 포먼의 얼굴을 가격했고 포먼은 그야말로 썩은 고목처럼 풀썩 쓰러져 일어나지 못했습니다! 기적과 같은 승부였죠."

마 회장은 톡 쏘는 맛이 나는 탄산수를 벌컥벌컥 마시고 말을 이었다.

"1996년 〈우리가 왕이었을 때〉라는 다큐멘터리 영화가 만들어졌어요. 알리의 '정글의 혈전'과 이 대결이 가져다 준 정치, 사회적 의미를 밝히는 작품입니다. 알리는 '아프리칸 아메리칸(아프리카 출신 미국인)'으로 미국에서 인종차별을 받지 않았습니까? 그런데 아프리카 대륙에서 경기를 펼치고 그곳에서 뿌리를 확인하고 영웅으로 추앙받지요. 알리는 아프리카에서 비로소 자신의 정체성을 만나는 것이지요."

마 회장은 침을 튀기며 복싱 신화를 이어 나갔다. 홍수환 선수가 '지옥에서 온 악마'라는 별명의 카라스키야에게 4번이나 다운당하고도 오뚝이처럼 일어나 상대방을 통쾌하게 KO 시키는 대역전극과 '독일병정' 김태식이 세계챔피언 루이스 이바라를 폭풍처럼 몰아세워 2회 1분 11초 만에 KO 시키는 장면 등을 입에 거품을 물고 이야기했다.

도민구도 이에 질세라 백부와 사촌 형님이 프로복서였다는 점을 내세우며 그들에게서 주워들은 복싱 일화를 자랑했다.

"저희 큰아버지는 김기수 챔피언과도 맞붙었고 알리가 한국에 왔을 때 알리와도 친선 스파링을 했답니다."

"알리와 스파링을? 대단하군요. 알리가 미8군 병사와 스파링을 했다는 이야기는 들었습니다만…."

"공교롭게도 큰아버지께서도 알리와 같은 날 별세하셨답니다. 그래서 제가 급히 귀국하는 것이지요."

"알리와 백부께서는 각별한 인연을 지녔군요. 백부의 유품 가운데 알리와 관계되는 것이 있는지 찾아보세요. 혹시 발견하시면 제게 연락하세요. 저도 구경하고 싶네요."

도민구는 인천공항에 내리자마자 택시를 타고 S대 병원 장례식장으로 달려갔다. 현역 국회의원 부친상답게 빈소 입구부터 조화가 빈틈없이 빽빽이 들어섰다. 무명인사가 보낸 화환은 이름표만 뗀 채 줄줄이 걸려 있었다. 문상객들의 행렬은 끊임없이 이어졌다.

도민구는 백부의 영정 앞에서 재배(再拜)한 다음 한동안 일어서지 못하고 오열했다. 터져 나오는 울음이 그칠 줄 몰랐다.

"고마(그만)해라."

사촌 형이 도민구를 일으켜 세우지 않았더라면 하염없이 엎드려 울 뻔했다. 백부는 TV를 시청하다 알리의 별세 사실을 알고는 '알리, 알리'를 외치다 눈을 감았다는 것이다.

삼우제까지 마친 후 도민구는 사촌 형님의 집에 들러 백부의 앨범을 샅샅이 뒤졌다. 알리와 함께 찍은 사진이라도 있을까 하고 펼쳤는데 아무리 찾아도 보이지 않았다.

"도련님, 뭘 그리 열심히 찾으세요?"

형수가 그렇게 묻기에 알리 사진을 찾는다고 대답했다.

"진작 말씀하시지 …. 아버님이 지갑에 넣어 다니며 자주 꺼내 보시던 사진 ….”

형수는 백부가 요양원에 가실 때까지 간직하셨다는 그 사진을 서랍에서 꺼내 보여주었다. 백부와 알리가 주먹을 섞으며 포즈를 취한 장면이었다. 누렇게 바랜 흑백사진 속의 백부는 얼핏 보기에 알리와 덩치가 엇비슷할 정도로 건장한 체격이었다.

도민구는 마 회장의 명함을 꺼내 휴대전화 번호를 확인하고 잠시 망설였다. 비행기 옆자리에 앉았다는 인연으로 대기업 총수에게 전화를 해도 될까. 알리 관련 유품이 있으면 연락하라고 먼저 말한 사람은 마 회장이었기에 '밑져도 본전'이라는 심경으로 번호를 눌렀다.

"저희 백부와 알리가 복싱 포즈를 취하며 함께 찍은 사진을 찾았습니다!"

"아! 그래요? 그런 희귀 자료는 신문사에 제보해야지요."

"신문에 나게 한다는 말씀입니까?"

"알리 사망소식에 충격 받아 쓰러져 그날 별세한 한국인 프로복서! 그가 남긴 알리와의 스파링 사진! 흥미진진한 스토리 아닙니까?"

마 회장은 달뜬 목소리로 도민구에게 그 사진을 들고 당장 광화문 네거리로 나오라고 했다. 함께 신문사에 찾아가 제보하잔다.

정장 차림의 마 회장은 비행기 안에서 캐주얼 복장이었을 때와는 다른 절제된 풍모를 보인다. 홍보실장과 수행비서를 대동하니 만만찮은 '포스'를 풍긴다.

"이 호텔이 알파고와 이세돌 9단이 세기의 바둑 대결을 벌여 유명해진 곳이랍니다."

F호텔 커피숍에서 만난 마 회장은 주문한 커피가 나오기 전에 바둑이 공간지각력 함양과 수리적 지능 향상에 큰 도움을 준다며 5분가량 열변을 토했다. 미국 MIT에 유학할 때 논문을 쓰다 맥이 막히면 바둑을 두어 판 두었단다. 그러면 상상력의 물꼬가 터져 논문이 술술 쓰였다고 …. 그는 애써 자제하다 커피가 나오자 사진을 보자고 재촉했다.

"아! 대단한 사진이네요! 백부의 흰 피부와 알리의 꿈틀거리는 검은 근육! 흑백의 대비와 조화! 사진예술로도 경지에 오를 명작입니다!"

마 회장은 대학생 시절 범(汎) 대학 축구 동아리 멤버였다는 〈D일보〉 편집국장에게 전화를 걸어 흥분을 폭발시켰다.

"특종거리 갖고 지금 찾아가겠네!"

도민구는 신문사에 들어가기가 꺼림칙했다. 10여 년 전 〈D일보〉 주최의 음악콩쿠르에서 대상을 받은 자신이 음악과는 무관한 일로 간다는 게 죄스러웠기 때문이다. 그러나 그런 망설임도 마 회장의 재촉 때문에 소용없었다. 혹시 안면이 있는 음악담당 기자와 마주칠까 봐 고개를 푹 숙이고 편집국장실에 들어섰다.

"꼬라도나! 자네, 나폴리에서 한 건 했더군!"

"자네가 어떻게 알았나?"

"여기 앉아서도 지구촌 곳곳 소식을 파악하는 게 신문쟁이 일 아닌가? 그 사진을 보자마자 자네임을 척 알았지. 자네가 가발만 쓰면 마라도나라고 내가 말했잖아?"

도민구가 사진을 꺼내자 마 회장은 마치 자신의 사연인 듯 사진 속의 주인공 이야기를 풀어냈다. 편집국장은 귀를 쫑긋 세우고 듣더니 스포츠부장과 사진부장을 부른다. 마 회장은 더욱 신이 나서 이야기를 되풀이했다. 스포츠부장은 열심히 메모했고 사진부장은 사진을 뚫어지게 바라봤다. 편집국장은 국제부장도 불렀다.

"외신에 알리 영결식 관련 뉴스도 많이 들어오나요?"

"오바마 대통령은 딸 졸업식 때문에 참석하지 못한답니다. 빌 클린턴 전 대통령은 참석해 추도사를 한다고 합니다."

사진을 살피던 사진부장이 고개를 갸우뚱거리더니 입을 열었다.

"컴퓨터로 스캔해서 확대해 보겠습니다."

사진부장이 사진을 들고 사진부 사무실로 간 후 편집국장과 마 회장은 한국경제의 암울한 상황에 대해 의견을 나누면서 얼굴을 찡그렸다.

사진부장이 돌아왔다.

"이 사진, 못 씁니다!"

사진부장의 일갈(一喝)에 편집국장, 마 회장, 도민구 모두 어안이 벙벙해졌다. 왜 못 쓰는가? 묻지 않아도 사진부장이 곧 이유를 말할 터였다. 잠시 침묵이 흘렀다. 사진부장은 손가락을 곧추세워 정수리 부분을 훑고 침을 꿀꺽 삼키고는 말을 이었다.

"합성 사진입니다."

적요(寂寥)가 이어졌다. 사진부장은 표정이 일그러진 편집국장의 얼굴을 살피며 설명을 덧붙였다.

"알리의 사진에다 이분이 자기 사진을 멋대로 맞붙여 조작했군요."

전설의 여기자 … 오리아나 팔라치

이탈리아 아가씨 소피아는 지중해의 큼직한 섬 시칠리아 태생이다. '시칠리아'(Sicilia) 는 영어로는 '시실리'(Sicily) 라 불리는데 소피아는 외국인으로부터 고향이 어디냐는 질문을 받으면 '시칠리아'라고 대답한다. '시실리'라고 하면 으레 '마피아 본산 아니냐?'는 질문이 이어지기 때문이다.

소피아가 만난 '지리 바보'들은 '피렌체'와 '플로렌스', '베네치아'와 '베니스', '토리노'와 '투린'이 같은 도시인 줄 모른다. 어찌 그들만 탓하랴. 유럽엔 온갖 잡탕 언어들이 동시에 쓰이기 때문 아니겠는가. 안트워프, 안트베르펜, 앙베르…. 벨기에의 이 항구도시는 같은 곳이지만 다르게 불린다.

소피아는 이탈리아 본국인과 얘기할 때도 출생지를 되도록 밝히지 않으려 애쓴다. 생일이 고약하다. 1992년 5월 23일.

이탈리아 본토인들은 그날이 무슨 날인지 잘 안다. 마피아 소탕에 나선 '국민 영웅' 지오반니 팔코네 검사가 마피아에 의해 폭사당한 날이었다. 그날 팔코네 검사는 시칠리아 팔레르모 공항에서 시내로 가던 중 고속도로에 장치된 다이너마이트 폭발 때문에 아내, 경호원 셋과 함께 형체도 없이 사라졌다.

팔코네의 절친한 친구 파올로 보르셀리노 검사도 마피아를 수사하다 가 2개월 후 역시 폭사당했다.

팔코네, 보르셀리노 등 거물 수사 책임자가 두 달 사이에 살해당한 것은 이탈리아 정부로서는 '범죄와의 전쟁'에서 엄청난 손실이었다. 그러나 역설적으로 이들의 치밀한 수사력에 의해 마피아가 궁지에 몰렸음을 반증한다. 이들은 체포된 마피아 조직원을 설득하여 조직의 비밀을 털어놓도록 하는 데 탁월한 솜씨를 발휘했다. 마피아는 붙잡힌 조직원이 입을 다물면 교도소에 있는 동안 가족에게 생활비를 대준다. 그러나 입을 열면 가혹한 연좌제 보복을 가한다. 살바토레 콘토르노란 조직원은 30여 명의 친척들이 보복살해되는 고초를 겪었다.

이탈리아 국민들은 보르셀리노 검사의 장례식에 참석한 스칼파로 대통령에게 야유를 퍼부었다. 정부는 장례식에 즈음해 공수부대원 등 2천여 병력을 시칠리아에 급파했다. 마피아와 한판 전쟁을 치르겠다는 의지를 보인 것이다. 팔레르모 교도소에 수감 중이던 마피아 중간보스 55명을 육지의 중죄인 수용소에 분산 수감하고 몇몇 거물급 두목은 외딴 섬으로 보냈다.

이런 어수선한 분위기에 아기를 낳은 소피아의 어머니는 산후 조리가 끝나자 짐 보따리를 쌌다.

"마피아 소굴에서 천사 같은 내 딸을 키울 수 없어요. 친정인 나폴리로 가겠어요."

어머니가 단호하게 말하며 신발을 신자 아버지도 엉거주춤 따라나섰다. 아버지는 '미워도 내 고향'인 시칠리아를 떠나는 게 못내 아쉬웠으나 나폴리의 처가가 밥술깨나 뜨는 집안이므로 차라리 처가살이하는 게 낫겠다 판단했다.

아버지는 장인의 도움으로 나폴리 역 앞에서 신문, 책, 문방구 등을 파는 가게를 열었다.

소피아는 나폴리 도심에 있는 초등학교에 들어갔다. 꿈 많은 어린 시절에 품은 장래 희망은 패션모델, 만화가, 연극배우 등 여러 가지였다. 그러나 모델이 되기엔 목이 너무 굵었고, 쪼그리고 앉아 중노동에 가까운 그림 작업을 하는 만화가가 되기엔 청춘이 아까웠고, 암기력이 나빠 대사를 외울 자신이 없어 연극배우도 포기했다.

소피아는 중학생 때인 2005년 6월 9일 아버지와 함께 축구경기를 보러 갔다가 축구영웅 마라도나를 먼발치에서 보았다. 마라도나는 옛 동료 치로 페라라의 은퇴경기를 보러 나폴리로 돌아온 것이다.

소피아는 마라도나를 육안으로 봤다는 감격과 술 마시고 고래고래 고함을 지르는 어른 관람객들의 무질서한 관전 태도 등을 아우른 관람기를 작성해 나폴리 지역신문에 보냈다. 그 글이 신문의 독자투고란에 제법 큼직하게 게재됐다. 교장 선생님은 소피아를 교장실에 불러 칭찬했다.

"글을 참 잘 썼더구나! 오늘 학교 파하면 우리 집에 놀러가지 않을래?"

교장 선생님 댁에 초대받다니! 옆에 선 담임 선생님도 연신 싱글벙글한다. 교장 선생의 차를 타고 댁에 갔다. 거기엔 교장의 친정어머니가

와 계셨다.

"엄마! 글 잘 쓰는 학생이 있어 데려왔어요."

소피아의 눈엔 교장도 할머니인데 그녀의 어머니라니! 왕할머니는 허리가 꼿꼿하고 피부도 탱탱했다. 왕할머니는 20대부터 기자를 했고 지금 70대인데도 프리랜서 기자, 소설가, 시인으로 활동한단다.

"젊은 학생을 보니 나도 젊어진 기분이네!"

"교장 선생님의 어머니라고 아무도 믿지 않겠어요. 저희 어머니 세대 같이 보이는데요."

왕할머니는 아부인 줄 뻔히 알면서도 기분이 좋아 입이 벌어졌다.

"학생이 내 이름은 듣지는 못했을 것이고… 오리아나 팔라치, 들어봤겠지?"

"물론이죠. '전설의 여기자' 아닌가요. 부끄럽게도 그분이 쓴 글을 읽어본 적은 없습니다만…."

왕할머니는 팔라치와 어린 시절 피렌체에서 자랄 때부터 절친한 친구 사이란다. 어른이 되어 글을 쓰는 직업인이라는 공통점 때문에 더욱 동병상련(同病相憐)을 느낀다고 한다. 팔라치는 2차 대전 때 소녀 레지스탕스 요원으로 활약했다고 한다. 거물들과 인터뷰할 때도 전혀 주눅들지 않고 언쟁을 벌여서라도 상대방의 내면세계를 파헤친단다.

"오리아나를 소개해주랴?"

"예?"

소피아는 귀를 의심했다. 나폴리에서 평범하게 살아가는 소녀에게 '살아 있는 전설'을 소개하다니 어디 가당키도 한 말인가.

"그런 분과 접촉하면 소피아의 인생이 달라질 수 있어. 영어 속담에

'소년이여, 야망을 가져라!'라는 말이 있지? 이제 시대가 바뀌었어. '소녀여, 야망을 가져라!'라고 … ."

소피아가 동그래진 눈으로 왕할머니를 응시하며 관심을 보이자 왕할머니는 신이 나서 옛날 일화를 풀어냈다.

"오리아나는 1929년 피렌체에서 태어났는데 부모님들이 빠듯한 살림에도 총명한 딸을 위해 책을 엄청나게 사주셨지. 거실이며, 안방이며 온통 책으로 그득했지. 나도 그 집에 가면 책 읽는 재미에 푹 빠졌었지. 그 아버지는 파시스트에 맞서 싸운 레지스탕스였는데 어린 오리아나에게 총 쏘는 법, 사냥하는 법도 가르쳤단다. 오리아나는 어른 요원들에게 수류탄과 총을 갖다주는 일을 도왔지."

왕할머니의 이야기는 밤 9시까지 이어졌다. 소피아가 아버지에게 교장 댁에 간다고 말해 놓았기에 아버지는 소피아를 데리러 차를 몰고 와 교장 댁 앞에서 기다렸다.

왕할머니가 준 팔라치에 관한 책 2권을 집에 가져온 소피아는 주말 내내 그 책을 읽느라 세수할 시간도 없었다. 팔라치의 인터뷰 묶음 책인 《역사와의 인터뷰》에 등장하는 20세기 역사의 거물들!

소피아는 아라파트, 브란트, 키신저, 등소평, 바웬사 등 인터뷰이 (interviewee)들의 얼굴을 떠올리며 오리아나 팔라치의 삶을 공책에 다음과 같이 요약했다. 워드 작업 대신에 손으로 일일이 썼다. 소피아는 오리아나에 빙의되어 마치 자신의 일기를 쓰듯 몰입했다.

팔라치는 고등학교를 졸업하고 소설가가 되고 싶었으나 부모의 반대로 피렌체 의대에 진학한다. 암기 위주인 의학공부에 흥미를 잃었을 때

공교롭게도 아버지가 교통사고로 중상을 입는다. 그녀는 학업을 중단하고 '소녀 가장'으로 가족 생활비를 벌어야 했다. 피렌체의 작은 신문 '일 마티노 델리탈리아 센트랄레'라는 신문사를 무작정 찾아가 기자로 채용해 달라고 졸랐다.

편집국장은 시험 삼아 취재 과제를 주었다. 신장개업한 나이트클럽에 관한 르포를 써내라고 한 것. 그녀는 그 르포에서 2차 대전 직후 여름을 맞은 이탈리아 사회상을 적나라하게 묘사해 호평을 받았고 곧 사건기자로 채용된다.

오리아나는 기사를 예술 차원으로 끌어올렸다. 예를 들어, 피렌체의 비둘기를 묘사할 때면 화려한 과거를 뒷전에 두고 현재 쇠락한 피렌체의 역사에 비둘기의 운명을 빗댔다. 그녀의 글은 무미건조한 기사가 아니라 치열한 지적(知的)인 논의였고 심미적(審美的)인 에세이였다.

그녀가 유명한 시사잡지 〈레우로페오〉(L'Europeo, 유럽인)에 투고한 기사가 커버스토리로 다뤄지기도 했다. 이것이 인연이 되어 훗날 그녀는 이 잡지의 기자로 스카우트된다. 여기서 그녀는 인터뷰 전문기자로 활약한다. 할리우드 영화배우를 인터뷰하며 그들의 내면세계를 파헤친 글이 돋보였다.

버트 랭커스터, 킴 노박 등 당대 인기배우를 만났다.

그러나 마릴린 먼로는 만나지 못했다. 숱하게 인터뷰를 시도했으나 실패했다. 오리아나는 이 실패기를 기사로 썼다. 먼로의 단골 레스토랑 12곳, 영화관 8곳, 나이트클럽 18곳을 찾았으나 허탕을 쳤다. 먼로의 집 주소를 알아내 찾아갔으나 이사한 후였다. 이 기사에서 주인공은 기자 자신이 된 셈이다. 기사 마지막을 '마릴린 씨, 시간이 나면 저를 만나러 밀라노로 와주세요'라고 재치 있게 마무리했다.

할리우드 영화인 인터뷰집 《할리우드의 7개 죄악》이란 책은 베스트셀러로 떠올랐다. 이제 무대를 더욱 넓혀 1960년부터는 아시아 지역을 돌아다니며 여행기를 쓰기 시작했다. 관심사는 '고리타분한 습속 때문에 고통 받는 여성'이었다.

베트남전쟁이 터지자 그녀는 총탄이 빗발치는 전투 현장에 쫓아가 목숨을 걸고 취재한다. 회사의 허락을 받지 않고 베트남으로 갔고 '죽어도 좋다'는 서약서와 함께 기사를 보냈다. 그녀의 생생한 전쟁 기사는 센세이션을 일으켰다. 잡지는 나오자마자 매진되었고 그 기사는 세계 각국의 신문, 잡지에서 전재되었다. 이 때문에 '투사 여기자'란 이미지를 부각시킨다.

1968년 9월 멕시코 올림픽대회에서 '투사' 이미지는 더욱 굳어졌다. 멕시코 정부는 헐벗고 굶주린 국민들을 외면한 채 올림픽 준비에 거액을 쏟아부었다. 오리아나는 반정부 시위대를 무자비하게 진압하는 현장에 갔다가 등과 다리에 총상을 입는다. 그녀는 혼수상태에서 깨어나자 병원 침대에 누운 채 구술(口述)로 간호사에게 '내가 다친 유혈의 밤'이라는 기사를 받아 적게 했다.

'멕시코는 베트남보다 더 잔인했다. 전쟁은 무장한 인간끼리 싸운다는 공평한 전제 아래 성립된다. 그러나 멕시코에서는 비무장 시민을 총살했고 탱크로 깔아뭉갰다.'

이 기사 덕분에 멕시코 저항운동은 세계의 이목을 끌게 된다.

오리아나는 결혼이라는 제도적 틀에 얽매이기 싫어했다. 그래서 자유롭게 여러 남자와 사랑했다. 상대방이 누구인지는 알려지지 않았다.

유일하게 공개된 연인은 그리스의 시인이자 혁명가인 알렉산드로스 파나고울리스. 그는 1968년 그리스의 독재자를 암살하려 한 혐의로 사형선고를 받고 좁은 독방에 42개월 동안 수감됐다. 그러다 '국외 추방' 조건으로 석방됐다.

1973년 8월 오리아나는 파나고울리스를 인터뷰하면서 그의 강인한 정신력에 매료됐다. 세 살 아래인 그와 오리아나는 연인이 되어 이탈리아에서 함께 살았다. 1974년 여름에 그리스 독재정권이 무너지고 민간정부가 세워지자 파나고울리스는 고향 아테네로 돌아가 국회의원이 된다. 새로운 민간정부의 부정부패를 끊임없이 비판하던 그는 1976년 의문의 교통사고로 사망한다.

오리아나는 잡지사에 사표를 던지고 피렌체로 내려가 파나고울리스와의 사랑을 기록한다. 그 남자처럼 42개월간 좁은 골방에 스스로를 유폐시킨 채. 그 기록은 《한 남자》(Un uomo) 란 책으로 출판됐다.

누구에게도 겁내지 않는 그는 인터뷰 때마다 숱한 에피소드를 남겼다. 복싱챔피언 무하마드 알리를 인터뷰할 때 알리가 수박을 먹으며 트림을 3번이나 하자 마이크를 그의 얼굴에 던지기도 했다.

이란의 최고 지도자 호메이니 옹(翁)을 만나 여성에게 왜 차도르를 입히느냐고 질문하자 발끈한 호메이니가 자리를 박차고 나가버렸다. 경호원들이 오리아나를 끌어내려 할 때 그녀는 이란어로 당당하게 말했다.

"이슬람 율법에 따르면 외간 여자에게 손을 대는 남자는 손목이 잘리오. 당신들은 손목이 잘리고 싶소? 호메이니 옹을 다시 모셔 오지 않으면 나는 여기서 꼼짝하지 않을 것이오. 내가 오래라도 기다릴 테니 요강이나 갖다 주시오!"

여자 경호원이 없어 남자 경호원들은 쩔쩔 맸고 결국 호메이니는 이튿날 인터뷰 시간을 주기로 약속했다. 오리아나는 호메이니와 인터뷰하려고 이란어까지 배웠다.

헨리 키신저 미국 국무장관은 '베트남 전쟁은 어리석은 전쟁이었다'고 자백하게끔 했다. 이 때문에 그는 평생을 두고 그녀와 인터뷰한 것을 후회했다.

리비아의 권력자 카다피가 약속 시각보다 2시간 늦게 나타났을 때에는 읽던 책을 비서에게 내동댕이쳐 항의했다.

소피아는 오리아나의 삶을 정리한 이 공책을 들고 왕할머니를 다시 찾아갔다. 왕할머니는 손수 만든 전통과자 '까놀로'를 먹어보라고 권하고는 공책을 훑어봤다.

"아주 잘 요약했네! 오리아나의 후계자가 될 자질이 엿보이는구나!"

"아직 아무것도 모르는걸요."

"엊그제 오리아나와 통화했단다. 지금 뉴욕에서 살고 있는데 건강이 좋지 않아 두문불출한다는구나. 소피아, 네 이야기를 했더니 목소리를 듣고 싶어 하더라."

"제 목소리를요?"

"물론이지. 이참에 지금 전화를 걸어볼게."

왕할머니는 그 자리에서 오리아나를 불러냈다.

"오리아나! 네 어릴 때 모습을 닮은 그 소녀 소피아가 왔어. 전화 바꿔줄 테니 잘 지도해줘!"

소피아는 쿵쾅거리는 가슴으로 전화기를 건네받았다.

"소피아? 반가워요!"

"영광입니다!"

"그런 인사치레는 권력자 앞에서나 하는 말이야. 나에겐 그냥 반갑다, 즐겁다, 이런 말을 쓰면 돼."

"앞으로 인터뷰하고 싶은 인물은 누구인지요?"

"북한의 김정일 ⋯. 그러나 내 건강이 좋지 않아 성사될지 의문이야. 소피아가 내 소망을 대신 이루어주면 좋겠어."

"막막합니다. 훗날 김정일 인터뷰를 하려면 지금부터 무얼 준비해야 할까요?"

"한국어를 배우면 좋겠네."

소피아는 한국어 교본을 사서 독학했다. 인터넷으로 한국어 강습을 들었으며 한국방송도 시청했다. 한글을 읽고 한국어로 간단한 대화를 할 수 있게 돼 왕할머니에게 자랑하러 갔다. 언제나 밝은 표정의 왕할머니는 소피아를 보자 와락 끌어안고 눈물을 펑펑 쏟았다.

"오리아나가 천국으로 갔다는구나!"

2006년 9월 15일의 일이었다.

소피아는 여고생 때 여러 신문, 잡지에 투고했다. 나폴리 지역신문의 독자투고란 단골 필자로 소피아와 쌍벽을 이루는 로베르토란 소년 문사(文士)가 있었다. 둘이 만나 보니 동갑내기였다. 로베르토의 아버지는 검사였는데 마피아에게 살해당했단다. 로베르토는 소피아와 흉금을 털어놓을 정도로 친해지자 장래 목표를 털어놓았다.

"마피아를 뿌리 뽑을 테야. 아버지의 뜻을 받드는 것이기도 하고, 선량한 이탈리아 국민을 위하는 길이기도 하고!"

"마피아라면 나도 지긋지긋해. 내가 태어나던 날, 팔코네 검사가 마피아 조직에게 폭사 당했다는구나."

소피아는 고교를 졸업하고 볼로냐 대학교에 진학해 언어학을 전공했다. 인간의 내면세계를 파헤치려면 상대방이 구사하는 언어를 분석해야 한다고 믿었기 때문이다. 세계 최고(最古)의 대학인 볼로냐 대학의 교훈은 'Alma mater studiorum'(모든 학문이 퍼져 나간 곳)이다. 소피아는 교훈이 주는 자부심을 가슴에 품고 독서에 몰두했다.

한국어를 익히는 일은 계속됐다. 2011년 12월 17일 북한의 독재자 김정일이 사망하는 바람에 그를 인터뷰하겠다는 목표는 상실됐다. 권좌를 물려받은 김정은이 등장하자 인터뷰 목표 대상자를 그로 바꾸었다.

소피아는 대학을 졸업하고 로마로 상경했다. 오리아나 팔라치처럼 신문사를 무작정 찾아가 기자로 일하고 싶다고 졸랐지만 통하지 않았다. 프리랜서 기자로 활동해야 했다. 10건의 글을 써서 투고하면 1~2건 채택되는 수준이었고 원고료 수입도 변변찮았지만 글을 통해 세상을 변혁하겠다는 꿈 때문에 행복했다.

대도시 로마에 오니 다행인 점은 한국식당이 많아 종업원으로 일하기에 좋았다. 한국어로 손님을 모실 수 있는 이탈리아 여성이니 환영받았다. 소피아는 한국인 손님이 찾아오면 한국어로 대화하며 회화 실력을 연마했다.

한국인 손님들은 소피아에게 한국에 와서 '미녀들의 수다'에 출연한 크리스티나 콘팔로니에리처럼 활동해 보라고 권유했다.

"크리스티나는 한국에서 유명 방송인으로 인기를 끌고 있어요. 아가씨도 한국에 오면 단박에 스타가 될 텐데 …."

소피아는 어느 한국인 손님이 놓고 간 《소설 개마고원》이란 장편소설을 읽으며 김정은을 만났을 때 무얼 질문할까, 하고 구상했다. 그 소설에는 '북한 지도자'라는 인물이 나오는데 그는 한국에서 온 기업인 장창덕을 개마고원에서 만난다. 장창덕은 북한의 살길은 개방임을 강조하고 한국과 평화공존을 도모하라고 촉구한다. 한국 대통령과 평화협정을 체결하면 두 사람이 함께 노벨평화상을 받을 것이라고 말한다. 소설이지만 그럴듯해서 소피아도 김정은을 만나면 그 제언을 던질 것임을 다짐했다.

소피아는 한국식당 사장 도민구가 급하게 한국으로 간다며 전화를 걸어왔기에 잘 다녀오시라고 인사하고 전화를 끊었다. 그러다 식당 열쇠를 자신이 갖고 있기가 부담스러워 퇴근길에 레오나르도 다빈치 공항으로 가서 열쇠를 사장에게 전하려 했다. 자취방이 공항 부근에 있어 그리 어려운 일도 아니었다.

공항에 내려 탑승절차를 밟는 곳으로 가서 도민구를 찾으려 두리번거렸다. 로마발 인천행 비행기를 타려는 한국인들이 선물 꾸러미를 들고 왁자지껄 떠들며 몰려들었다.

"앗! 저 사람은 김정일?"

소피아는 수하물 카운터 앞에 선 중년 남자가 눈에 띄자 자신도 모르게 이렇게 중얼거렸다.

작달막한 키, 곱슬한 머리칼, 짧은 목, 검은 선글라스…. 만약 김정일이 사망하지 않고 서방세계로 극비리에 망명 나와 이렇게 나타난 것이라면? 이 질문을 스스로에게 던진 소피아는 '세계적인 특종'을 꿈꾸며 두근거리는 가슴을 주체할 수 없었다.

소피아는 그 남자 옆으로 부리나케 다가가 한국어로, 제 딴엔 북한 사투리로 말을 걸었다.

"혹시 김정일 동무 아닙네까?"

소피아의 느닷없는 질문에 놀란 남자는 잠시 눈을 멀뚱거리더니 대답했다.

"아가씨, 한국말 어디에서 배웠어요?"

"조선말을 어디서 배운 게 뭐 대수입네까? 김정일 동무인지 아닌지 대답해 주시라요."

"와! 이탈리아 아가씨가 북한말, 정말 잘하네요! 나도 북한말 해볼까요? 내레 왕년에 별명이 똥자루라고, 김정일 닮았단 소리 듣곤 했수다만… 이태리에 와서리 그 소리 들으니 엉이(어이) 없습네다."

소피아는 무안해서 얼굴을 붉혔다.

"죄송합니다. 하도 닮아서 제가 실수를 했네요."

"제가 나폴리에 가서는 마라도나 닮았다는 소리를 들었습니다만…."

여신 강림! … 라지 로마 시장

　서울 청담동의 명품 숍 밀라노 부티크의 장다희 대표는 이탈리아에
출장 오면 주로 밀라노, 피렌체에 머문다. 거기에 럭셔리 브랜드의 본
사들이 몰려 있기 때문이다. 수도 로마에는 가끔 온다.

　2016년 5월에 로마를 찾은 목적 가운데 하나는 로마 시장 선거운동을
구경하기 위해서다. 여성 후보 비르지니아 라지(Virginia Raggi)가 돌풍
을 일으킨다는 신문 보도를 보고 그녀의 유세 장면이 보고 싶었다.
1978년생이라니 장 대표와 엇비슷한 나이다.

　인연이란 묘한 법이다. 장 대표는 움베르토 에코 교수의 《세상의 바
보들에게 웃으면서 화내는 방법》이란 책을 저자에게서 직접 선물로 받
고 탐독한 바 있다. 그러다 2009년 2월 문화방송(MBC)의 시사프로그
램 〈W〉가 '세상의 바보들에게 웃으면서 화내는 방법'이란 프로그램을
방영하기에 그 책과 무슨 관련이 있는지 살필까 하고 호기심으로 시청
했다.

　그 프로그램의 주인공은 베페 그릴로(Beppe Grillo)라는 코미디언이

었다. 그는 1987년 TV 정치풍자 쇼 〈판타스티코〉에서 사회당 총리 크락시를 풍자했다는 이유로 TV 출연을 금지당했다. 그 후 그는 전국을 돌면서 길거리 공연에서 풍자 토크쇼를 벌여 주목을 끌었다. 이탈리아의 부정부패에 신물이 난 국민들은 그릴로의 독설(毒舌)에 열광했다. 관객이 점점 늘어나 으레 수만 명이 운집했다.

1993년 TV에 다시 출연할 기회를 얻었지만 시청률이 너무 높아 '잘리는' 아이러니의 주인공이 됐다. 1천 6백만 명이라는 엄청난 인원이 시청하자 그의 영향력을 두려워한 정권에 의해 방송 출연이 금지된 것이다. 이후 그는 방송 복귀를 스스로 거부했다.

썩어 문드러져 구린내를 풀풀 풍기는 정치판을 비판하는 그릴로의 새타이어(satire)는 더욱 날카로워졌고, 그럴수록 정부의 검열과 탄압의 강도가 높아져 갔다. 하지만 그 어떤 채찍도 그의 풍자와 시민들의 분노를 막을 수는 없었다. 그의 공연과 강연은 국민들의 열렬한 지지 속에 매년 100회 이상 열린다.

"정부와 언론은 믿지 못해도 그릴로의 말은 믿는다!"

국민들은 이렇게 말하며 그의 발언에 귀를 기울이고 갈채를 보냈다.

베페 그릴로는 블로그에서 '깨끗한 국회 만들기' 운동을 시작했다. 마침내 2007년 9월 7일, 이탈리아 전국에서 2백만 명의 시민을 운집시킨 'V-DAY 전투'를 성공적으로 치러냈다. 이탈리아어로 Vaffa-Day(빌어먹을 날)라는 뜻인 V-Day는 그 후 국민들에 의해 자발적으로 이탈리아의 기념일이 되었다. 이는 2011년 뉴욕 월가를 중심으로 일어나 전 세계적으로 확산된 '점령하라'(occupy) 운동에도 영향을 미쳤다.

재력가이자 권력자인 베를루스코니 총리도 그릴로의 신랄한 '풍자 폭탄'을 맞고 묵사발이 됐다. 그릴로는 토크쇼뿐 아니라 SNS를 통해서도 반(反) 부패 운동을 벌였다.

"정당은 죽었다!"

그릴로는 그렇게 외치며 블로그, 페이스북, 트위터 등을 통해 시민 참여를 촉구했다. 호응을 얻자 그는 직접 민주주의 '5성(星) 운동'을 펼쳐 가고 있다. 국민들의 폭발적인 호응에 힘입어 2009년 '5성 운동당'을 결성하는 데 이른다.

5성 운동당은 2012년 기초지방선거에서 4명의 당선자를 냈고 2013년 총선에서는 하원에서 25.5%, 상원에서 23.8%의 득표율을 얻으면서 이탈리아 제3당으로 자리 잡았다. 그때 그릴로가 내세운 공약은 파격적이었다. 전 국민 인터넷 사용 무료화, 모든 초등학생에게 태블릿 PC 제공, 주 20시간 근로실행 등이었다. 이 공약 때문에 '허풍쟁이'라는 비난도 들어야 했다.

2009년 그가 주창한 5성 운동은 ① 물(*acqua*) ② 환경(*ambiente*) ③ 교통(*trasporti*) ④ 발전(*sviluppo*) ⑤ 에너지(*energia*) 등이다.

'가방끈'이 짧은 장 대표는 '독학의 으뜸 비결은 독서'라는 소신을 갖고 자투리 시간엔 으레 서점에 들른다. 읽을 만한 책은 손으로 들추어 보며 골라야 직성이 풀린다.

2013년 여름 어느 날 광화문 교보문고에 들렀다 베페 그릴로가 쓴 《진실을 말하는 광대》를 발견했다. 얼른 사 들고 나와서 인근 카페에 앉아 단숨에 읽었다. 한국어 번역도 매끄러웠다. 저자는 타락한 언론을 대신해 부패한 권력, 이 권력과 결탁한 기득권층의 만행을 적나라하게 폭로했다.

그릴로는 "좌파든 우파든 정치인들은 모두가 다 똑같은 놈들"이라고 날을 세우고 당리당략에만 코를 박은 정당정치의 현실을 질타했다. 썩은 정권과 짬짜미한 대기업, 부초(浮草)처럼 떠다니는 비정규직 노동자, 청년 백수, 방치된 청소년, 방황하는 불법 이민자, 심각한 환경오염 등 여러 이슈에 대해 거침없는 '하이 킥'을 날리는 내용이었다. 사람답게 살 수 있는 미래를 함께 만들자고 호소했다. 장 대표는 책을 독파하고 눈을 감았다.

분노했다! 공감했다! 통쾌했다!

이 책의 '밀라노의 기적'이란 글에 인용된 노벨문학상 수상자 다리오 포(Dario Fo)의 다음과 같은 말이 돋보였다.

"권력은 웃음을 견디지 못한다. 웃음은 사람들을 두려움에서 벗어나게 해준다."

그렇다! 웃음은 펜보다 강하고 권력보다도 힘차다!

장 대표는 다리오 포에 대해서도 조사해 봤다. 그도 1959년 '다리오 포-프랑카 라메'라는 극단을 만들어 국영 TV에서 정치풍자극을 공연하다 권력자의 눈총을 받아 중도하차 당했다. 약자를 대변하고 강자를 비판하는 등 현실 참여성과 문학성 높은 작품을 쓴 공적으로 1997년 노벨문학상을 받았다.

장 대표는 그릴로의 존재를 한동안 잊었다가 2014년 6월 28일 경주박물관에서 어느 특강을 듣고 다시 떠올리게 됐다. 강연 제목이 '세종 르네상스와 서구 르네상스'였다. 관심 키워드인 '르네상스'라는 말이 붙었기에 일단 강연장에 들어섰다.

강사인 박홍규 영남대 교수가 연단에 서자 장 대표는 어리둥절했다. 둥그스름한 곱슬머리에 턱수염! 그릴로와 외모가 흡사했다. 싱크로율이 70%쯤 될까? 서양인과 동양인이 닮기가 쉽지 않다. 옐친 러시아 대통령과 연기자 김진태 님이 붕어빵같이 닮아 화제가 되기도 했다. 박교수의 얼굴을 살피는 데 신경을 쓰느라 강연 내용이 귀에 잘 들어오지 않았다.

잡념은 꼬리를 물어 1980년대에 전두환 대통령과 비슷하게 보인다는 이유로 방송 출연에 족쇄를 찼던 코미디언 이주일 님, 연기자 박용식 님의 얼굴이 떠올랐다.

'코미디의 황제' 이주일 님은 "못생겨서 죄송합니다!"라고 외치며 '오리 궁둥이 걸음'으로 전 국민을 울리고 웃긴 예인(藝人)이었다. 그의 본명은 정주일. 그는 1992년 국민당 후보로 국회의원에 당선돼 정치인으로 활동하기도 했다. 국회에서 그의 존재감은 미미했다. 상상을 초월하는 '막장 코미디'가 벌어지는 대한민국 국회에서 정주일 의원은 아마추어 코미디언에 불과했다. 그가 국회의사당을 떠나면서 한 말이 세간에 화제가 되기도 했다.

"코미디 공부 많이 하고 나옵니다."

박홍규 교수의 강연을 경청하지 못한 죄책감 때문에 장 대표는 상경하자마자 광화문 영풍문고를 찾아 박홍규 교수의 저서들을 살폈다. 법학자인데도 마키아벨리, 고흐, 카프카 등 다양한 분야의 인물에 대한 책을 내놓았다. 그의 열정적인 저술 활동에 경의(敬意)를 표하지 않을 수 없었다.

눈에 띄는 다섯 권을 사 들고 서둘러 귀가해 밤늦게까지 찬찬히 읽었다. 그 가운데 《마키아벨리, 시민정치의 오래된 미래》에서 피렌체에 관한 아름다운 묘사를 발견하고는 피렌체를 20여 차례나 방문하고도 그런 점을 파악하지 못한 자신의 무감각을 자탄했다. 박 교수가 자전거로 출퇴근하는 환경주의자라는 점도 그릴로와 비슷했다.

2016년 4월 한국에서 국회의원 선거판 열기가 달아오르자 장 대표는 새삼 이탈리아의 '정치풍자의 달인'이 떠올랐다. 그 무렵 국내신문에 보도된 로마 시장 선거 기사가 눈길을 끌었다. 그릴로가 주도하는 5성 운동당의 젊은 여성 후보 비르지니아 라지가 당선 유력자로 떠오른다는 것이다. 장 대표는 밀라노 출장 업무를 마치고 로마에 들러 라지의 유세 현장을 보기로 작정했다.

로마의 테르미니 역 광장. 5성 운동당의 유세가 열리는 곳에 장다희는 500cc짜리 시원한 탄산수 산펠레그리노 1병을 배낭에 넣고 찾아갔다. 수많은 젊은이들이 '썩은 정치꾼 몰아내자!' '우리의 희망, 다섯 개별!' 등의 글을 쓴 피켓을 들고 환호했다.

먼발치의 연단에 선 그릴로의 모습이 보였다. 마이크가 웅웅거려 무슨 말인지 잘 알아들을 수 없었으나 앞자리에 선 청중들이 폭소를 터뜨리는 것으로 보아 기존 정치인, 재벌, 언론에 '쓴소리'를 터뜨리는 모양이었다. 그릴로가 뭘 질문하자 청중들은 큰 소리로 호응했다.

"시(Si, 옳소)!"

이윽고 라지 후보가 단상에 올라왔다. 무늬 없는 흰색 원피스 차림이었다. 멀리서 봐도 이목구비가 또렷했다.

라지 후보의 몸에서 자력(磁力)이 흘러나오는 듯했다. 장 대표는 그

힘에 끌리다시피 하며 군중을 헤치고 앞으로, 앞으로 전진했다. 드디어 라지 후보의 얼굴이 또렷이 보이는 곳까지 가까이 다가갔다.

"새 빗자루로 청소합시다!"

라지 후보가 이렇게 사자후(獅子吼)를 토하며 청중 쪽을 바라볼 때 장 대표와 눈이 마주쳤다.

"시(Si)!"

장 대표는 이같이 화답하며 손을 흔들었다. 라지 후보도 뭇 서양인 사이에 낀 동양인 여성 장다희에게 손을 흔들며 살포시 웃었다.

"디바(Diva, 여신)!"

장 대표는 몸이 감전된 듯 부르르 떨더니 자신도 모르게 두 팔을 번쩍 올리며 이렇게 외쳤다.

"디바!"

장 대표 주위의 몇몇 청년들도 따라서 이렇게 연호(連呼)했다. 장 대표는 목청이 터져라 "디바!"를 반복했다. 따가운 봄볕 탓인지, 무리한 여행 때문인지, 고함을 질러서인지 장다희는 눈앞이 까무룩 어질어질해졌다.

"정신이 좀 드세요?"

장 대표가 눈을 뜨니 눈앞에 그릴로가 어른거렸다.

"시뇨르(Signor, 미스터) 그릴로?"

장다희는 그렇게 인사말을 건넸다.

"아뇨, 저는 그릴로가 아닙니다."

자세히 살펴보니 그릴로를 닮은 웬 청년이었다. 더벅머리에 서양인

치고는 얼굴이 둥글넓적했다.

"시뇨르 그릴로와 비슷하게 생겼군요."

"그런 소리를 자주 듣는답니다. 겉모습만 그렇지 그분의 천재적인 유머감각과 활화산 같은 용기를 저는 전혀 갖지 못했습니다. 허접 짝퉁일 뿐이죠."

"자기 비하하지 마세요. 뼛속까지도 그분을 닮으려 노력하시면 이루어질 것입니다."

"뮤즈(Muse) 같이 말씀하시네요."

장 대표는 자신의 팔목에 링거가 꽂혀 있음을 알았다.

"제가 의식을 잃었군요. 낯선 이방인을 병원에 데려오시다니 이렇게 고마울 수가 … . 청년의 성함은?"

"무기고(Mughigo)입니다."

"무기고? 아르마멘따리오(*armamentàrio*)? 호호호!"

"한국인이세요?"

"그래요. 무기를 쌓아 놓은 '무기고'가 이름이라니 전투 잠재력이 무궁무진하네요."

"제 이름이 한국말로 그런 뜻이라는 사실은 제 여자친구에게 들었답니다."

"여자친구분이 한국어를 잘 아시나요?"

"제 여친 소피아는 프리랜서 저널리스트인데 북한 지도자 김정은을 인터뷰하겠다고 벼르며 한국말을 익혔답니다."

"야심이 대단한 여성이군요!"

"친구 따라 강남 간다고 저도 한국말을 조금 배웠답니다."

기자 및 시인 지망생인 무기고는 5성 운동당을 위해 친구들과 함께 자원봉사를 나왔다고 한다. 유세장에 갈 때마다 그릴로와 흡사하다는 이유로 기념 촬영을 당한단다.

"친구 몇 분과 나오셨나요? 제가 근사한 곳에서 친구분들 모두 초청해 저녁 식사를 모시고 싶네요."

"오늘 밤 열차로 나폴리에 가야 해요. 역 부근에서 가볍게 요기하면 됩니다. 열차를 타기 전에 저희가 음악 살롱에서 만나기로 했는데 거기 함께 가시지요."

"음악 살롱?"

"친구 가운데 테너 성악가가 있답니다. 그 친구의 할아버지가 세운 살롱인데 루치아노 파바로티 선생이 열차 여행을 하려고 테르미니 역에 올 때면 그곳에서 기다리면서 노래 연습도 하는 곳이지요."

장다희는 무기고를 따라 대로변 뒤편에 있는 작은 길로 접어들어 아담한 건물의 살롱으로 들어갔다. 겉보기엔 낡은 건물이었으나 실내에 들어가니 화려한 카펫, 휘황한 샹들리에, 큼직한 그랜드 피아노가 돋보였다.

"아까 '디바!'를 선창한 분입니다."

무기고가 장 대표를 소개하자 청춘 남녀 10여 명이 일제히 일어나 박수를 치며 환영했다.

"디바 구호 덕분에 오늘 유세장 분위기가 더욱 활기찼습니다!"

무기고의 친구인 거구의 성악가가 장 대표에게 목례를 하며 고마움을 표했다.

"시뇨르 그릴로를 존경하기에 머나먼 한국에서 왔습니다. 그분과 라지 후보를 육안으로 봤으니 오늘은 제 인생에서 더없이 소중한 날입니다."

이탈리아 남부 캄파니아 주에 있는 소도시 소렌토가 고향이라는 성악가는 장 대표를 환영하는 의미로 가곡 '돌아오라 소렌토로'를 불렀다.

"비데오 마레 꽌떼 벨로/ 스삐라 딴뚜 센띠멘또/ 꼬메 뚜아끼 띠에니아 멘떼/ 까쒜 따뚜 파이에 수나 …"(아름다운 저 바다와/ 그리운 그 빛난 햇빛/ 내 맘속에 잠시라도/ 떠날 때가 없구나 …)

장 대표는 소렌토, 나폴리의 토속 방언이 그득한 '돌아오라 소렌토로'의 가사를 알아듣기 어려웠다.

무기고가 한국어로 떠듬거리며 말을 했다.

"지는(저는) 예 나폴리 사투리가 심하거덩예. 한국에서도 남쪽 갱상도 사투리가 포준(표준) 말하고 억수로(상당히) 다르다 카데예."

"아이고! 그 원단 경상도 사투리는 어디에서 배우셨어요?"

"우리 애인이 일하는 한국식당에 가모(가면) 갱상도 손님들이 마이(많이) 옵니다. 그분들한테 한 마디 두 마디 배웠십니더."

"호호호! 무기고 님! 한국에 와서 그 사투리만 써도 개그맨으로 큰 인기를 얻겠네요."

"농담 아이지예(아니죠)?"

"진담입니더예! 호호호!"

"진짜로 한국에 갈 낍니더예! 하하하!"

분위기가 화기애애해지자 무기고는 장 대표를 무대 위로 데려갔다. 작은 이벤트를 해보이겠단다. 얼떨결에 무대로 올라간 그녀는 무기고가 시키는 대로 의자에 앉아 눈을 감았다. 젊은이들이 장 대표를 둘러싸고 머리에 왕관을 씌우고 몸에 하얀 망토를 걸쳤다.

"눈을 뜨고 이걸 잡으세요."

장 대표는 무기고가 건네는 막대기 모양의 홀(笏)을 쥐고 일어났다. 조명이 무대 위로 비치면서 왕관과 홀에서 번쩍 빛이 났다.

"디바가 강림하셨도다!"

성악가의 선창이 나오자 이어 다른 청년들이 일제히 소리쳤다.

"디바!"

"디바!"

장 대표는 신발을 벗고 맨발로 무대 위를 거닐었다.

무기고가 성악가 친구에게 오페라 '노르마'의 아리아 '정결한 여신이여!'를 부를 수 있는지를 타진했다.

"소프라노가 불러야지. 여기 우리 일행 가운데 이 노래 부를 사람이 없으니 CD로 듣자."

무기고가 장다희에게 누가 부른 노래를 들을지 물었다.

"마리아 칼라스 노래가 압권이지요. 하지만 오늘은 아이다 가리풀리나 노래를 들어보렵니다."

장다희는 2014년 6월 9일 예술의 전당에서 열린 '평화음악회'에서 신예 소프라노 가리풀리나의 노래를 듣고 전율을 느꼈다. 러시아의 타타르 자치공화국 출신인 그녀는 그날 〈그리운 금강산〉과 〈밀양 아리랑〉을 한국어로 완전히 외워 악보를 보지 않고 불렀다.

특히 한복을 입고 〈밀양 아리랑〉을 부르는 모습에서 그녀의 먼 조상이었을 타타르(달단) 족 장군이 상상 속에 떠올랐다. 달단족과 한민족이

한 핏줄이라는 학설이 있지 않으냐.

가리풀리나의 청아한 목소리가 스피커를 통해 흘러나왔다. 장다희는 선율에 맞추어 팔을 위로 치들고 춤을 추었다.

"카스타 디바 체 인아르겐티/ 케스테 사크레 안티체 피안테."(정결한 여신이여, 당신은 은빛으로 물들입니다/ 이 신성하고 오래된 나무들을)

* 후기

장 대표는 한국에 돌아온 뒤 로마 시장 선거에서 라지 후보가 당선됐다는 소식을 들었다. 2016년 2월 후보로 나설 때만 해도 무명이었던 그녀는 4개월의 짧은 선거운동 기간에 전국적인 '신데렐라'로 부상한 것이다. 2천 7백 년 로마 역사상 처음으로 여성이 수장 자리에 앉게 됐다.

여성 변호사인 라지 후보는 6월 19일 치러진 지방선거 결선투표에서 67.2%의 득표율로 집권당의 로베르토 자게티 후보를 2배 이상의 압도적인 표차로 따돌리며 당선됐다. 2013년 지방선거에서 시의원이 된 라지는 맑은 물 공급, 교육환경 개선, 부패 척결, 공공교통 개선, 2024년 올림픽 유치 반대 등을 공약으로 내걸었다.

북부 공업도시 토리노에서도 5성 운동당의 31세 여성 키아라 아펜디노 후보가 54.6%의 지지를 얻어 시장에 당선됐다. 로마와 토리노에서 신생 정당의 여성 후보가 시장으로 당선된 것은 새로운 정치를 갈망하는 유권자들의 표심이 나타난 것으로 풀이된다.

이번 지방선거에서 약진한 5성 운동당은 2018년 치러지는 총선을 앞두고 전국 정당으로 변신하는 발판을 마련했다.

클레오파트라 왕관, 한국에 오다

S대 의과대학 갈용소 교수는 이탈리아의 재야(在野) 역사학자 마르티노 박사를 만나러 로마 시내의 힐튼호텔로 향했다. 호텔이 해발 139미터 높이의 '몬테 마리오'라는 자그마한 산 정상에 자리 잡고 있어 택시를 타고 구불구불한 언덕길을 돌아 올라갔다.

정상 부근에 이르자 천문대와 천문박물관이 시야에 들어온다. 천문학의 대가 갈릴레이를 낳은 이탈리아답게 수도 로마의 요지에 천문대를 설치했다.

호텔의 레스토랑 '라 페르골라'(La pèrgola) 에 들어가 앉으니 로마 시내가 눈 아래에 보인다. 바티칸 성당의 위용은 여기서 봐도 대단하다.

약속 시간이 10분 지났는데도 마르티노 박사는 오지 않았다. 마르쿠스 아우렐리우스 황제를 모셨던 어의(御醫) 갈레누스에 관한 자료를 준다고 해서 한국에서 이곳까지 왔는데 ….

마르티노 박사는 대학 소속의 학자가 아니고 '로마사 연구소장'이라는 사설연구소의 수장이다. 그의 논문은 정통파 학술지에는 실리지 않는다. 갈 교수는 대중용 역사교양잡지에 연재된 마르티노 박사의 '갈레누스와 검투사'라는 글을 흥미진진하게 읽고 연락한 인연으로 대여섯 번 만났다.

늘 약속시간보다 먼저 와서 기다리던 마르티노 박사가 오늘따라 왜 늦을까? 낌새가 이상했다. 과잉 고민인가? 종업원이 따라주는 생수를 마시며 10분쯤 더 기다렸다.

무슨 일인가 싶어 마르티노에게 전화를 걸려고 스마트폰을 꺼냈더니 마침 입구 쪽에서 감청색 정장 차림의 여성이 나타나 다가왔다.

"코레아에서 오신 갈용소 교수님?"

"예. 그렇습니다만 …. 마르티노 박사님은?"

"대단히 죄송합니다. 박사님을 모시고 여기로 오는 도중에 갑자기 '대부님'이 위독하다는 연락을 받고 대부님을 뵈러 가셨습니다."

"귀하는 누구신지요? 그리고 대부님이라면 어느 분?"

"저는 박사님의 연구조교 줄리아입니다. 대부님은 저희 '로마사 연구소'의 창설자인데 로마 교외에 살고 계신답니다."

"그럼 제가 받을 자료는?"

"박사님께서 저보고 교수님을 대부님 댁으로 모시고 오라고 하셨습니다. 거기서 드리겠다고 하십니다."

갈 교수는 뜻밖에 로마 교외 나들이를 하게 됐다.

줄리아가 렌트한 승용차를 타고 아피아 가도를 달렸다.

1시간쯤 후 완만한 언덕 기슭에 자리 잡은 웅장한 고성(古城)으로 들어섰다. 프랑스의 샹보르 성이나 쉬농소 성보다 규모만 작을 뿐 건축미는 손색이 없는 성채(城砦)였다.

"이 성이 대부님 저택입니까?"

"예. 대부님은 2천 년간 이어 오는 귀족 가문의 큰 어르신입니다."

"귀족, 평민 구분이 없어진 지가 얼마나 오래되는데 아직 …."

"공식적으로야 사라졌지만 국가 제도가 전통을 모두 없앨 수는 없지요. 귀족의 후손은 여전히 자부심을 갖고 살아갑니다."

성 입구와 내부 곳곳에 기관총을 든 경비인력이 서 있었다.

"웬 경비병들이오?"

"심상찮은 일이 생길 것 같아서 …."

줄리아의 안내로 접견실에 들어가니 바로크 양식의 의자와 탁자가 놓여 있고 플랑드르 지방에서 생산된 대형 카펫이 깔려 있었다. 머리칼이 희끗희끗한 60대 남자 집사가 갖다 준 커피를 마시며 기다리니 마르티노 박사가 잰걸음으로 나타났다.

"먼 곳까지 오게 해서 대단히 죄송합니다."

"덕분에 이렇게 아름다운 성을 구경하게 됐습니다. 줄리아에게서 들었습니다만, 대부님 용태는 어떤지요?"

"심장 쇼크로 잠시 혼절하셨으나 다행히 회복되셨습니다. 대부님께서는 갈레누스 성부(聖父)님의 후손이랍니다. 코레아의 어느 교수님이 성부님에 대한 논문을 쓴다고 하니 참고 자료를 제공해 주라고 지시하셨지요."

"대부님을 뵐 수 있을지요? 감사 인사를 올려야지요."

"여쭈어 보고 오겠습니다."

갈 교수는 접견실의 벽에 걸린 그림들을 찬찬히 살펴보았다. 수태고지(受胎告知) 그림은 라파엘로 작(作)? 피에타 그림은 페루지노의 걸작? 경비 병력이 우글거리는 것으로 봐 이들 작품은 불후의 진품들이 아닐까?

마르티노 박사의 안내로 대부(代父)의 방에 들어섰다. 백발에 미라처럼 마른 몸매의 노인이 침대에 누워 있다가 상반신을 일으킨다.

"어서 오시오. 내가 이 꼴로 손님을 맞아 죄송하오."

"알현할 기회를 주셔서 영광입니다. 갈레누스 성부님에 관한 자료를 소생에게 주신다기에 감읍(感泣) 하고 있습니다."

"공연히 주는 게 아니오. 갈레누스 성부님께서 고향 페르가몬(소아시아 지방)에서 숨을 거두실 때 '1900년이 지나면 머나먼 동방의 귀인이 방문하여 나이 100세 넘은 자손이 그를 접견할 것이로다!'라고 예언한 바 있소. 귀하가 그 귀인인지 아닌지는 아직 모르겠소만 … 성부님이 코레아에 대해 각별한 관심을 가지신 것은 사실이오."

"그 옛날에 성부님께서 코레아의 존재를 어떻게 아셨을까요?"

대부는 침대 옆 탁자 위에 놓인 낡아 너덜너덜한 양피지를 펼쳤다.

"이게 성부님께서 남기신 글인데 … 내가 읽어보겠소. 동방의 한(漢) 나라보다 더 동쪽에 있는 조선(고조선)이라는 나라의 깊은 산에서는 사람 몸처럼 생긴 뿌리가 자라는데 가히 불로초라 일컬을 만하도다. 이 약초뿌리를 구해 섭생에 활용하라 … ."

"그게 인삼이군요."

"맞소. 갈레누스 성부님께서는 약초학의 대가였소. 수술할 때 진통

제로 쓴 양귀비, 수술 자국을 빨리 아물게 바르는 소루쟁이, 그리고 강장(强壯)에 효험이 큰 인삼, 이것이 성부님께서 즐겨 쓰신 약초였소."

갈 교수는 그 시절에 로마와 동방이 교류했다는 사실에 놀라움을 금치 못했다.

"나는 성부님의 이 글을 청년 시절에 발견하곤 코레아 인삼을 즐겨 먹고 있다오. 내 나이가 몇 살일 것 같소?"

"예? 음… 일흔쯤?"

"하하하! 철학자 장 폴 사르트르 선생… 나와 절친한 그 양반과 갑장이오."

"그러면 1905년 생?"

"그렇소. 그러니 지금 내 나이 111세이오. 내가 파리에 가거나 사르트르가 로마에 올 때 우리는 함께 만나 홍삼차를 즐겨 마셨다오. 태어날 때 병약했던 사르트르가 왕성한 활동을 할 수 있었던 것은 인삼 덕분이었다고 나는 확신하오. 1964년 가을, 나는 파리의 레스토랑에서 사르트르와 홍합 요리를 먹은 다음 인삼차를 마시고 있었소. 그때 노벨문학상 수상자로 사르트르가 결정됐다는 소식을 들었는데 사르트르는 상을 받지 않겠다고 밝혔소. 1953년 처칠 영국 총리가 노벨문학상을 받지 않았소? 그런 비(非) 문사와 동급(同級)으로 취급되기 싫다면서…."

"호기를 부리셨군요."

"나는 〈동의보감〉 저자인 명의(名醫) 허준 선생도 존경하오. 갈 교수님이 쓰신 허준 관련 논문도 읽어보았소."

"아! 제 졸고를 읽으셨다니 영광입니다."

대부는 머리맡에 놓인 작은 상자의 뚜껑을 열고 뭔가를 꺼냈다. 한글

상표 이름이 보였다. '정관장'. 홍삼농축액 팩을 뜯어 마시더니 기운이 나는 듯 활짝 웃으며 말을 이었다.

"요즘은 코레아 인삼제품을 먹기에 참 편리하게 만들었소. 그리고 … 먼 길을 오셨으니 귀한 것을 구경시켜 드리겠소."

대부는 침대에서 내려와 지팡이를 짚고 방 한구석으로 걸어갔다. 벽면 앞에 서더니 지팡이를 조심스레 들어 벽면 어디를 서너 번 콕콕 눌렀다. 지~잉 …. 작은 소음이 들리면서 벽면 한쪽이 문처럼 열렸다.

"따라 들어오시오."

비밀통로였다. 한 사람이 겨우 들락거릴 만큼 좁은 입구에 들어가 미로처럼 구불구불한 길을 50미터쯤 걸었을까. 시야가 훤히 틔는 널찍한 공간이 나타났다. 공간의 사방은 벽을 파서 작은 집처럼 꾸며 놓았다. 동굴 속에서 수십 명이 거주한 혈거(穴居) 흔적이 보인다.

"검투사 스파르타쿠스의 반란 … 그때 일부 검투사가 살아남아 이 동굴에서 숨어 살기 시작했소. 갈레누스 성부께서는 젊은 시절에는 주로 검투사를 돌보는 의사로 활동했다오. 패배자는 죽음을 당하게 마련인데 그 가운데 숨이 멈추지 않은 사람들을 이곳에 데려와 비밀리에 치료했다고 하오. 성부께서는 검투사를 치료한 인연으로 이 동굴을 알게 됐고 동굴 위에 성을 축조했다오."

갈 교수는 갈레누스를 오래 연구했지만 이런 비화(秘話)는 처음 듣는다.

"이런 엄청난 역사 유적을 왜 공개하지 않으십니까?"

"탐욕이 그득한 오늘날, 이를 공개하면 재앙이 생길까 봐 걱정스러워서 …."

"이탈리아 학계나 정부에도 알리지 않았습니까?"

"스파르타쿠스 반란 이후 2천 년 동안 비밀에 부쳐졌소. 하지만 최근에 마피아 세력이 낌새를 챈 것 같소. 돈줄이 마른 마피아가 이곳을 습격한다는 첩보가 있어 경비를 강화하고 있다오."

"이방인인 제게 이 극비의 장소를 보여주시니 감개무량합니다!"

"마냥 좋아할 만한 일은 아니오. 비밀을 아는 사람은 몹시 위험해지기도 한다오. 생명의 위협을 받을 수도…."

"……."

"두렵지 않으시오?"

갈 교수는 심호흡을 하고 대답했다.

"왜 겁나지 않겠습니까? 하지만 학자적 호기심, 사명감으로 이겨내겠습니다."

"좋소! 그럼, 진짜배기 귀중품을 보여드리리다."

대부는 공간의 틈새에 난 좁은 길로 들어가더니 어두컴컴한 방에 이르렀다.

지성소(至聖所)였다. 눈을 크게 뜨고 한참 있으니 어렴풋이 사방의 윤곽이 드러났다.

제단(祭壇)이 보이자 대부는 그 앞에서 두 손을 모으고 기도하는 자세를 취했다. 갈 교수, 마르티노, 줄리아 등도 합장(合掌)했다.

제단 뒤편엔 벽감(壁龕) 3개가 보였다. 그 오목한 공간에 무슨 물건이 놓여 있었다.

"잘 살펴보시오."

대부의 말에 따라 갈 교수는 눈을 크게 떠서 왼쪽 벽감을 살폈다.

왕관? 가운데에 독수리가 붙어 있어 이집트 양식인 듯했다. 독수리는 고대 이집트인들이 신봉하던 '호루스 신(神)'의 상징 아닌가.

중앙에 있는 벽감 안엔 기다란 검(劍)이 들어 있었다. 두툼한 손잡이와 손등 보호대가 달려 있는 게 고대 로마 양식인 것 같았다.

오른쪽 벽감에선 양피지 두루마리가 보였다. 무슨 귀중한 문서?

"이것이 갈레누스 성부님께서 후손에게 남긴 보물이오. 대변혁기에 이 보물의 주인이 바뀐다는 구전(口傳)이 있어 요즘이 그때인가, 걱정 반 기대 반의 심정이오."

"왕관, 칼, 양피지 책 … 각각 무엇입니까?"

"놀라지 마시오. 왕관은 … 클레오파트라 여왕이 로마의 영웅 시저를 만날 때 쓴 것. 칼은 … 브루투스가 시저를 찔러 시해할 때 사용한 것, 양피지는 아우렐리우스 대왕의 《명상록》 원본 … ."

"진품입니까?"

"물론이오!"

갈 교수는 숨이 턱 막혔다. 대부의 말이 사실이라면 이는 세계 역사 학계를 흥분시킬 '대발견'임에 틀림없다. 어둠 속에서도 그 문화재들은 스스로 찬연한 빛을 내뿜는 듯했다.

마르티노 박사가 대부의 소매를 잡고 재촉했다.

"대부님, 징조가 심상찮으니 얼른 바깥으로 나가시지요."

"그래? 놈들이 쳐들어오기라도 한다는 건가?"

뭔가 쫓기는 듯한 분위기였다. 일행이 어두운 미로를 거쳐 다시 바깥으로 나왔을 때 총성이 요란하게 울렸다.

탕! 타앙! 타타타타탕!

일행은 모두 바닥에 엎드렸다. 대리석 바닥의 찬 기운이 섬뜩하게 느껴졌다.

저벅, 저벅 ….

접견실 바깥에서 한 무리의 인간들이 몰려오는 소리가 들렸다. 곧 문이 덜컹 열리더니 집사 영감이 피투성이가 되어 들어와 쓰러지며 외친다.

"대부님! 놈들이 침공했습니다. 얼른 대피하십시오!"

"음 … 올 게 왔구먼."

대부는 눈을 껌벅거리더니 뭔가 결심한 듯 지팡이를 휘두르며 소리쳤다.

"마르티노! 자네는 나를 데리고 알파 통로로! 줄리아! 너는 교수님 모시고 베타 통로로 가서 '작전 코레아노'를 수행하라!"

갈 교수는 지금 벌어지는 상황이 마치 블록버스터 영화 장면 같아서 어리둥절했다.

"대부님, '작전 코레아노'라니요?"

"대답할 시간이 없소. 줄리아와 함께 얼른 빠져나가시오. 차후 액션 프로그램은 줄리아가 일러줄 거요. 잘 부탁하오!"

대부는 눈물이 그렁그렁하며 갈 교수를 얼싸안았다.

대부가 아까처럼 벽면에 지팡이를 대고 중얼거리니 동굴로 향하는 비밀통로 문이 열렸다. 갈 교수는 작별인사도 제대로 나누지 못하고 허겁지겁 줄리아 뒤로 쫓아갔다.

다시 지성소로 들어섰다. 줄리아는 경건하게 합장한 다음 벽감에 든 왕관, 칼, 양피지를 들어내 손잡이가 달린 케이스 3개에 각각 넣었다.

"교수님이 이 2개를 드세요. 양피지는 제가 들고 갈게요."

"외부로 유출하는 건가요?"

"일단 코레아로 왕관과 칼을 보내는 것이 '작전 코레아노'예요."

"내가 이걸 갖고 한국에 간다고?"

"대부님께서 교수님을 믿고 맡기신 일이에요."

"줄리아는 대부님과 무슨 관계요?"

"저는 증손녀입니다. 제가 갈레누스 가문을 이어 가야 할 운명입니다."

갈 교수는 고민이고 뭐고 할 여유조차 없었다. 줄리아가 다급하게 몰아치는 바람에 서둘러 지성소를 나와 컴컴한 미로를 헤매며 바깥으로 나왔다. 또 다른 출구였다.

타, 타, 탕….

멀리 성채 쪽에서 나는 총성이 희미하게 들린다. 아직 총격전이 진행되나 보다.

한적한 마을이 눈앞에 보였다. 그 마을에 가니 교회 앞에 작은 승용차 1대가 서 있었다. 줄리아는 그 차의 문을 열고 시동을 걸었다.

"이 보물을 어떻게 이탈리아 국외로 반출하겠소? 공항에서 걸리지 않겠소?"

"염려 마세요. 이미 대책을 세워 놓았답니다."

갈 교수는 그날 밤 인천으로 향하는 비행기를 타려고 레오나르도 다빈치 공항으로 갔다.

'세기의 보물'인 클레오파트라 여왕의 왕관과 브루투스 칼은 그냥 호텔 목욕수건으로 둘둘 말아 가방에 넣었다. 줄리아가 신신당부하기를 가능한 한 이 물건들을 하찮은 고물인 것처럼 취급하란다. 그래야 탈 없이 통관되리라는 것이다.

비행기가 이륙할 때까지 갈 교수의 가슴은 내내 콩닥거렸다. 다행히 아무런 제지 없이 이륙했다. 〈인디애나 존스〉라는 영화의 주인공 같은 숨 가쁜 하루였다.

드디어 한국 도착. 여기서도 무사통과될까? 입국 심사 때 문제시된다면 낭패가 아닐 수 없다. 세관신고서에 이 물건들을 신고하면 긁어 부스럼이 되겠지?

하찮은 고물처럼 취급하라. 줄리아의 목소리가 귀에 맴돌았다.

입국 심사대를 통과하고 짐을 찾아 세관검사대를 지날 때다. '신고할 것 없음'이라는 출구로 나가려는데 세관원이 불렀다.

"잠시 가방을 열어보세요."

"예?"

갈 교수는 가슴이 덜컹 내려앉았다. 떨리는 손으로 지퍼를 열었다. 얼굴이 하얀 여성 세관원은 수건으로 감싼 왕관과 칼을 쳐다보더니 날카로운 눈빛으로 갈 교수를 바라보며 묻는다.

"이것, 뭡니까?"

"애들 장난감이에요. 로마 고물상에서 헐값으로 샀답니다."

무사통과!

갈 교수는 쾌재를 부르며 세관검사대를 빠져나왔다. 누군가가 뒤에서 바싹 다가와 갈 교수의 뒤통수를 잡아당기는 듯한 낌새가 느껴졌다.

"아이들 장난감을 사오시다니 … 자상한 아빠시네요!"

귀에 익은 소프라노 목소리였다.

"예?"

갈 교수가 뒤돌아보며 자신도 모르게 소리를 질렀다.

"교수님, 입국장에서 또 만나네요!"

로마의 레스토랑에서 우연히 만난 장다희였다.

갈 교수는 삼성동 코엑스 방면으로 가는 버스를 탔는데 바로 뒤따라 장 대표가 올라와 옆자리에 앉는다.

'스토킹 당하는 것 아냐?'

갈용소는 그런 의문이 들면서 짜증이 났다. 그러나 다행스럽게도 장다희는 아무 말도 걸지 않았다. 종점에 도착해서 내릴 때 그녀가 입을 열었다.

"교수님, 대단히 죄송하지만 … 요즘 경제적으로 좀 어려우세요?"

"무슨 말씀을?"

"자제분들에게 고물 장난감을 사주시는 것 보고 마음이 아파서요."

제 3 부

활화산 정상頂上에서

이소룡은 살아 있다?

이탈리아 청년 무기고(Mughigo)는 유복자(遺腹子)로 태어났다. 출생 직전에 아버지가 별세한 탓에 아버지 얼굴을 보지 못했다. 어머니마저 남편의 처참한 죽음에 충격을 받아 무기고가 젖먹이 때 기력상실증으로 사망하고 말았다. 무기고는 외할아버지 슬하에서 자랐다.

무기고의 아버지는 젊고 유능한 검사였다. 어머니는 부유한 기업인의 딸로 태어나 승마, 펜싱 등 '귀족 스포츠'에 재능을 보인 '금수저 우먼'이었다. 어머니는 펜싱 종목의 이탈리아 국가대표 선수로 올림픽에 참가하기도 했다. 올림픽에서 메달은 따지 못했지만 '얼짱 선수'로 주목받아 활짝 웃는 얼굴 사진이 전 세계 언론에 소개됐다. 그때 프랑스의 어느 신문에서는 캡션(사진 설명)에 'CC의 재현인가?'라는 제목을 붙였다.

CC는 이탈리아의 미녀배우 클라우디아 카르디날레(Claudia Cardinale)의 이니셜이다. CC는 1938년 북부 아프리카 튀니지에서 이탈리아인 부모 사이에서 태어났다. 1957년 '튀니지에서 가장 아름다운 이탈리아 여성'

미인대회에서 입상한 그녀는 부상(副賞)으로 베네치아 여행을 가게 됐다. 거기서 영화 제작자의 눈에 띄어 배우로 데뷔한다.

CC는 초기엔 코미디 영화에 주로 출연해 강렬한 매력으로 남성 팬들을 사로잡았다. 그 후 연기력과 미모를 바탕으로 명감독과 함께 숱한 명화를 만들었다. 루키노 비스콘티 감독의 〈로코와 그 형제들〉, 페데리코 펠리니 감독의 〈8과 1/2〉 등은 영화사(史)에서 불후의 명작으로 남아 있다.

무기고의 어머니는 올림픽 직후에 영화계, 패션모델계 등에서 스카우트 제의를 받았으나 보수적인 가풍 탓에 그쪽으로는 진출하지 못했다. 어느 영화감독은 CC와 함께 나타나 곧 촬영에 돌입할 시나리오를 내밀기도 했다. 그 감독은 이렇게 회유했다.

"아드리아 아그리파(Adria Agrippa) 양! 그대가 배우로 데뷔하면 영화 역사에 큰 이름을 남길 것이오. 'AA 시대'가 열린단 말이오. BB (Brigitte Bardot, 브리지드 바르도)와 CC, MM(Marilyn Monroe, 마릴린 먼로)은 있어도 AA라는 특등석은 비어 있지 않소? 그대가 여기에 앉을 적임자요!"

AA는 현모양처를 바라는 부모님의 종용에 따라 '전도양양'한 청년 법조인과 23세란 비교적 어린 나이에 결혼했다. 당시 이탈리아 대중지와 방송에서는 '이 시대의 선남선녀, 커플로 탄생하다!' 등의 제목으로 요란하게 보도했다.

무기고 아버지의 달콤한 신혼생활은 채 한 달도 지속되지 못했다. 아버지가 시칠리아에 검사로 부임하면서 마피아를 소탕하는 '마니 풀리테' (깨끗한 손) 라는 '범죄와의 전쟁'에 차출됐기 때문이다. 그는 마피아 조직을 잡아내는 데 온몸을 던졌다. 그의 상관은 노련하면서도 강직한 인물로 정평이 난 '국민검사' 팔코네 부장검사였다. 그는 체포된 마피아 중간 보스들을 신문(訊問) 하면서 그들의 불안감을 이용하여 조직 비밀을 자백하게 하는 솜씨를 보였다. 마피아로서는 조직이 와해될 만큼 큰 위기를 맞았다.

마침내 마피아는 무기고 아버지가 탄 승용차에 무차별 총격을 난사하여 살해한 데 이어 팔코네 부장검사의 승용차가 지나가는 길에 폭약을 장치해 폭사시킨다.

소년 무기고는 15세 될 때까지 부모의 죽음에 대해 제대로 알지 못했다. 외할아버지, 외할머니가 말해준 대로 교통사고인 줄 알았다. 나폴리에서 고등학교에 다니던 무기고는 문학, 스포츠 등 다양한 분야에서 재능을 보였다. 성적은 중간 정도밖에 되지 않았지만 걱정하지 않았다. 나폴리에서 손꼽히는 부호인 외할아버지가 평소에 학업성적 무용론을 주장하기 때문이었다. 외할아버지는 늘 온화한 미소를 지으며 무기고를 격려했다.

"이탈리아 전국에서 가장 공부를 잘한 네 아버지는 세상을 너무 일찍 떠났다. 공부가 무슨 소용인가? 내 사랑하는 외손자 무기고! 너는 세상 물정을 두루 익혀 기업인으로 성공하라."

영화 보기를 좋아하는 무기고는 어린 시절에 비디오로 별별 영화를 다 봤다. 그 가운데 가장 감명 깊은 영화는 프랜시스 코폴라 감독 작품 〈대부〉(代父, The Godfather)였다. 주연배우 말론 브랜도의 연기가 무기고의 어린 영혼을 홀딱 사로잡았다.

컴컴한 실내에 서서히 빛이 들어오면 어느 초췌한 50대 남자가 자신의 딸을 만신창이로 만든 놈들을 복수해 달라고 읍소한다. 그의 하소연을 듣는 노인의 무표정한 얼굴에 엄정한 카리스마와 따스한 부정(父情)이 어우러져 있다. '돈 콜레오네'라는 이 노인은 마피아 보스.

영화 〈대부〉의 첫 장면이다. 무기고는 이 영화를 수십 번 보고 대사를 거의 외우다시피 했다. 덕분에 영어를 익히는 데 큰 도움이 되었다. 말론 브랜도가 출연한 영화 대부분을 봤다. 브랜도의 브로마이드 사진을 벽에다 붙이고 혼자서 브랜도의 영화 대사를 중얼거렸다. 브랜도가 청년 시절에 출연한 〈이유 없는 반항〉이나 〈비트 제너레이션〉을 보고 무기고는 기성사회에 대해 막연한 반감을 품었다.

15세 때 크리스마스이브에 무기고는 혼자서 방에 앉아 〈대부〉를 감상하고 있었다. 가족 파티에 얼른 오라는 가사도우미의 말을 건성으로 흘려듣고 영화에 몰입해 있을 때였다.

덜컹! 문이 열리며 외할아버지가 들어왔다. 외할아버지는 비디오 화면을 얼핏 보고는 천둥소리 같은 고함을 질렀다.

"이게 무슨 영화야?"

"예? 〈대부〉인데요."

"이 영화가 어떤 것인지 알고 보느냐?"

"어떤 것이라뇨? 아카데미상을 여러 개 받은 명화 …."

"나는 심장이 떨려서 이 영화 못 본다!"

외할아버지의 목소리는 울먹임으로 바뀌었다. 무기고는 그때 처음 부모 죽음의 경위에 대해 자세히 들었다.

"이 영화에서 마피아가 미화(美化) 되었다. 그들은 무자비한 조폭이요, 희대의 협잡꾼 집단일 뿐이다. 내가 사업하면서 마피아란 거머리 조직에게 피 빨리듯 뜯긴 돈만 해도 천문학적 금액이다. 내가 그놈들을 뿌리 뽑으려고 검사 사위를 맞았지. 그러나 결과적으로 사위가 일찍 죽었으니 … ."

외할아버지는 감정에 북받쳐 눈물, 콧물을 흘리며 한동안 말을 잇지 못했다.

"네 아버지의 죽음은 결코 헛되지 않았다. 그 죽음이 계기가 되어 정부는 마피아 소탕작전에 발 벗고 나서 마피아 세력이 거의 와해됐지."

"…… ."

"아직 잔존 세력이 준동하지만 너는 그런 데 신경 쓰지 마라."

"…… !"

외할아버지는 무기고의 부모 사진을 보여주었다. 그 전에 무기고는 부모가 어떻게 생긴 분인지도 몰랐다. 결혼식 사진이었다. 아버지는 이탈리아 남부지역의 전형적인 남성처럼 키가 작고 땅땅한 몸매였다. 무기고는 자신이 아버지를 붕어빵같이 닮았다고 느꼈다. 어머니는 키가 후리후리하고 눈이 큼지막한 미인이었다. 이탈리아 '국민 여배우' 클라우디아 카르디날레(CC)와 흡사했다.

"네가 엄마를 닮았어야 하는데 … ."

외할아버지의 중얼거림을 듣고 무기고 역시 그런 아쉬움이 들었다.

그날 이후 무기고는 '오렌지족'에서 '투사'로 변신했다. 영화, 뮤지컬, 콘서트 등을 구경하러 이리저리 돌아다니고 중류 수준의 대학을 나와 외할아버지 기업체를 물려받는 '후계자 경영인'이 되기를 꿈꾸다가 아버지의 존재를 깨달으면서 새로운 세계를 바라보는 개안(開眼)을 경험한 것이다.

소년 무기고는 마피아의 남은 세력을 자기 손으로 뿌리 뽑겠다고 결심했다. 그러기 위해 무얼 준비해야 할까? 고민하다가 영어 격언이 떠올랐다.

'The pen is mightier than the sword.'

펜의 힘은 칼의 힘보다 세다. 즉, 문력(文力)은 무력(武力)보다 강하다는 뜻이다. 무기고는 그래도 무력을 무시할 수 없다고 봤다. 그래서 자기 나름의 격언을 만들었다.

'The pen is as mighty as the sword.'

문력은 무력만큼이나 강하다.

무기고는 문무겸전(文武兼全)을 목표로 삼았다.

친구들이 대학입시 준비에 열을 올릴 때 무기고는 이탈리아의 시인 타소(Tasso)를 비롯해 칠레의 네루다, 소련의 예프투센코 등 체제에 저항한 시인들의 작품을 찾아 암송했다.

무기고는 《세계의 저항시인 계보(系譜)》라는 책에서 한국의 김지하 시인을 발견했다. 나폴리 시립도서관에 가서 찾아보니 김 시인의 시집 *Five Thieves*라는 영역본이 있었다. '5적'(五賊)이란 한국사회를 좀먹는 재벌, 국회의원, 고급공무원, 장성, 장차관 등 5대 권력층을 말한다. '5적'을 김지하 시인은 다음과 같이 등장시켰다.

서울이라 장안 한복판에 다섯 도둑이 모여 살았것다.

남녘은 똥덩어리 둥둥

구정물 한강가에 동빙고동 우뚝

북녘은 털 빠진 닭똥구멍 민둥

벗은 산 만장아래 성북동 수유동 뾰쪽

남북 간에 오종종종 판잣집 다닥다닥

게딱지 다닥 코딱지 다닥 그 위에 불쑥

장충동 약수동 솟을대문 제멋대로 와장창

저 솟고 싶은 대로 솟구쳐 올라 삐까번쩍

으리으리 꽃궁궐에 밤낮으로 풍악이 질펀 떡치는 소리 쿵떡

예가 바로 재벌, 국회의원, 고급공무원, 장성, 장차관이라 이름하는,

간땡이 부어 남산만 하고 목 질기기 동탁 배꼽 같은

천하흉포 오적의 소굴이렷다 ….

무기고는 이탈리아의 5적으로 마피아, 재벌, 정치인, 언론, 고위 공무원 등을 꼽았다. 그는 김지하 시인을 흉내 내어 이탈리아판 〈오적〉 담시(譚詩)를 지어 혼자서 읊었다. 열흘 밤낮을 바쳐 쓴 이 노작(勞作)을 여러 문예잡지에 투고했으나 아무런 반응을 얻지 못했다.

실망감에서 벗어나기 위해 무술을 단련했다. 김지하 시인 때문에 한국에 대해 관심을 갖게 돼 나폴리 시내에 있는 태권도 도장을 찾았다. 태권도를 배우며 한국어 구령을 외치면 왠지 모르게 쾌감이 느껴졌다.

"차렷!"

"경례!"

무기고는 외삼촌을 졸라 권총 사격장에 출입했다. 미성년자는 권총을 잡을 수 없으나 외삼촌 회사의 직원 신분증을 빌려 들락거린 것이다. 또 매일 팔굽혀펴기 300회, 스쾃 300회, 런지 300회를 하며 기초 체력을 키웠다.

무기고는 나폴리의 여러 지역신문에 '로베르토'라는 필명으로 사회 풍자시를 자주 기고했다. 〈오적〉보다는 풍자 강도(强度)를 조금 낮추었다. 처음엔 거의 퇴짜 맞았으나 갈수록 채택되는 빈도가 늘었다. 시뿐만 아니라 사회평론도 써보았다.

무기고는 대학 진학에는 별 관심이 없었으나 나폴리에서 멀리 벗어나고 싶어 북쪽의 밀라노 공과대학에 입학했다. '폴리테크니코'라 불리는 이 명문학교에서 건축학을 공부하기로 했다. 입학하고 1년간 학업, 무술 연마, 시작(詩作) 등을 함께 하는 분주한 일상을 보냈다. 밀라노에서도 태권도 도장에 다녀 검은 띠를 땄다.

무기고는 이탈리아 정치권의 부패한 실상을 규탄하는 시위에도 자주 참여했다.

무기고는 어느 날 TV에서 프랑스 외인부대의 활약상을 보았다. 극한으로 몰아넣는 훈련, 분쟁지역에 파견돼 벌이는 치열한 전투…. 젊은 피가 끓었다. 이탈리아에서는 2005년부터 모병제가 시행되어 군 복무가 의무는 아니었다. 그런데도 무기고는 휴학하고 이탈리아 특수부대에 자원입대했다.

기초 군사훈련에서 무기고는 발군의 재능을 발휘했다. 사격, 유격훈련, 낙하산 훈련 등에서 군계일학(群鷄一鶴)이었다. 이탈리아 남부 알프스에서 빙벽 타기와 아프리카 사하라 사막 100킬로 완주 훈련을 마치고 아프가니스탄으로 파견되는 임무를 부여받았다. 탈레반에 납치된 인질 구출작전에 동원된 것이었다. 무기고는 탈레반 반군과 치열한 총격전을 벌여 인질을 구해내는 작전 성공에 일조했다.

군 생활을 마친 무기고는 견문을 넓히려 로마로 상경했다. 테르미니 역에서 내려 숙소를 찾아가다 태권도장에서 눈에 익은 태극 마크 간판을 발견했다. 한국식당이었다.

"벤베누토(Benvenuto, 어서 오세요)!"

여자 종업원의 상냥한 목소리가 무기고를 맞는다. 그녀와 눈이 마주치자 둘은 놀란다.

"소피아?"

"로베르토?"

고교 시절 나폴리에서 '청소년 기자 동아리'에서 함께 활동한 멤버 아닌가.

"말만큼 큰 처녀가 되었네! 볼로냐 대학에 가지 않았어?"

"너도 청년이 되었네, 호호호! 나는 볼로냐를 졸업하고 로마에 와서 프리랜서 기자로 활동하고 있어. 저녁엔 여기 한국식당에서 알바 일을 하지. 너는 뭐 하고 지냈냐?"

"파란만장한 삶을 살았지. 자세히 이야기하자면 시간이 오래 걸려. 내가 고등학교 때는 필명으로 로베르토라 했지만 이제는 무기고라는 본명을 쓴단다."

식당 안에 다른 손님은 아무도 없었다. 무기고는 불고기 정식 2인분을 주문하고 소피아와 함께 밥을 먹자고 제안했다.

"사장님께 허락받아야지."

소피아는 사장 겸 셰프인 도민구에게 무기고를 소개했다.

"고등학교를 졸업하고 오랜만에 만난 친구예요."

무기고는 도민구에게 거수경례를 붙이며 한국어로 인사했다.

"안뇽하십니카!"

"한국말 인사는 어디서 배웠나요?"

"태권도 사범님께 조금 배웠습니다. 검은 띠 유단자입니다."

"호! 대단하네요. 소피아도 만날 겸 해서 자주 놀러 오시오."

무기고는 소피아를 소년 시절부터 사모했다. 시원스레 큰 눈망울과 사슴처럼 긴 목을 가진 그녀를 보면 심장이 콩닥거렸다. 그녀에게 사랑 고백 시(詩)를 숱하게 보냈으나 번번이 퇴짜 맞았다.

소피아의 눈에는 무기고가 건달처럼 보여 싫었다. 시를 쓰네, 무술을 단련하네, 마피아를 때려잡네 하고 떠벌리는데 장차 어떤 인물이 될지 도무지 종잡을 수 없었다. 짜리몽땅한 신체도 마음에 들지 않았다.

성인이 되어 재회한 그날 밤 무기고와 소피아는 한국식당에서 밥을 먹고 밖으로 나와 거리를 산책했다. 무기고는 밀라노 대학 이야기, 이탈리아 특수부대 훈련 체험, 아프가니스탄 파견 경험 등을 털어놓았다. 소피아는 무기고의 이야기에 대해 반신반의(半信半疑)했다. 여자에게 잘 보이기 위해 지어낸 허무맹랑한 무용담 아닐까?

목이 말라 카페에 들러 레몬 음료인 '리모나타'를 마시며 무기고는 부모 사진을 꺼내 소피아에게 보여주었다.

"우리 엄마, 미인이지? 소피아, 너 닮았지?"

"와! 미인이시네! 내가 닮기는 ….."

"내 눈엔 CC-엄마-소피아, 싱크로율이 99%인데!"

"너는 나이 들수록 뻥이 점점 세지네! 호호호!"

소피아는 눈을 흘기며 웃었다.

"난 이 사진을 늘 몸에 지니고 다녀. 부모님이 내 수호신이야. 울 엄마와 네가 닮았으니 너도 내 수호신이 되어줘!"

"무기고! 지금 나한테 프러포즈하는 거니?"

"그래!"

"…….."

무기고는 로마에 체류하며 마피아의 동향을 살폈다. 아버지의 옛 동료 검사들을 찾아가 정보를 얻는 방식이었다. 그들은 한결같이 무기고가 마피아 색출에 나서는 것을 만류했다.

"물리력을 가진 우리도 그놈들을 상대하기가 버거운데 민간인 신분인 자네가 달려든다니 무모하지 않은가? 민간인 탐정은 추리소설에나 나오지 현실세계에서는 없는 것이나 마찬가지야."

"그놈들을 내 손으로 잡아내고 그들의 만행을 폭로하는 글을 쓸 작정입니다."

"의욕은 좋지만 아무래도 무리네. 자네는 순진한 구석이 많군!"

"이래 봬도 태권도 유단자에 이탈리아 특수부대원 출신입니다."

"그래? 마피아 놈들이 얼마나 잔인하고 지저분한지 사례를 들어볼래? 2013년 11월에 프란체스코 라코스타라는 마피아 두목이 경쟁 조직원들로부터 쇠파이프로 얻어맞고 멧돼지 우리에 던져졌지. 그자는 비명을 지르며 살려달라고 애걸했지만 굶주린 멧돼지 16마리가 뜯어 먹었다네. 경찰이 들이닥쳤을 때 뼈만 남았다 하더군. 칼라브리아 주 경찰은 경쟁조직의 두목 시모네 페페를 살인혐의로 체포했다네. 두 조직은 60년간 세력다툼을 해왔는데 최근 페페의 대부가 라코스타의 조직원에게 살해당하자 페페가 복수한 것이라네."

무기고는 2015년 8월 20일 오후 로마 시내를 거닐다 화려한 장례식 행사를 목격했다. 말 6마리가 끄는 운구 마차가 나타나자 하늘에서는 헬리콥터에서 빨간 장미꽃잎이 뿌려졌다. 영화 〈대부〉의 주제곡을 브라스밴드가 연주했다. 로마 남동부 지역 마피아 조직 두목인 루마니아 출신 카사모니카 비토리오의 장례식이었다. 운구차 뒤에는 검은 상복 차림의 건장한 사나이 수백 명이 따라갔다.

시민들은 눈살을 찌푸리며 수군거렸다.

"조폭들이 대명천지 대낮에 저렇게 설쳐대니 어디 무서워서 살겠나? 이거 완전히 공포 분위기 아냐?"

"경찰은 저런 놈들을 안 잡아가고 뭐 하나?"

"요즘도 로마시청 고위 공무원과 마피아가 결탁해서 공공 공사를 말아먹는다 하잖아요. 지금 수사 받는 공무원만도 100명 넘는다는데요."

"몇 달 전 남부 플라티마을에서 치러진 지방선거에는 입후보자가 단 1명도 없었지요. 마피아의 협박이 무서웠기 때문이랍니다."

의협심이 발동된 무기고는 그 시민들 앞에 나서서 외쳤다.

"두려워하지 마십시오. 제가 그놈들을 때려잡겠습니다!"

무기고가 장례식 행렬을 가리키며 사자후를 토하자 그쪽의 어느 늙수그레한 중간두목급 풍모의 애꾸눈이 뒤돌아보더니 무기고 쪽으로 다가왔다.

"우리를 때려잡겠다고?"

"그렇소."

"이 X만 한 놈이 겁대가리 없이!"

이마에 칼자국 상처가 얼룩덜룩 남은 애꾸눈은 당장이라도 무기고를 때릴 듯이 주먹을 들어올렸다.

"영감! 왕년에 좀 놀아본 모양인데, 진정하시오. 당신 조직원 가운데 가장 센 놈과 한판 붙겠소."

"결투 신청? 좋다! 그럼 내일 밤 8시에 콜로세움에서 맞짱판을 벌이기로 하지."

"좋소!"

"장난삼아 하는 말이 아니야."

"그건 내가 할 말이오. 진짜로 주먹 쓰는 놈을 데려 오시오."

이들의 대화를 들은 몇몇 시민들도 구경 오겠다고 말했다.

"흥미진진한 싸움판에 우리도 가겠소."

무기고는 숙소로 돌아와 내일 밤 대결에 대해 구상했다. 요즘 주먹에 힘이 올라 어느 놈과 붙든 이길 자신이 있었다. 특수부대에서 맨손 격투 훈련 때 챔피언으로 등극하지 않았는가. 덩치가 산만큼 큰 녀석들도 발차기 한 방에 날려 보냈었지! 이탈리아 이종격투기 헤비급 선수 출신 자도 정권(正拳)으로 턱을 정확하게 가격해 경기 개시 20초 만에 쓰러뜨렸었지!

무기고는 대결장소가 콜로세움이라기에 그곳을 배경으로 한 무술영화 〈맹룡과강〉(猛龍過江, The Way of the Dragon)이 떠올랐다. 전설적인 무술배우 브루스 리(이소룡, 李小龍)가 주연으로 나온 작품으로 마지막 격투 장면은 액션 영화의 절정(絶頂)으로 꼽힌다. 무기고는 그 영화를 다시 감상하며 브루스 리의 몸놀림을 분석했다.

로마의 중국식당을 괴롭히는 마피아를 이소룡은 신출귀몰한 쿵푸 솜씨로 응징한다. 마피아는 마침내 미국의 살인 청부업자 척 노리스를 불러와 이소룡과 대결을 시킨다. 이들 무술 고수들은 콜로세움에서 사투를 벌인다. 물론 이소룡이 이긴다.

콜로세움에 도착한 무기고는 관중이 운집한 것을 보고 놀랐다. 카메라 수십 개와 대낮처럼 훤한 불빛을 비추는 조명시설이 동원돼 스포츠 중계방송 같은 분위기였다. 어리둥절했다. 어제 결투 제의를 했던 애꾸눈 영감탱이는 본부석에 앉아 목에 힘을 주고 있었다. '21세기 스파르타쿠스'라는 현수막이 눈에 띄었다.

"어서 오시게. 그래 맞아 죽을 각오는 했나?"

애꾸눈이 이죽거리며 말을 걸었다. 알고 보니 '스트리트 파이터 선발대회'로 예정된 행사였다. 인터넷으로 생중계되는데 수십 개 기업들이 스폰서로 나섰다.

"맞아 죽을 각오라니? 마피아 양아치를 때려죽일 것이니 잘 지켜보시오."

"허허, 오늘은 자네 제삿날이 될 거야. 상대는 우리 조직에서 주먹이 가장 센 놈이야. 미국 UFC 격투기 라이트헤비급 챔피언에도 도전했어."

"내가 이길 테니 파이트머니나 잘 챙겨주시오."

네댓 경기에 이어 무기고가 특설 링에 올랐다. 링 아나운서가 요란하게 양 선수를 소개했다.

"오늘 밤의 최대 하이라이트! 재야 무림계 최고수인 두 선수가 목숨을 건 대결을 벌이겠습니다! 승자에게는 스파르타쿠스 얼굴이 새겨진 순금 메달과 함께 상금 1만 달러가 수여됩니다!"

무기고는 이소룡처럼 윗도리는 벗고 아랫도리는 긴 바지를 입었다. 상대방을 보니 키가 무기고보다 머리통 하나만큼 크고 온몸에 근육이 꿈틀거렸다. 사각턱이 돋보이는 얼굴이었다.

5분씩 3라운드 경기였다. 무기고는 1라운드에서는 상대방의 힘을 빼고 2라운드 후반에 KO 시킨다는 작전을 세웠다.

공!

1라운드가 시작됐다. 사각턱 녀석은 덩치가 작은 무기고를 깔보고 덤볐다. 펜싱 국가대표 선수 어머니의 DNA를 물려받은 무기고는 신기(神技)에 가까운 스텝 속도를 자랑했다. 상대가 주먹을 뻗으면 사뿐 뒤로 물러서고, 상대가 잠시라도 주춤하면 총알 같은 스피드로 접근해 펀치를 적중시키는 양상이었다.

연속해서 10여 방 때렸을까. 사각턱 녀석의 눈두덩이에서 불그레한 핏빛이 감돌았다.

"엇!"

무기고가 뒤로 피할 때 갑자기 다리를 쓸 수 없었다. 애꾸눈이 링 아래에서 손을 뻗어 무기고의 발목을 붙든 것이다. 그 틈을 타 사각턱이 라이트훅으로 무기고의 왼쪽 턱을 가격했다.

퍽!

무기고는 썩은 볏단처럼 쓰러졌다. 심판의 카운트다운이 시작됐다.

"원, 투, 쓰리 …."

무기고는 정신이 아득해지면서 심판의 목소리가 모기소리처럼 작게 들렸다. 일어서야 한다는 본능적인 의지가 작동하긴 했으나 몸이 움직이지 않았다.

"무기고! 일어나!"

무의식 심연(深淵)에서 들려오는 소피아의 애타는 목소리!

무기고는 혼신의 힘을 다해 벌떡 일어났다.

공!

1라운드가 끝났다.

2라운드가 시작됐다. 무기고는 1라운드 때 받은 대미지 탓에 전신에 힘이 빠져 전진-후퇴 스텝을 쓰기가 어려웠다. 그러니 사각턱이 날리는 펀치를 자주 맞았고 얼굴은 피범벅이 됐다. 아무래도 2라운드에서는 방어 위주로 버티고 승부는 3라운드에서 걸어야 할 판이다.

3라운드가 시작됐다. 무기고는 숨쉬기를 방해하는 마우스피스가 답답해서 링 바닥에 뱉었다.

"아뵤오!"

무기고는 이소룡 특유의 괴성을 질렀다. 영화〈맹룡과강〉을 연상하며 발차기 위주로 공격을 펼쳤다. 사각턱은 그라운드에 누워 결판을 내려는 듯 무기고의 허리춤을 잡으려 달려들었다. 그때마다 무기고는 사각턱의 턱을 발로 차 저지했다.

"무기고! 힘내!"

소피아의 목소리가 또 들렸다. 링 주위를 얼핏 보니 소피아의 얼굴이 어른거렸다. 소피아가 이곳에 응원하러 왔나?

이제 사각턱도 발 기술을 시도했다. 그의 하이 킥의 위력은 대단했다. 무기고는 사각턱의 육중한 발 공격을 서너 차례 받고 휘청거렸다. 이제 3라운드 종료 시간이 얼마 남지 않았다. 이대로 끝나면 무기고의 패배임이 틀림없다.

마지막 승부수!

"아뵤오옷!"

무기고는 이소룡 괴성을 다시 내지른 후 온몸에 힘을 빼고 동작을 부드럽게 펼쳤다. 수리매가 하늘을 날 때 날개를 펼친 것처럼 부드러우면서도 강렬하게 팔을 뻗어 사각턱의 발 공격을 막아냈다. 이어 공중으로 솟구쳐 올라 몸을 360도 돌리는 '돌개질' 발차기로 사각턱의 옆구리를 가격했다. 사각턱이 휘청거렸다. 무기고는 지체하지 않고 깨금발로 획 뛰어올라 사각턱의 왼쪽 '사각턱'을 '두발낭상'으로 정확하게 걷어찼다.

쿵!

사각턱은 입에서 핏덩이를 토하며 쓰러졌다. 카운트다운 10을 셀 때까지 일어나지 못했다. 무기고의 KO승이었다.

이튿날 오전 로마 힐튼호텔의 레스토랑 '라 페르골라'에 브런치 시간에 마주 앉은 무기고와 소피아.

"얼굴이 왜 그 모양이야? 누구랑 싸웠어?"

"어제 격투기 대회에 나갔지. 너도 응원하러 오지 않았어?"

"무슨 소리야? 안 갔는데 ….."

"네 목소리를 들었는데 … 네 얼굴도 얼핏 봤고 …."

"정신 차려, 무기고! 머리를 다쳐서인지 헛소리를 하네!"

무기고는 지갑을 열어 100달러 지폐 100장이 든 현금 1만 달러를 보여주었다.

"어제 받은 우승 상금이야!"

"진짜야?"

"그렇다니까! 그러니 이 근사한 레스토랑에서 점심을 사지."

종업원이 주문을 받으러 왔다. 무기고는 브런치 세트를 시키고 종업원에게 조간신문을 갖다 달라고 부탁했다.

스포츠 신문을 보니 콜로세움을 배경으로 두 사나이가 격투하는 장면이 실려 있었다. 제목은 '브루스 리, 살아 있다?'였다. 무기고가 사각턱의 턱을 발로 걷어차는 순간이 포착된 사진이었다. 무기고는 링 사이드에 앉은 관중의 얼굴을 하나하나 세심히 살폈다. 소피아가 있는지 찾아내기 위해서다.

애꾸눈 영감탱이 뒤에 앉은 여성의 모습이 어렴풋이 비친다. 소피아 같기도 하다.

"이 여성, 소피아 너 아냐?"

소피아는 사진을 뚫어져라 쳐다보더니 중얼거렸다.

"이상하네 … 무기고 네가 보여줬던 어머니 사진 … 그분 같은데 … ."

"엄마 … ."

무기고는 부모 사진을 꺼내 눈시울을 붉히며 어머니 얼굴을 살폈다. 소피아가 팔을 뻗어 무기고의 등에 손을 대고 살포시 감싸주었다.

차력사 안소니 퀸

부초그룹 창업자 탁종팔 회장은 언론에 거의 노출되지 않은 재력가이다. 종합일간지에 얼굴 사진이 게재된 적이 없고 경제신문에는 가물에 콩 나듯 가끔 동정(動靜)이 보도된다. 경제 분야를 오래 취재한 베테랑 기자 가운데도 탁 회장의 존재를 아는 이는 극소수다. 바꿔 말하면 탁 회장과 친분이 있는 언론인은 꽤 유능한 '민완 기자'인 셈이다.

재계에서 탁 회장의 막강한 현금 동원능력은 소문이 났다. 하루아침에 몇 천억 원을 빌려줄 수 있단다. 손꼽는 재벌 회장 가운데도 급전이 필요할 때 탁 회장에게 'SOS 요청'을 한 이들이 수두룩하다.

외환위기 직후 재벌 기업들이 줄줄이 쓰러질 때 모 그룹 L회장은 탁 회장 앞에 무릎을 꿇고 울면서 하소연했다고 한다.

"형님, 이번 한 번만 더 봐주십시오."

"아이구 회장님, 일어서이소! 이라모(이러면) 지가(제가) 민망해집니데이."

탁 회장은 상대방을 일으켜 세우고 얼마가 필요한지 물었다.

"우선 급한 대로 5백억 … ."

"좋심더. 바로 입금시켜 드리지예. 담보보다는 이번 기회에 … 회장님 소장 미술품, 지한테 넘기시이소."

탁 회장은 L회장 소장품 가운데 오래 눈독을 들인 '물건' 리스트를 제시했다. 국보급 고려청자, 조선백자, 조선 풍속화 등 시가 7백억 원어치의 미술품이 나열되어 있었다. L회장은 값을 흥정할 경황이 없어 그 자리에서 매매계약서에 서명했다. 하기야 이 난리 통에 이 미술품을 경매시장에 내놓으면 절반 값도 못 받을 상황이다.

탁 회장의 이력은 베일에 가려 있다. '재계 인명록'에도 나오지 않는다. 영화관, 주유소, 운수회사 등 현금 수입이 많은 업종에서 번 돈을 바탕으로 부동산 투자, 사채놀이 등으로 돈을 엄청나게 불렸다는 풍문 정도만 알려졌다.

탁 회장의 사위 마동출은 장인의 기업 몇 개를 물려받아 중견그룹으로 키웠다. 마 회장은 언론에도 가끔 노출되는 기업인이지만 장인에 대해서는 철저히 함구한다. 결혼하기 전에 엄명을 받았기 때문이다.

"자네가 내 사우(사위)가 덴다 카이(된다 하니) 내가 살아온 가거(과거)를 톡 털어놓을 끼구마! 임금님 기(귀)는 당나구(당나귀) 기(귀)! 이런 말 알제? 마음속에 꿍친(숨긴) 기(것) 있으모 답답해서 몬(못) 산데이. 그래도 자네는 내 이약(이야기)은 평생 발설하지 말거래이!"

탁 회장은 인사동 한정식 집에서 마주 앉은 청년 마동출에게 이렇게 운을 떼고 위스키를 2잔이나 거푸 마시곤 말을 이었다.

"우리 조상은 천민(賤民)이었데이!"

"예?"

"대대로 사당패로 동네방네 떠도는 인생이었다카이 … ."

탁 회장은 다시 독한 위스키를 두 잔 마시고 눈을 껌벅이며 사설(辭 說)을 늘어놓았다.

"울 할배는 사당패 거사(居士), 울 할매는 여사당 우바이 … 사당패 는 이 동네 저 동네 돌아댕기며 술자리서 노래 부르고 춤 추멘서 묵고 살았제. 우바이들은 웃음까지 팔았다 카데. 울 아부지 팔자도 사나바 서(사나워서) 유랑극단에서 코흘리개 때부텅 밥벌이를 항 기라. 줄타기 하는 여자 곡예사가 울 엄마라! 나는 싸카수(서커스)단 천막 구석에서 태어났다카이. 나도 걸음마 떼면서부텅 무대에 섰다 앙이가!"

탁종팔의 부모는 혹한이 몰아치는 겨울날 밤, 공중그네를 타다 바닥 에 추락해 둘 다 허리가 으스러졌다. 그날 이후 부모는 죽는 날까지 방 바닥에 드러누워 꼼짝 못하는 장애로 고생했다. 창졸간에 소년 가장이 된 탁 군은 부산 영도구의 영화관에서 청소, 사장 심부름 등 허드렛일 을 하며 부모를 봉양했다.

유랑생활 탓에 초등학교 문턱에도 들어가지 못한 탁 군은 변성기 무 렵 때까지 한글 문맹자였다. 영화관에서 일하는 게 좋은 점은 영화를 마음껏 볼 수 있다는 것. 마음에 드는 영화를 수십 번 보다 보면 대사도 외워졌다. 이런 영화 대사를 일상 대화에도 자주 써먹었다.

"장돌뱅이 인생이란 부초(浮草)와 같습니더. 물결이 흐르는 대로, 바람이 부는 대로 흔들리며 떠돌아다니지예. 그러나 진정한 자유인이 기도 하지예. "

"진정한 사랑은 상대방에 대한 무한한 관용을 의미합니데이. 내 욕망만 채우려는 에로스는 집착에 불과한 것이지예."

이러면 상대방이 때로는 눈이 동그래지면서 물었다.

"자네, 꽤 유식하네? 어느 학교 나왔소?"

탁 군은 무식하다는 사실이 드러날까 봐 몰래 한글을 익혔고, 한자를 썼고, 영어 단어를 외웠고, 신문을 읽었다.

어느 날 이탈리아 영화 〈길〉(La Strada)을 보고 하염없이 눈물을 흘렸다. 떠돌이 차력사 잠파노와 병약한 소녀 젤소미나가 스크린에 등장하자 아버지, 어머니가 연상됐기 때문이다. 싸구려 서커스단을 전전하는 그들의 부초 같은 인생에 한없는 공감이 갔다.

탁 군은 달력 뒷면에 〈길〉의 포스터를 베껴 그렸다. 잠파노 역으로 출연한 안소니 퀸이라는 남자배우의 수염 하나하나에도 정성을 들여 모사(模寫)했다.

"앗! 사진 같네! 누가 그린 거야?"

극장 사장이 탁 군이 그린 그림을 보고 감탄했다.

"지가 그렸는데예."

"그래? 안 그래도 간판쟁이 바꿀려고 했다. 간판에 그려진 안소니 퀸이 너무 안 닮았다고 손님들이 하도 면박을 줘서 얼굴을 들고 다닐 수 있어야지. 자네가 그려 보게."

탁 군은 영화관 옥탑방 화실에서 붓을 들고 잠파노와 젤소미나를 다시 그렸다. 유화 물감이 아니라 페인트로 칠했지만 채색화를 그린다는 기쁨에 그는 환희에 젖었다. 이런 걸 두고 천부(天賦)의 재능이라 하는가. 탁 군은 어느 누구에게서도 그림을 배우지 않았지만 사물을 사진

수준으로 재현하는 데 천재였다.

"와! 안소니 퀸 봐라! 진짜 같다!"

극장 앞을 지나는 행인들의 입에서 감탄사가 줄줄이 터져 나왔다. 이 간판 덕분에 손님들이 몰려들었다. 지방신문에는 '사진인가, 그림인가?'라는 화제기사로 보도되기도 했다.

그 후 다른 영화 간판도 마찬가지였다. 한국 배우 김진규, 김승호, 김지미, 황정순 등의 얼굴이 너무도 생생하게 그려져 간판을 구경하러 몰려온 인파만도 인산인해를 이루었다.

영화관 곽충환 사장은 떼돈을 벌었다. 탁 군을 정식 직원으로 채용하고 두툼한 월급봉투를 주었다. 그러나 곽 사장의 얼굴은 갈수록 울상이 되어 갔다. 출근해서 코빼기만 비친 후 사라지기 일쑤였다. 어느 날 핏발 선 눈으로 나타난 곽 사장에게 탁 군이 조심스럽게 물었다.

"사장님, 요즘 몸이 펜찮으십니꺼?"

"아니 … 그렇진 않고 … ."

"지가 도울 일이라도 있습니꺼?"

"도울 일? 음 … 그러면 이 그림, 좀 그려줄래?"

곽 사장은 사과를 그린 정물화를 갖고 와 유화 물감과 캔버스를 주며 복사해달라고 부탁했다.

"그려드리야지예."

탁 군은 그게 명화 위작(僞作)인 줄 몰랐다. 원본과 똑같이 그린다는 칭찬에 기분이 좋아 그저 부지런히 그렸다. 그 후 초상화, 풍경화 등 닥치는 대로 그렸다. 화선지에 조선 풍속화도 그렸고 '지장보살도' 같은 불교 그림에도 손을 댔다. 돈도 두둑하게 받았기에 신났다. 나중에 안

사실이지만 곽 사장은 도박에 빠져 위조 그림 팔기에 나선 것이었다. 문화재급 그림의 위작은 밀항선을 통해 일본 조직에 보내졌다.

"자네, 일본에 갔다 와야겠다."
곽 사장의 제의에 탁 군은 깜짝 놀랐다.
"지가 무슨 일로? 일본말 하나도 모르는데예."
"일본말 몰라도 아무 걱정마라. 거기 가서 그림만 몇 장 그리고 오면 된다."
탁 군은 얼굴이 험상궂은 일본인 청년 2명의 호위를 받으며 밀항선을 타고 일본에 갔다. 오사카 근교의 호젓한 마을의 호화로운 화실에서 6개월간 기거하며 서양명화 5점을 그렸다. 대만 출신의 노인 화가가 탁 군의 스승 노릇을 하며 '판박이 묘사 요령'을 가르쳐 주었다. 그들이 그린 위작 대부분은 인상파, 후기인상파 화가들의 작품이었다.
"이 그림들은 원본이야!"
노인 화가는 원화를 바라보며 떨리는 목소리로 말했다. 원화를 눈앞에 놓고 똑같이 그려달라는 주문이었다.

6개월 계약 기간이 끝나갈 무렵, 탁 군은 일본어를 알아들을 수 있게 됐다. 어느 날 노인 화가가 누군가와 전화 통화하는 소리를 듣고 소름이 끼쳤다.
"놈이 자꾸 그리면 들통 난다구. 더 이상 그리지 못하게 손모가지를 잘라야지!"
그때서야 위조 그림을 제작한다는 게 중범죄임을 실감했다. 공포심과 죄책감이 엄습했다. 마침 노인 화가가 멜론을 깎아 먹는다고 칼을 잡자 탁 군은 자기 손목이 잘릴지도 모른다는 위기를 느껴 그 자리에서 벌떡 일어나 무작정 집을 뛰쳐나왔다.

오사카 시내로 들어와 거리를 헤매다 한국식당 앞에서 굶주림에 지쳐 쓰러졌다. 그를 발견한 식당 주인의 호의로 그 식당에 취직해 2년여 일했다. 한국에 계신 부모에게는 인편을 통해 돈을 부쳤다. 식당 주인의 의동생이 한두 달에 한 번꼴로 부산에 가는 무역업자라 했다. 그 의동생 오범선은 나중에 알고 보니 문화재 밀매업자였다. 한국에서 도굴 문화재를 받아 일본 수집가에게 넘기는 거간꾼이었다.

어느 날 탁 군은 오범선이 가진 지장보살도를 보고 화들짝 놀랐다. 자신이 부산에서 그린 바로 그 그림이었다.

"이거, 가짜 그림입니더예!"

"뭐라? 한국 사찰에서 훔친 진품으로 알고 샀는데!"

"진품은 어디엔가 있을 낍니더. 이건 내가 베껴 그린 기라예."

"자네가 그렸다고? 허허!"

탁 군은 자신이 그렸음을 증명하려 흰 종이를 꺼내 그림을 보지 않고 연필로 슥슥 스케치했다. 오범선은 속았다는 사실을 알고 얼굴이 으그러졌다. 그는 주방에 들어가더니 시퍼런 회칼을 들고 나왔다.

"그놈을 요절내야지!"

당장 누군가를 찔러 죽일 듯 허공에 칼질을 했다.

"진정하이소! 부산에 나를 데리다 주모 해결해 드리겠심니더."

"자네가 어떻게?"

"가짜 그림을 하나 더 그려 진품과 바꿔치기하겠심니더."

"좋아! 그럼 나도 자네에게 응분의 보상을 하겠네."

탁 군은 오 씨와 함께 밀항선을 타고 현해탄을 건넜다. 오 씨는 징용으로 일본에 끌려가 '군함도' 탄광 막장에서 죽을 고비를 여러 번 넘긴 사나이였다. 해방 이후 귀국하지 않고 일본에서 스모선수로 성공하겠다며 체육관을 드나들었다. 그러나 수련과정에서 민족차별에 시달렸고 척추를 다쳐 운동을 더 할 수 없게 됐다. 야쿠자 보스의 보디가드로 일하다가 그 보스의 고미술품 매매 심부름을 전담하게 됐다.

그게 인연이 되어 자신도 거간꾼으로 뛰어들어 한국과 일본을 들락거린단다. 고객 가운데 한국의 유명 재벌 총수와 그 총수의 형도 있고, 일본의 유력 정치인과 야쿠자 보스도 있단다.

오범선은 부산에 도착해서 지장보살도를 넘긴 영화관 곽 사장을 찾아갔다. 위작을 받았다는 말은 하지 않았다.

"사장님 덕분에 재미 좀 봤소이다."

"아, 다행입니다."

"저번 것 같은 지장보살도, 하나 더 찾아주시오. 그리고 고려시대 수월관음보살도… 구해지면 부탁하오."

"관음보살도는 워낙 귀해서….."

"그러니까 사장님께 특별히 부탁하는 것 아니오. 그리고… 영화관, 혹시 처분할 의향 없소?"

"극장을 매입하시려고요?"

"친척 동생에게 줄 참이오."

2년 만에 귀국한 탁 군은 곽 사장을 찾아갔다.

"이게 누군가? 이젠 어른이 되었네! 자네가 일본에서 잠적하는 바람에 난리가 났어! 다시 나타나면 꼭 알려달라고 신신당부하더군."

"일본에는 다시는 안 갈 낍니더."

"자네가 수고비도 받지 않았다며? 그것 받으러 오라는 거야."

곽 사장은 탁 군에게 지장보살도와 수월관음보살도를 내놓으며 베껴 그려달라고 부탁했다. 낡은 비단에다 채색하고 천 년 전에 그린 것처럼 일부러 낡게 탈바꿈하는 수법을 썼다. 워낙 정교하게 모방하므로 전문가조차 진위(眞僞)를 가리기 어렵다.

탁 군은 지장보살도, 관음보살도를 2개씩 그려 가짜 그림들은 곽 사장에게 모두 넘기고 진본은 자신이 감추었다. 몇 달 후 진본 2점을 오씨에게 넘기고 대가로 영화관을 받았다.

영화관 소유주가 된 탁종팔은 위작 세계와는 단호히 손을 끊었다. 납치, 살해 위협을 숱하게 당했으나 보디가드 2명을 고용하며 버텼다. 조악한 영화 간판을 볼 때마다 자신이 직접 그리고 싶은 충동이 일어났으나 꾹 참았다.

탁종팔은 부산 해운대에 놀러온 서울 아가씨와 사귀어 결혼하고 사업 중심지역을 서울로 옮겼다. 주유소, 버스회사 등을 세워 돈을 벌었다. 버스 종점 부지는 필요면적보다 몇 배 넓게 샀다. 훗날 변두리 차고 땅이 아파트 부지로 탈바꿈하면서 탁종팔의 재산은 눈덩이처럼 불어났다.

탁 회장은 미국 MIT 공학박사인 사위가 경영에도 재능을 보인다고 판단하고는 은퇴했다. 은거생활에 들어간 탁 회장은 자택에 화실을 마련하고 그림 그리기에 몰두하는 한편 미술품 수집에 나섰다. 충북 단양의 풍광 좋은 땅을 매입하여 미술관을 지었다.

탁 회장은 일본을 들락거리며 머리칼이 허옇게 센 미술품 거간꾼 오범선과 만나 과거를 회상했다.

"자네의 신기(神技)에 가까운 모사 실력, 지금도 일본에서 전설로 이야기되고 있네."

"대만 출신 위작 전문 하가(화가)에게 노하우를 배웠다 앙입니꺼. 그 영감님은 우째 됐는지?"

"중국 본토로 돌아가 정통파 화가로 활약하다가 죽었다는 풍문을 들었다네."

"그 영감도 지정신(제정신) 들고 죽었능가베. 나도 인자(이제) 정신 좀 차렸심더. 다름 아이라 … 옛날에 내가 그린 가짜 그림, 모도(모두) 찾아주이소. 값은 얼마든지 쳐줄 테니께."

"가짜 그림이 진본처럼 버젓이 전시되고 있는데도?"

"진본 값 다 내고 사들일랍니더."

"뭐 할 건데?"

"부끄러운 제 가거(과거) 앙입니꺼? 다 불 태워뿌릴 낍니더."

"잘 결심했네!"

"그라고(그리고) … 일본에 있는 한국 고미술품, 보는 족족 사 모을 테니께 헹님이 힘 좀 써주이소. 미술간(관)을 하나 채리(차려) 놓았는데 거게 소장할 낍니더."

이런 우여곡절을 거쳐 탁 회장의 미술관은 완성됐다. 은둔 인물이 만든 미술관답게 그곳도 베일에 가려져 있다. 극소수 미술계 인사들만이 내부를 들여다봤을 따름이다.

탁 회장은 딸이 미술관에 찾아오는 것도 그리 반기지 않는다.

"여게 올라 하모 《고유섭 전집》다 읽어야 한다꼬 내가 말했제? 완독했나?"

탁 회장은 사후에 미술관을 딸에게 맡길까 했으나 미술에 도무지 관심을 갖지 않은 딸을 믿을 수 없었다. 미술사학자 고유섭 선생의 저작들을 딸에게 읽히려 했으나 몇 년째 뜻을 이루지 못했다.

"한국 고미술은 고리타분해서요."

"그라모(그러면) 이태리 미술 이야기해볼까? 루네쌍수(르네상스) 하가(화가) 지오토에 대해 니가 아는 대로 이야기해보거라."

"다빈치나 라파엘로 같으면 알겠는데 지오토는 좀 케케묵지 않았나요?"

탁 회장은 혀를 끌끌 차며 중얼거렸다.

"우리 미술관에 지오토 원본 그림도 있는데 … 딸내미가 이리 무식해서야 … ."

탁 회장은 기침을 몇 차례 쿨럭거리곤 말을 이었다.

"미술관 운영을 맡을 관장, 물색해볼래? 이왕이면 니가 스승으로 모실 분으로 … ."

"연봉은 얼마 줄 건데요?"

"허허! 여술(예술)을 논하는 마당에 돈 이약(이야기)부터 먼저 들으이께 민망하구만. 능력에 따라 줄 참이다. 백지수표로도 줄 수 있다."

"백지수표라면 … 달라는 대로 준다는 뜻인가요?"

"그렇다!"

탁하연 여사는 그날부터 미술관장 구하는 일로 신바람이 났다. 이런저런 연줄을 통해 미대 출신 명사들을 접촉하는가 하면 미술관, 박물관 관계자들을 만나 적임자를 찾았다.

탁 여사의 추종세력인 '르네상스회' 회원들도 마치 자기가 미술관장을 뽑는 데 막강한 영향력을 발휘할 수 있는 듯이 위세를 부렸다. 이런 식이었다.

"네 여동생, 하버드에서 미술사 박사 받은 애, 아직도 강사로 뛰고 있니? 좋은 자리가 나서 말이야 … ."

탁 여사는 서울대와 고려대에 고고미술사학과라는 학과가 있다는 사실도 이번에 처음 알았다. 미술사, 미술평론, 미학 등의 분야에서 박사 학위를 받은 30대, 40대 인재들이 이렇게 많다는 사실도 놀라웠다. 유력 인사의 딸들이 대부분이었다.

이력서를 받거나 경력을 조회하여 후보자로 간추린 인원만도 30여 명. 탁 여사는 그 가운데 자기가 스승으로 모실 분보다는 수족처럼 편히 부릴 인물 위주로 20명을 후보자로 골랐다.

서울 시내 S호텔의 레스토랑 별실에 예약을 하고 후보자와 그를 소개한 사람을 동시에 초청해 점심 또는 저녁 식사를 하며 면접을 했다. 탁 여사 본인이 미술에 문외한이니 심층 인터뷰가 이루어질 수 없었다.

"어떤 콘셉트의 미술관인가요?"

피면접자가 이렇게 물으면 탁 여사가 당황해서 허둥거리는 형국이었다. 탁 여사는 방법을 바꿔서 기선을 제압하는 질문을 먼저 던졌다.

"박사 학위 논문을 소개하시면서 그 내용을 미술관 경영에 어떻게 활용할지 연결시켜 보세요."

나름 고생 끝에 최종 후보자로 5명을 추렸다. 이들은 탁종팔 회장에게 데려가 면접을 보게 할 대상자들이다.

미술관 현장으로 가면 미술관 존재가 세상에 알려질까 봐 탁 회장은 성북동 간송미술관 부근 전통찻집에서 만나자고 했다.

미국 박사 2명, 프랑스 박사 2명, 독일 박사 1명이 차례로 탁 회장과 1 대 1 면담을 했다. 탁 회장은 책으로만 배우던 미술이론을 대화를 통해 듣고 지적(知的) 열락(悅樂)을 느꼈다. 이들과 나눈 화가의 이름을 가나다순으로 되살려보았다. '부초미술관'이라 이름을 붙인 자신의 미술관에 이 화가들의 작품이 소장됐다.

고갱, 뒤샹, 렘브란트, 마티스, 브라크, 샤갈 ….

한국의 화가로는 고희동, 나혜석, 도상봉, 문신, 박서보, 손상기, 이중섭, 장욱진, 한묵 ….

"아버지, 마음에 드는 사람이 누구예요?"

"모두들 마음에 드네. 실력, 학력, 경력 … 나무랄 게 없구만."

"그럼 제비로 뽑나요?"

"그라까? 하하하!"

"농담이죠?"

"그래 농담이야. 굳이 흠을 잡자 카모 5명 모두 하려(華麗)한 금수저 출신이야. 부잣집에서 태어나 온실 속에서 자랐고 부모 돈으로 유학 간 거 아잉가?"

"금수저가 고급 미술관 관장 자격으로 필요한 스펙 아니에요?"

"폼이나 잡는 간장(館長)을 뽑을라꼬 하는 기 앙이다. 심지가 곧고 깡다구가 좋은 인물이 필요해."

탁 여사는 또 다른 후보자 몇몇을 물색해 아버지 앞에 데려갔다. 이들도 앞선 사람들과 마찬가지 이유로 퇴짜 맞았다.

처음엔 신바람 나던 탁 여사는 이제 관장 고르는 일이 골칫거리가 되어 미간을 찌푸리고 다녔다.

청담동 밀라노 부티크에 나타난 탁하연의 얼굴을 본 장다희 대표가 조심스레 물었다.

"사모님, 무슨 걱정이라도?"

"아이고! 말 마세요. 친정아버지가 워낙 까다로운 양반이어서 … ."

장 대표가 더 묻지도 않았는데 탁 여사는 입에서 거품을 뿜어가며 최근 사정을 좔좔 이야기했다.

"사모님, 대단히 외람스런 제안인데 … 혹시 제가 아버님을 한 번 뵈면 안 될까요?"

"예?"

"제가 명품 사업을 하면서 틈틈이 미술사와 미학을 공부했답니다. 작은 미술잡지에 미술평론가로 데뷔도 했고요. 미술관 관장이라면 경영자인데 사업 경력이 도움이 되지 않겠습니까?"

탁 여사는 어이가 없다는 듯 눈만 껌벅거리며 대답하지 않았다. 장 대표가 간절한 눈빛으로 바라보자 탁 여사는 어색함에서 벗어나려고 한마디 툭 던지고 자리에서 일어섰다.

"장 대표님, 농담도 잘 하시네!"

탁 여사는 아버지의 호출을 받고 닦달을 당했다.

"우찌 됐노?"

"하버드도 싫다 하시니까 상버드 출신을 찾고 있어요."

"학벌을 보는 기 앙이라니까! 멍가(뭔가) 빠릿빠릿한 사람을 ···."

"장사꾼도 괜찮나요?"

"니 말버릇이 와(왜) 그 모양고? 상인이 울매나 소중한 사람인데 깔보듯이 장사꾼이라 하노? 그래, 좋다. 니 말대로 장사꾼 다리고(데리고) 와바라."

"진짜로요?"

"진짜지! 우떤(어떤) 사람인데?"

"청담동에서 조그만 가게 하는 여잔데, 이탈리아어도 잘하고 이것저것 아는 게 많아요. 학교는 어디 나왔는지 정확하게 모르겠고 ···."

탁하연은 장다희의 얼굴이 떠올라 아버지 앞에서 말을 꺼냈다가 낭패를 당하고 있다. 정말 장 대표를 데려와야 하나?

탁 회장과 장 대표의 약속장소는 인사동 한정식집이었다.

탁 여사는 아버지를 모시고 인사동으로 왔다. 오늘따라 아버지의 안색이 창백해 약속 날짜를 미루자고 해도 아버지는 '약속 불변'을 고집하신다. 탁 회장은 약속시간이 많이 남았다며 인사동 거리를 좀 걷자고 했다. 외국인 관광객들이 수두룩했고 곳곳에서 각설이 타령 등 거리 공연이 펼쳐졌다.

어깨가 건장한 40대 중년 남자가 차력 시범을 보이고 있었다. 온몸에 철사를 칭칭 감고는 기합을 지르며 철사를 끊었다. 차력사가 데리고 다니는 원숭이가 공중제비 재주를 보였다. 차력사의 재주는 다양해서 트

160

럼펫까지 불었다.

빠라빠라라….

탁 회장의 귀에 익은 멜로디. 영화 〈길〉의 주제가 아닌가. 그러고 보니 저 차력사는 잠파노 흉내를 내고 있구나.

탁종팔 회장은 장다희 대표와 마주 앉아 밥을 먹으며 미술 이야기 대신에 살아온 역정에 대해 주로 물었다.

"번듯한 학교 졸업장 하나 없습니다. 공식 학력은 전수학교 중퇴입니다. 사춘기 소녀 때부터 소녀 가장으로 밥벌이를 해야 했습니다."

"호오! 그래요?"

탁 회장은 적절하게 추임새를 넣으며 흥미진진하게 들었다.

벽에 걸린 추사의 〈세한도〉 모사작품을 보고 탁 회장은 후식으로 나온 사과, 배를 먹으며 슬쩍 질문했다.

"추사 선생이 여향(影響)을 받은 중국 하가(화가)로 누가 있겠소?"

"제가 추사 김정희 선생님에 대해서는 잘 알지는 못합니다만… 당대(唐代)의 왕유, 송대(宋代)의 거연, 정소남, 원대(元代)의 조맹부, 예찬, 명대(明代)의 문징명, 동기창, 청대(淸代)의 팔대산인, 정섭, 운수평, 고기패, 몽선…."

"아, 알겠소! 그만 하면 됐소! 허허허!"

탁 회장은 빙그레 웃으며 장 대표를 한동안 처다보더니 질문을 또 던졌다.

"이태리 말을 잘한다고 하데요? 15세기 이태리 여술가(예술가) 가운데 마음에 드는 사람은?"

"여럿입니다. 다빈치, 미켈란젤로, 라파엘로, 조르조네, 베로네제, 티치아노, 코레조… 이런 분들은 천재급이고요. 명성은 덜하지만 예술성이 만만찮은 화가로는 폰토르모, 로소, 카바라조, 틴토레토, 알베르티넬리….".

"됐소! 대단하오! 하하하!"

탁 회장은 박수까지 치며 환호했다. 탁 회장의 마음이 장 대표 쪽으로 기울었다. 바깥으로 나와 전통찻집에서 차를 마시기로 했다.

인사동 거리를 걷는데 아까 그 차력사가 다시 철사를 온몸에 칭칭 감고 있었다. 탁 회장의 머리엔 영화 〈길〉 장면이 연상됐다.

탁 회장은 호기심이 발동됐다. '모르는 게 없는 척척박사'인 저 장다희 대표란 여성은 혹시 〈길〉을 봤을까? 이탈리아 전문가라 하니 페데리코 펠리니 감독을 모르지는 않겠지?

"저 차력사를 보모(보면) 연상되는 무슨 영화가 있소?"

탁 회장이 장 대표와 눈을 마주치며 묻자 그녀는 활짝 웃으며 바로 대답한다.

"라 스트라다! 〈길〉이죠! 차력사는 잠파노!"

"…….".

탁 회장은 머리가 어질해져 비틀거렸다. 잠파노 역의 안소니 퀸 얼굴이 어른거렸고, 그 얼굴 위에 유랑극단 피에로였던 아버지 모습이 겹쳐보였다. 젤소미나의 얼굴 위엔 서커스 곡예사인 어머니가 출몰했다.

"아버지! 정신 차리세요!"

탁하연은 비틀거리는 아버지를 부축하며 외쳤다.

탁 회장은 몇 걸음 걷지 못하고 길거리에 주저앉았다. 탁하연은 운전기사에게 전화를 걸어 얼른 오라고 다그쳤다.

인근 서울대 병원으로 달려가는 승용차 안.

탁 회장은 숨을 푸푸 힘겹게 내쉬면서도 무슨 멜로디를 기도문처럼 중얼거렸다.

"빠라빠라라….."

〈길〉의 주제가를 트럼펫 소리처럼 내뱉는 것이었다.

장다희는 승용차 안에서 안소니 퀸 자서전 《원 맨 탱고》를 발견했다. 탁 회장이 틈틈이 읽는 책이리라.

탁종팔은 응급실에서 호흡 처치를 받았다. 당직 의사는 고령의 환자가 가벼운 쇼크 증세를 보였으나 하루 이틀 정양하면 호전될 것이라 설명했다. 탁 회장은 VIP실로 옮겨졌다.

두어 시간 잠에 빠진 탁 회장이 눈을 떴다.

"아버지, 괜찮으세요?"

"누구시더라?"

"아버지! 저를 못 알아보시겠어요?"

"음… 부초미술관 부관장?"

"아! 의식이 깨어나셨군요!"

탁 회장은 옆에 서 있는 장다희를 응시했다.

"아버지, 방금 점심 먹은 이분도 아시겠지요?"

"음… 젤소미나?"

장 대표는 탁 회장의 뇌리에 〈길〉 장면이 떠나지 않음을 간파하고 살포시 웃으며 말문을 열었다.

"회장님, 〈길〉에 나오는 대사 몇 줄을 제가 읊어볼까요?"

탁 회장은 빙긋이 웃으며 고개를 끄덕였다.

장다희는 팔을 벌리고 일어서 영화 속에 피에로와 젤소미나가 나누는 대화를 1인 2역으로 읊었다.

　　젤소미나 = 난 쓸모가 없어요. 어느 누구에게도 도움을 못 주는 불필요한 존재예요.

　　피에로 = 세상의 모든 것들이 거기에 있는 건 다 이유가 있어서래요.

　　젤소미나 = 그걸 어떻게 알죠?

　　피에로 = 나도 잘 몰라요. 사실은, 그건 하나님밖에 모르죠. 이 돌멩이도 분명 이곳에 있는 이유가 있는 거죠. 젤소미나도요.

장다희의 어설픈 연기가 끝나자 탁 회장은 박수를 치며 '브라보!'를 외쳤다. 장 대표는 탁 회장 곁에 바짝 다가가 고맙다면서 고개를 숙여 인사했다.

탁하연이 다시 아버지에게 물었다.

"이젠 이분이 누구인지 생각나지요?"

"그럼!"

"청담동 부티크 대표님 … ."

"아니! 부초미술관 관장님!"

신춘문예 3관왕

S대 의과대학 갈용소 교수는 한여름 에어컨 바람이 빵빵하게 나오는 서재의 안락의자에 앉아 인도네시아 산 루왁(Luwak) 커피를 마셔보았다. 쌉쌀한 맛이 혀를 살며시 자극하더니 향긋한 냄새가 후각을 사로잡는다. 서울 시내 특급호텔 커피숍에서 1잔에 5만 원 받는다니 '귀족 커피'인 셈이다. 영화 〈버킷 리스트 – 죽기 전에 꼭 하고 싶은 일들〉에서 주인공으로 나온 배우 잭 니콜슨이 병원에 들어가며 죽기 전에 꼭 마시겠다고 갖고 간 그 커피 아닌가.

언젠가 인도네시아 휴양지 발리에서 열린 학술 세미나에 갔다가 이탈리아에서 온 역사학자 마르티노 박사로부터 선물 받은 커피였다. 최상의 맛이라지만 그동안 마시기를 꺼린 것은 '고양이 똥 커피'라는 사실 때문이었다. 마르티노는 그 커피의 유래에 대해 빙그레 웃으며 설명했다.

"네덜란드가 인도네시아를 식민 통치할 때 대규모 커피 농장을 운영했지요. 덩치가 고릴라만큼 큰 네덜란드인들은 체구가 자그마한 인도네시아인들을 마구 짓눌렀고! 현지 노동자들은 힘들여 재배한 커피를 한 모금 맛보기도 어려웠지요. 인색한 농장주들은 값비싼 커피를 벌벌 떨면서 아꼈지요. 묘한 것은 야생동물 긴꼬리 사향고양이는 커피열매 가운데 잘 익은 것만 골라 따먹는다는 겁니다. 그 고양이가 숲속에 똥을 누면 그 속에 채 소화되지 않은 커피원두가 있지요. 인도네시아 토착인들은 똥을 헤집고 커피원두를 주워 볶아 마셨는데 이게 기막힌 향을 뿜는 루왁 커피이지요."

갈 교수는 루왁 커피를 서랍 속에 처박아 두었다가 최근 로마에서 만난 마르티노 박사의 얼굴이 떠올라 꺼내 시음한 것이다. 최상의 커피라는 선입견 때문인지 과연 명불허전(名不虛傳)이었다. 커피의 온기와 향기가 몸에 퍼지면서 명연기자 잭 니콜슨의 '천의 얼굴'이 뇌리에 떠오른다.

유명한 대학의 현직교수에다 무시로 세계 각국에 여행을 다니는 갈용소는 스스로도 '금수저' 반열에 올랐다고 믿는다. '흙수저' 출신인 자신이 불과 한 세대 만에 '귀족'으로 부상했으니 '오! 역동적으로 발전하는 대한민국!'이라 외칠 만하지 않은가.

갈용소는 소년 시절에 집이 없었다. 낡은 반(半) 톤짜리 트럭을 타고 떠돌이 행상을 하는 부모를 두었으니 트럭이 집이나 다름없었다. 부모는 농촌에서 무, 마늘, 배추, 고추 등을 사서 인근 도시의 거리를 헤매며 팔았다.

"의성 마늘이 왔어요! 딴딴하고 통통한 여섯 쪽 의성 마늘요! 농협직판장 가격의 절반으로 드립니다요!"

아버지의 마이크 목소리는 골목골목을 누볐다. 간혹 적잖은 이문을 남기기는 했어도 병약한 어머니의 치료비를 대는 데는 턱없이 모자랐다. 소년 갈용소는 학교를 다니는 둥 마는 둥했다. 엄마가 입원해 있으면 그 옆에서 쪼그리고 잤고 퇴원하면 세 가족이 트럭에서 숙식을 해결했다.

엄마는 결국 갈용소가 중1 때 병사했다. 무슨 병인지도 제대로 규명되지 않았다. 뼈만 앙상하게 남은 손으로 아들의 손을 잡은 엄마는 다음과 같은 유언을 남겼다.

"엄마 노릇 … 못하고 저세상 가서 면목 없다 … 똘똘한 내 아들 … 엄마 없다고 기죽지 말고 … 요즘 의사 되기가 하늘에 별 따기라 하데 … 네가 가난한 병자들을 치료하는 의사가 되는 게 엄마의 소원인데 … ."

엄마가 돌아간 이듬해 아버지도 시골 눈길에서 트럭이 미끄러져 언덕 아래로 굴러 떨어지는 바람에 별세했다. 소년은 그때 학교에서 수업 중이었기에 화를 면했다.

중2 때 천애고아가 된 갈용소는 담임선생님의 주선으로 〈D일보〉 지국장의 집에서 숙식하며 신문배달 일에 나섰다. 꼭두새벽에 일어나 배달을 마치고 땀으로 흠뻑 젖은 몸을 씻을 때면 노동의 보람을 느꼈다. 지국장은 월급도 매달 꼬박꼬박 챙겨주었다.

"빨리 커서 내하고 소주 한잔 하자!"

지국장은 술에 취해 불콰해진 얼굴로 소년의 머리를 쓰다듬으며 이렇게 말했다.

"나를 엄마라 생각하고 우리 집에서 편하게 지내."

이런 격려의 말씀을 해주시는 지국장 부인은 천사처럼 심성이 고운 분이었다. 그 집의 중1짜리 무남독녀 딸은 또 얼마나 상냥하고 예뻤던가.

"오빠야! 영어 좀 가르쳐줘!"

사과며 귤이며 맛난 과일을 쟁반에 담아와 내밀면서 영어교과서를 펼치는 것이었다. 소년은 그 소녀와 나란히 앉아 공부하는 시간이 황홀할 따름이었다.

갈용소 군이 중학교 졸업할 무렵, 그 달콤한 시절도 끝이었다. 지국장 가족이 제주도에 감귤 농사를 짓는다며 이사를 떠나는 바람에 갈 군은 의탁할 곳 없는 소년이 되었다. 지국장의 딸은 제주도에 도착한 뒤 갈 군의 학교로 편지를 보냈다.

오빠!

바람이 세게 불 때마다, 파도가 거칠게 너울 칠 때마다 오빠 생각이 나요.

바다는 왜 그리 넓은지요? 육지는 왜 그리 멀어요?

그래도 바다가 육지라면 달려갈 텐데.

다시 만날 때까지 몸 성히 잘 계세요.

오빠의 꿈은 의사라 했지요? 멋진 의사 되세요.

그 소녀는 하얀 손수건을 동봉했다. 갈 군은 그 손수건을 어루만지면서 트윈폴리오의 〈하얀 손수건〉 노래를 읊조렸다.

"헤어지자 보내온 그녀의 편지 속에/ 곱게 접어 함께 부친 하얀 손수건/ 고향을 떠나올 때 언덕에 홀로 서서/ 눈물로 흔들어주던 하얀 손수건 ….."

중학교 졸업이 눈앞에 닥치자 고교 진학은 언감생심, 밥 먹고 잠잘 곳도 없는 신세였다.

"나랏돈으로 숙식비에 학비까지 몽땅 대주는 공고에 가볼래?"

담임선생님의 말씀은 구세주의 음성으로 들렸다. 적성이고 뭐고 따져볼 겨를 없이 공업고교 기계과에 진학했다.

공고 학우들은 성실했지만 단순했다. 그들 대부분의 인생목표는 '훌륭한 기술자가 되어 행복한 가정을 꾸린다' 따위였다. 절친한 친구의 좌우명은 '꿀벌처럼!'이었다. 꿀벌처럼 부지런히 일하겠다는 뜻 아닌가.

고 3 가을, 졸업 이후의 진로를 탐색할 때였다. 학우들은 고졸 기능공 '마이스터'를 우대하는 기업체를 고르느라 즐거운 고민을 했다. 창원공단에 가면 서울에서 멀어져 촌놈이 된다는 둥, 거제도 조선소에 취업하면 '섬놈'이 된다는 둥 개똥철학 평론이 난무했다.

그때 갈 군의 귀에는 어머니의 유언이 아련히 들려왔다.

"네가 가난한 병자들을 치료하는 의사가 되는 게 엄마의 소원인데 …."

의사가 되려면 의과대학에 가야 한다. 그러나 공고 기계과를 나와 의대에 가겠다고 하면 소가 들어도 웃지 않겠는가? 의대는 최상위권 학생들도 덜덜 떨며 입학원서를 내는 곳. '지잡대' 의과대학도 S대 공대보다 들어가기 어렵다 하지 않은가.

'망상(妄想)은 파멸의 지름길!'

갈 군은 이렇게 마음먹고 창원공단으로 가려 짐을 꾸렸다. 심란할 때 펼쳐드는 칼릴 지브란의 잠언집 《예언자》에서 편지 하나가 툭 떨어졌다. 제주도에 간 그녀가 하얀 손수건과 함께 보낸 그 편지였다.

멋진 의사가 되어라!

열패감과 함께 쓴웃음이 나왔다. 그러다 눈앞이 눈물로 흐릿해졌다. 공상은 꼬리에 꼬리를 무는 법! 혹시 의대에 가는 '로또'급 행운이 오지 않을까?

갈 군은 공상에 그칠 게 아니라 구체적으로 알아봐야겠다면서 벌떡 일어섰다. 무작정 S대학교에 찾아가 입학 상담하러 왔다고 하니 입학처란 곳으로 가보란다.

"공고 졸업생인데 의과대학에 지원할 수 있습니까?"

"물론이지요. 부모님과 의논하셨나요?"

"부모님 모두 제가 어릴 때 별세하셨습니다."

"그럼 사배자로 지원하면 되겠네."

"사배자 … 무슨 말입니까?"

"사회적 배려 대상자 … ."

뜻밖에도 교직원은 친절하게 설명해주었다. 혹시나 하고 치른 수능에서 그런 대로 좋은 점수를 얻었고 내신은 최상위급이었다.

갈 군에게 기적이 일어났다. S대 의과대학에 당당히 합격한 것이다. 합격증을 들고 부모님 묘소에 가서 큰 절을 올리며 감격의 눈물을 뿌렸다.

'이제 시작일 뿐!'

갈 군은 이렇게 마음을 다지며 까마귀 몇 마리가 하늘을 나는 공원묘원의 황혼 풍경에서 빠져나왔다.

입학하니 여러모로 콤플렉스를 느끼지 않을 수 없었다. 서울과학고, 한성과학고 등 명문 과학고 출신들이 수두룩했고 국제 물리 올림피아드, 화학 올림피아드 금메달리스트들이 셀 수 없이 많았다. 부모 따라 외국에서 살다가 온 학생들은 영어를 원어민처럼 쑤알라쑤알라 말한다. 두툼한 영문 원서 교과서도 별 어려움 없이 술술 읽는다.

갈 군의 별명은 '똥통'이었다. 공고를 나왔다니까 그들의 눈에는 '똥통 학교'를 나온 이방인으로 비쳤다.

먹고 사는 문제도 골칫거리였다. 첫 학기 등록금은 공고 동창회장이 지원한 장학금으로 냈다. 쪽방 독서실을 구하는 돈은 고교 동기생 10명이 십시일반(十匙一飯)으로 마련해주었다.

"너 의사 되면 내 포경수술, 부탁한다! 수술비 미리 주는 거야!"

"나는 정관수술 부탁해!"

"울 엄마 아픈 무릎 좀 낫게 해주라!"

친구들은 싯누런 이빨을 드러내며 이렇게 한마디씩 던졌다.

갈 군은 학교 구내식당에서 저녁밥을 먹은 후 식당 아줌마들이 힘들여 설거지하는 모습을 보고 소매를 걷고 나서서 도왔다.

"아이고, 이런 착한 학생이 있나!"

갈 군의 사정을 들은 식당 책임자 아줌마는 내일 아침에 먹으라며 깨끗한 용기에 밥과 반찬, 국을 담아 주었다. 이렇게 거의 매일 저녁 구내식당을 방문해서 갈 군은 밥을 해결했다.

숙식 이외에 용돈도 꽤 들었다. 교통비, 책값, 동아리 활동비 등. 도서관 사서 보조 등의 아르바이트로 돈을 벌기는 했지만 턱없이 모자랐다.

궁하면 통한다 했던가. 구내식당 책임자가 조심스레 물었다.

"학생, 좀 힘든 알바 자리가 있는데 해볼라나?"

"힘이 넘치는 젊은 놈한테 힘들 게 뭐 있겠어요?"

"여든 살 할아버지를 수발하는 일이야. 목욕, 산책, 말벗 …. 내가 그 집에서 집사로 일한 적이 있는데 … 월급도 섭섭잖게 줄 거야."

전직 고위 공무원인 노인은 부인과 사별한 이후 성북동 저택에서 독신녀인 장녀와 함께 살고 있었다. 도우미 아줌마가 매일 와서 집안일을 보살펴주었다.

갈 군이 주로 하는 일은 노인의 말을 경청하는 것. 공책을 꺼내 받아 적는 시늉을 하고 적당한 대목에서는 추임새를 넣어야 했다. 동시통역사라는 장녀는 노인을 모시는 수칙에 대해 간결하게 설명했다.

"저희 아버지는 인터뷰 중독증이 있어요. 관직에 계실 때 기자들이 늘 따라다녔거든요. 그때는 귀찮아하시더니 은퇴 이후엔 언론에서 외면당하니까 기자들을 그리워하는 거예요. 기자처럼 아버지 말씀 듣고 가끔 질문도 하세요. 아버지를 부를 땐 장관님, 이라고 하면 됩니다."

노인은 갈 군이 마음에 들었는지 처음엔 1주일에 2회씩 오라 하더니 갈수록 자주 오라 했다. 월급도 두둑이 주어 갈 군은 여유 있게 용돈을 쓸 수 있었다.

갈 군은 노인을 목욕시킬 때 온몸에 비누를 정성스레 칠하고 미지근한 물로 깨끗이 헹군 다음 '이태리 타월'로 피부를 문질렀다. 이런 일련의 목욕법을 제대로 익히려 목욕탕에 가서 '목욕 관리사'에게 노하우를 배웠다. 몸을 말릴 때도 마른 타월로 구석구석 닦고 요가 매트 위에 노인을 누인 뒤 약손으로 전신을 주물러드렸다.

"의과대학생이라고? 그래서 그런지 자네가 안마를 해주니 묵은 신경

통이 다 낫는 거 같아. 아!"

노인은 갈 군 약손 솜씨에 감탄했다.

"우리 집에 들어와서 살아!"

그래서 그 L장관 집에 살게 되었다. 전직 장관이라지만 갈 군의 눈에는 여느 할아버지나 다를 바 없었고 발가벗은 몸을 갈 군에게 맡기고 응석을 부릴 땐 아기나 마찬가지였다.

L장관은 서울 시내 호텔에서 열리는 조찬 모임에 가끔 나갈 때는 승용차에 갈 군을 태웠다. 운전기사는 호텔에 L장관을 내려 드리고 갈 군을 학교에까지 데려다주었다.

갈용소는 교양과목으로 듣는 '동서 문명의 교류'라는 수업 시간에 들어가면 유난히 얼굴이 하얀 여학생 부근에 자주 앉게 되어 가슴이 벌렁거렸다. 출석을 부를 때 귀를 쫑긋 세워 들으니 그 여학생은 백(白) 아무개였다. 이런 걸 정명(正名)이라 하는가. 성씨에 걸맞게 피부가 백설처럼 하얗지 않으냐! 갈 군은 마음속으로 그녀를 '백설공주'로 칭하며 짝사랑에 빠졌다. 그녀는 고고미술사학과 학생이었다.

고고미술사학! 신라금관, 고려청자, 베히스툰 비석, 둔황 석불 등 문화재가 연상된다. 재벌가 딸들이 할아버지, 아버지가 설립한 미술관, 박물관을 운영하는 노하우를 배우러 이 학과에 몰려든다는 풍문쯤은 '뚱통 공고'를 나왔어도 들은 바 있다.

수강생 5명이 한 팀이 되어 과제물을 제출하라고 한다. 갈 군은 딱히 친한 수강생이 없어 어느 팀에 들어갈까 두리번거리는데 백설공주가 구해주었다.

"너 의예과지? 우리 팀에 들어와."

"예. 고맙습니다."

"야! 동기생끼리 무슨 존댓말이냐?"

"음… 고, 고마워."

갈 군은 백설공주가 자신의 존재를 알고 있다는 사실에 황송하고 신비롭기까지 했다. 카리스마 넘치는 백설공주는 팀 이름을 '실크로드'로 짓고, 과제 주제를 '통일신라 경주에서 페르시아까지'라고 잡자고 제안했다. 다른 팀원은 모두 그녀의 제안에 '찍소리' 못하고 고개를 끄덕였다.

알고 보니 그녀는 대학 입시를 치른 직후 어머니와 함께 실크로드 여행을 다녀왔단다. 자신이 찍은 사진을 활용하면 과제물의 시각 효과가 뛰어날 것이라 제의했다. 그녀 주도로 리포트는 작성됐고 평점은 A+가 나왔다.

리포트 프레젠테이션을 마친 날 팀원들은 학교 부근 카페에서 간단한 '쫑티'를 했다. 귀가하려 전철을 타려 할 때 백설공주가 갈용소를 따라왔다.

"용소, 너네 집 성북동에 있지?"

"어떻게 알았어?"

"동네에서 몇 번 봤어. 나도 성북동에 살아."

"그, 그랬구나."

갈 군은 얼굴이 빨개지며 말을 더듬거렸다.

"등교할 때 너와 함께 차를 타는 분, 너네 할아버지니?"

"할아버지? 음… ."

"너네 할아버지 멋쟁이더라! 너 의예과니까 과고 나왔지? 고등학교 다닐 때 학교가 집에서 가까워 좋았겠구나."

갈 군이 미처 대답도 하지 않는데 백설공주는 갈 군이 성북동 소재 서울과학고를 나온 것으로 간주하고 말을 이었다.

갈 군은 차마 '똥통 공고' 이야기를 꺼내지 못하고 그녀에게 먼저 귀가하라고 말했다.

"도서관에 깜박하고 공책을 두고 온 것 같아 찾으러 가야겠다."

이렇게 엉터리 핑계를 대고 그녀를 따돌렸다. 말이 길어지면 L장관 집의 '때밀이 청년'이라는 사실이 밝혀질 것 아닌가. 그런 민망한 상황을 피하고 싶었다.

그러나 갈 군의 소망과 달리 이상한 상황이 실제로 벌어지고 말았다. 어느 토요일 오후 L장관이 갈 군의 약손 마사지를 받고 있을 때 주치의가 찾아왔다. 그 주치의는 훤칠한 체격에 눈썹이 새까맣고 코가 우뚝 선 미남자였다.

"장관님, 시원하시겠습니다!"

"백 원장, 어서 오시오. 내가 요즘 이 젊은이 덕분에 몸이 가뿐하다오. 보시다시피 이렇게 안마를 받으니 피돌기가 잘 되는 것 같소."

헐렁한 팬티 하나를 입고 있던 L장관은 가운을 덧입고 응접 테이블에 백 원장과 마주 앉았다.

L장관은 갈 군을 백 원장에게 소개시켰다.

"이 총각은 백 원장의 의과대학 후배이오."

"잘생긴 청년이군요! 장관님의 손주님?"

"허허허! 그래 맞소! 내 외손주놈이오."

"처음 볼 때 그런 줄 알았답니다. 눈매가 장관님과 꼭 빼닮았네요!"

갈 군은 졸지에 L장관의 외손자가 된 셈이다. 어른들 대화에 끼어들지 못해 마른 침만 삼키고 있었다.

"백 원장이 오신다기에 집사 아주머니에게 점심 준비하라고 부탁해 놓았다오."

"진찰하러 왔지 밥 먹으러 온 건 아닌데요."

"보시다시피 멀쩡하지 않소? 우리 딸년이 내가 치매 징조 보인다고 왕진 오라고 했지요? 얼른 밥 먹으러 갑시다. 하하하!"

"장관님께 인사시킨다고 제 딸아이도 데리고 왔습니다."

다이닝 룸에 들어선 백 원장의 딸은 백설공주였다.

"헉!"

갈 군은 눈을 휘둥그레 뜨며 소리를 질렀다. 그러나 백설공주는 눈웃음을 지으며 갈용소를 응시했다.

세월이 흘러 부부가 된 갈용소와 백설공주는 젊은 날의 이때를 회상하며 티격태격 입씨름을 벌이곤 한다.

"당신은 내가 장관의 진짜 외손자인 줄 알고 꼬리 쳤지?"

"남자들은 여자 특유의 촉을 모르는 바보야. 처음엔 긴가민가했는데 아무래도 가짜 같다는 감(感)을 느꼈어. 당신이 진짜 외손자라면 장관님의 친딸인 L여사님이 이모님이 되는 셈인데, 당신을 대하는 태도가 너무 사무적이었어. 세상에 그런 이모는 없어."

"내가 가짜인 줄 알고 실망했겠네? 천애고아란 사실을 알고서는 충격을 받았을 것이고. 그런데도 왜 나를 계속 따라다녔지?"

"쇼크를 받은 건 사실이야. 우리 부모님은 더 크게 놀라셨고. 그래도 당신이 신춘문예 3관왕이 되는 바람에 '이 천재를 놓치지 말아야겠다'고 결심했어."

갈 군은 의예과 2학년 말에 여러 일간지 신춘문예 공고를 보고 거액의 상금이 탐났다. 당선되면 존재감을 과시할 것이라는 욕망도 작용했다. 문학에는 문외한이지만 낙선해도 손해 볼 것 없다는 계산을 했다. 혹독하기로 이름난 의과대학 본과에 올라가면 이런 '외도'를 할 틈이 없을 것 아닌가. 갈 군은 만해 한용운 시인이 기거했던 성북동 심우장, 천재시인 이상이 청춘시절을 보낸 서촌 거리 등을 탐방하며 문학적 정기(精氣)를 흡입했다.

기말고사가 끝나자마자 L장관의 서재에 열흘 동안 칩거하며 시, 단편소설, 미술평론 쓰기에 도전했다. 시는 '백설공주', '구내식당 아줌마', '내 친구는 공돌이' 등 10편을 완성했다. 알고 지내는 지인의 얼굴을 떠올리며 그들의 신산(辛酸)한 삶을 시적(詩的) 언어로 정리했다. 단편소설은 '트럭행상 김 씨 가족의 겨울'이라는 제목으로 자신의 어린 시절 체험을 진솔하게 밝혔다. 미술평론은 '신라금관과 페르시아 왕관에 관한 일고(一考)'라고 현학적(衒學的)인 제목을 붙이고 교양과목 수강 때 읽은 책들을 참고로 일필휘지 작성했다.

"자고 일어나니 유명해졌더라!"

영국의 낭만파 시인 바이런이 한 말이던가. 갈 군은 새해 벽두에 주요 일간지 3개에 활짝 웃는 얼굴 사진과 함께 당선작이 실리는 영광을 누렸다. 심사위원들에게서 한결같이 '한국 문단을 이끌어갈 차세대 유망 작가'라는 찬사를 들었다. '신춘문예 3관왕'이라는 인터뷰 기사가 1

월 내내 일간지, 주간지, 여성잡지 등에 실렸다.

　제주도 감귤농장으로 이사 간 소녀가 의과대학 교학실로 신춘문예 당선을 축하한다는 내용의 편지를 보내왔다. 그 소녀의 얼굴과 이름이 갈 군의 기억에서 가물가물했다.

　신문을 정독하는 일을 거의 신성시(神聖視)하는 L장관은 갈 군의 인터뷰를 보고 감동을 받았음인지 청년의 손을 꼭 쥐고 말했다.

　"자네 체험을 쓴 것이지?"

　"예, 장관님."

　"고생 많이 했구먼. 이젠 나를 장관님이라 부르지 말고 할아버지라 불러!"

　"예?"

　"자네처럼 총명하고 성실한 손자를 갖고 싶네."

　"……."

　"백설공주… 누군가? 혹시 백 원장의 딸? 허허허….."

　"……."

　'럭키 가이' 갈용소는 L장관의 후원으로 학비 걱정 없이 대학을 마쳤고 인턴, 레지던트, 군의관, 펠로 등 정통파 코스를 거쳤다. 전공분야는 정신과. 백설공주의 아버지인 백 원장의 전공이 정신과여서 영향을 받았다. 석·박사 과정에도 등록하여 30대 중반엔 박사학위를 받았다. 결혼은 군의관 때 했다.

　백 원장의 전폭적인 지원에 힘입어 갈용소는 드디어 S대 의과대학 교수로 임용됐다. 의과대학 입학 동기생 가운데 모교 교수가 되기는 처음이었다. 대학 입학 무렵에 갈용소에게 '똥통'이란 별명을 붙인 물리 올림피아드 금메달리스트는 축하 모임에서 폭탄주를 서너 잔 마신 후 갈용소에게 횡설수설했다.

"야! 축하한다! 똥통! 네가 부러워 배가 아파 죽겠다. 너는 내가 사모하던 백설공주님을 가로챈 도둑놈이기도 하다. 암튼 백설공주님 눈에서 눈물방울 하나라도 흐르면 내 손에 죽을 줄 알아!"

화학 금메달리스트는 눈알을 대굴대굴 굴리며 맨 정신으로 말했다.

"자네 인생은 드라마보다 더 드라마틱하네! 훗날 자네가 회고록 내면 베스트셀러가 될 거야. 인생은 반전(反轉)이 있어야 흥미진진한 것 아니겠어?"

갈 교수는 친구의 말대로 또 반전했다. 임상 의사로서 정신과 환자를 진료하면서 약물치료와 함께 미술치료, 음악치료, 독서치료 등으로 치료 방법을 넓혔다. 이를 정통파 정신의학계에서는 인정하지 않았다. 의과대학생을 가르치는 교수로서는 '의료윤리', '치유 인문학', '안락사(euthanasia)의 여러 문제' 등의 과목을 개설했다. 학자로서는 의학의 역사 분야에 여러 논문들을 썼다. 초기 서양의학의 대가 갈레누스의 이름이 '갈'로 시작한다는 점에서 종친(宗親) 같은 우호감이 들어 그에 대해 연구하기 시작했다.

로마에서 갖고 온 클레오파트라의 왕관과 브루투스의 검.

갈 교수는 이 소중한 문화재를 자택 서재에 보관하는 게 불안했다. 어디 안전한 곳이 없을까? 그는 혼자서 며칠 동안 궁리하다 '백설여왕'

에게 상의했다.

"여보! 수장고가 튼튼하고 관장이 믿음직한 미술관, 어디 없겠소? 내가 맡겨야 할 인류 문화유산급 특수 유물이 있어서 ….."

"인류 문화유산급? 당신, 요즘 자꾸 황당무계한 말을 하네요. 도대체 뭔데요?"

갈 교수가 왕관과 검을 보여주면서 취득 경위를 간략하게 설명했다.

"극비리에 추진해야 하오."

"당신, 이제 소설가로 다시 활동하려고 해요? 추리소설? 판타지?"

"엄연한 사실이고 현실이오!"

"호호호! 당신이 미간을 찌푸리고 진지하게 말하니까 진짜 같이 보이네. 언제 그렇게 연기력까지 늘었어요?"

"내 말을 못 믿겠다는 거요?"

"정신과 의사 중에 '살또'가 많다더니 당신 좀 이상한 것 아니에요?"

백설여왕은 검지를 곧추세워 머리 주변을 빙빙 돌리며 말했다.

"살또가 뭐요?"

"살짝 또라이 … 이런 사람은 환자로 보기에도 애매해서 치료약도 없다 하던데요. 호호호!"

"농담 마시오!"

백설여왕은 고구려 고분 미술을 전공한 미술사학 박사다. 그녀는 그 왕관과 검을 보고서는 남편의 말이 허황되지 않음을 깨달았다. 로마, 이집트 미술에 대해 전문적인 식견은 모자랐지만 문양과 재료 등을 세심히 살피니 모조품은 아닌 듯했다. 다만 클레오파트라 여왕이 직접 쓴 왕관인지, 브루투스가 시저를 찌른 바로 그 칼인지는 알 수 없었다.

백설여왕은 믿을 만한 전문가 몇몇을 불러 감정을 의뢰했다. 의견은 엇갈렸다. 유럽의 '브로깡뜨'(골동품상)에 지천으로 널린 허접 고물이라는 의견에서부터 기원전 100년 무렵의 진품일 가능성이 높다는 견해까지 다양했다.

그 무렵 대학동창회에 간 백설여왕은 최근 이탈리아에서 박사 학위를 받고 귀국한 동기생 H를 만났다.

"공부한 곳이 피사 대학이라 했지?"

"그래. 피사라 하면 기울어진 피사 사탑만 연상해서인지 그것만 물어보는 사람이 대부분이야. 미술사학 분야에서 정상급 학교인데….."

"전공 분야는?"

"로마 초대황제 아우구스투스 시대 미술이야. 아우구스투스는 시저의 위업을 계승하면서 아그리파와 더불어 고전주의 미술을 채용했지. 박사 논문은 네오 아티카 파(Neo-Attic School)에 관한 것이었어."

"네오 아티카?"

"아티카의 수도 아테네에서 일어난 고전주의 복고운동이지."

백설여왕은 H박사를 집으로 초대해 클레오파트라의 왕관과 브루투스의 검을 보여주었다. H박사는 근 1시간 동안 요조모조 살피더니 몸을 부르르 떨며 말했다.

"이것, 진품 같은데….."

옆에 있던 갈 교수가 맞장구쳤다.

"그런 것 같지요? 제가 직접 받아온 것입니다만….."

H박사는 한숨을 쉬고 뜸을 들이더니 말을 이었다.

"이탈리아 고고미술사학계에서 2천 년간 이 왕관과 검의 행방에 대한 미스터리가 구전(口傳)되고 있답니다. 저도 문헌에서 본 바는 없고 지도교수님에게서 얼핏 객담으로 들었을 뿐이에요."

"그런 귀중품을 왜 제게 주었을까요?"

"그것도 미스터리입니다. 그렇잖아도 제가 귀국한다고 지도교수님께 인사하러 갔더니 몸조심하라고 당부하더군요. 이탈리아에서 미술사 전공했다는 이유만으로 범죄조직의 납치대상이 될 수도 있다면서."

"이 물건이 한국으로 왔다는 사실이 이탈리아 고미술학계에 소문이 퍼졌을까요?"

"극소수 전문가들은 낌새를 알아챈 모양입니다. 갈 교수님 서재에 이렇게 한가롭게 놓아둘 물건이 아닙니다. 국립 중앙박물관 특수 수장고에 넣어야 합니다."

"국가기관에 알리고 싶지 않습니다. 비밀이 보장될 수 있는 사설미술관을 골라야지요."

"그럼 리움, 호림, 화정 같은 권위 있는 미술관은 어떨까요?"

"그곳은 너무 유명해서 곤란합니다. 어디 은밀한 곳 없을까요?"

H박사는 프랑스에서 학위를 받고 얼마 전 귀국한 친구의 말이 떠올랐다.

"소설에나 나올 법한 기상천외한 영감님을 만났어. 무릉도원 비슷한 곳에 미술관을 지은 모양인데 관장을 뽑는다 해서 나도 면접을 봤지. 그 영감님의 재력은 어마어마하다 하데. 그곳 컬렉션 리스트는 가액으로 따지면 천문학적인 규모라 하고… 풍문에 따르면 히틀러가 2차 대전 때 유럽 각국에서 탈취했다가 행방불명된 미술품 상당수가 그 미술관에 소장돼 있다는 거야. 면접에서 떨어졌지만 염치 불구하고 그 미술관에 구경이라도 가고 싶네."

"미술관이 어디에 있는데?"

"나도 몰라."

H박사가 이 이야기를 갈 교수에게 전해주었더니 갈 교수는 이곳이 최적지라는 느낌이 얼핏 들었다. 그러나 그 미술관의 설립자가 베일에 가린 인물이라 하니 어떻게 접촉하겠는가.

백설여왕이 고고미술학계 선후배 인맥을 훑자 그 괴짜 컬렉터 영감님의 윤곽이 잡혔다. 부초그룹 창업자 탁종팔 회장, 그의 딸 탁하연 여사는 강남 사교계의 마당발, 그녀의 남편은 부초그룹 마동출 회장.

백설여왕은 도곡동에 사는 친구에게 탁 여사를 아느냐고 물었다. 같은 르네상스회 멤버라고 했다. 그 친구의 주선으로 백설여왕은 탁 여사를 하얏트호텔에서 만났다.

"친정아버님께서 대단한 미술관을 설립하셨다구요?"

"아직 소장품 정리도 마치지 못했습니다. 대외적으로 공개할 미술관도 아니고 ⋯."

"실은 제 남편이 극히 중요한 문화재를 입수했는데 보관할 곳이 마땅찮아서 ⋯ 그곳에 맡길까 합니다만 ⋯."

"저는 아무런 결정권한이 없습니다. 새로 부임한 관장이 결정하실 일이군요."

"관장님을 뵙게 해주세요."

백설공주는 며칠 후 탁 여사의 연락을 받고는 어이가 없었다. 관장을

면담하려면 미술관 측에서 제공하는 승용차로 오되 차 안에서는 눈가리
개를 착용해야 한다는 조건이었다. 소재지가 극비이기 때문이란다. 갈
교수는 동의했다.

"일단 관장을 만나보고 현장을 살핀 다음 나도 결정하겠소. 나 혼자
갈 테니 당신은 집에서 기다려요."

갈 교수는 첩보영화에서 나오는 것처럼 미술관 승용차를 타고 출발
했다. 운전기사 이외에 건장한 체격의 보디가드 하나가 뒷좌석에 앉아
갈 교수를 안내한다면서 사실상 감시했다. 눈가리개로 눈을 덮으니 세
상이 캄캄해졌다. 두어 시간 달렸을까?

"어서 오십시오. 멀리 오시느라 힘드셨겠습니다."

갈 교수가 눈을 떠보니 관장은 여성이었다. 실내에서도 큼직한 선글
라스를 쓰고 있었다. 얼굴을 감추려는 의도인 듯했다. 관장실 인테리
어는 극도의 단순함을 추구하는 콘셉트로 꾸며졌다. 벽, 책장, 책상,
의자 모두 흰색 일변도였다. 아래 위 흰색 옷을 입은 관장의 붉은 입술
루주와 검은 선글라스가 일탈(逸脫)의 색조랄까.

"이 미술관의 설립 목적은 뭡니까?"

갈 교수가 단도직입적으로 질문하자 관장은 살짝 웃으며 비서에게
차(茶) 심부름을 시켰다.

"커피 한 잔 마시고 한숨 돌린 뒤 말씀드릴게요. 교수님도 커피 괜찮
겠지요?"

"커피 좋지요. 그런데 제가 교수라는 사실은 어떻게 아시는지요?"

"저희 미술관에 오시는 분은 모두 사회 명사이시죠. 저희가 당연히
알아 모셔야지요."

184

"제 신상을 미리 파악하셨군요."

"언짢게 여기지 마세요. 보안을 위해 출입자의 신상에 대해 철저히 검증한답니다. 로마 여행은 만족하셨습니까?"

"음 ⋯ ."

비서가 갖고 온 커피를 한 모금 마셔보니 쌉싸름한 맛과 시큼한 향기가 익숙했다.

"루왁이군요!"

갈 교수가 가볍게 탄성을 지르자 관장이 얼른 화답했다.

"교수님은 미각도 뛰어난 분이네요. 루왁의 진가(眞價)를 아시는 분은 미술품의 가치도 잘 이해하시지요."

관장은 미술관 설립 목적에 대해 설명했다.

"1단계로 해외에 흩어져 있는 국보급 문화재를 되찾아오는 일입니다. 정부가 앞장서도 공식적인 루트로는 해외 반출 문화재를 환수하기 어렵기에 저희가 나선 것입니다. 저희는 수단 방법을 가리지 않고 찾아올 것입니다. 수천억, 수조 원이 들더라도 돈을 아끼지 않을 것입니다.

2단계로 동서양 문명사에서 주요한 유물들을 가급적 많이 확보할 작정입니다. 루브르나 대영박물관급으로 키운다는 원대한 포부를 지니고 있습니다.

3단계로 국립중앙박물관 정도의 규모로 커지면 이 미술관을 공개하여 여기가 문화발흥의 중심지가 되도록 할 계획입니다."

갈 교수는 관장의 발언이 허황되게 들려 쓴웃음을 지었다. 곧 관장이 질문했다.

"허황되게 들리시지요?"

"허허, 관장님은 독심술(讀心術)도 하시나요?"

"다소 과장된 측면이 있겠지만 각오가 그만큼 단단하다는 뜻이니 너 그렇게 이해해주십시오."

갈 교수도 오해가 조금 풀려 맡길 왕관과 칼에 대해 언급했다. 관장은 입수 경위를 꼬치꼬치 캐물었다. 갈 교수는 세세히 밝히기 곤란해 이탈리아에서 학술용으로 기증받았다고 둘러댔다.

"사진을 찍어 놓으셨지요? 보여주시겠습니까?"

관장의 요청에 갈 교수는 휴대전화를 꺼내 클레오파트라의 왕관과 브루투스의 칼 사진을 보여주었다.

"교수님, 이건 로마 고물상에서 산 아이들 장난감 아닙니까?"

"예? 관장님이 그걸 어떻게 알고?"

갈 교수는 눈을 껌벅거리며 관장 얼굴을 자세히 살폈다. 청담동 명품 가게 주인 장 대표? 닮았다 싶어 고개를 갸우뚱거리는데 그녀가 선글라스를 확 벗었다.

"호호호! 죄송해요. 저 아시겠죠?"

장다희가 맞다. 공항 입국 세관검사소에서 그녀가 바로 뒤에 따라오며 '아이들 장난감'이라는 갈 교수의 말을 듣지 않았는가.

"헉!"

"저희는 장난감 보관소가 아닙니다."

"아, 비밀을 지키기 위해 그렇게 둘러댔을 뿐입니다. 이건 진품입니다."

"진품으로 알고 소중히 보관하겠습니다."

천재는 부러워! … 어느 피해자의 고백

미성(美聲)의 테너 성악가였던 한국인 도민구는 험상궂은 얼굴 때문에 오페라에 캐스팅되기가 어려웠다. 분장으로 이를 감추려 해도 한계가 있었다.

유럽 무대에서는 덩치가 작은 동양인이라는 약점도 작용했다. 노래를 아무리 잘 불러도 주역으로 나서기 곤란했다. 조역 또는 단역으로도 부적절했다. 가창력이 너무 좋아 주역 테너를 망신시킬지 모르기 때문이다.

언젠가 객원 지휘를 맡은 거장(巨匠) 주빈 메타 선생이 조역인 도민구의 노래를 듣고 극찬하며 음악감독에게 "주역 더블 캐스팅으로 연습시키면 좋겠다"고 조언하기도 했다. 도민구는 세계적인 마에스트로에게서 이런 평가를 받고 가슴이 부풀었지만 끝내 유럽 무대에서 주역을 맡지는 못했다. 물론 한국 무대에서는 여러 번 주인공으로 섰다.

한국을 떠나 이탈리아에 올 때는 세계 최고의 벨칸토 테너가 되겠다는 야심을 품었다. 노래만큼은 자신 있었다. 도민구는 유럽의 여러 유수한 콩쿠르를 석권하면서 '차세대 파바로티'라는 찬사를 듣기도 했다. 한국 신문에는 큼직한 얼굴 사진과 함께 칭찬 일변도의 기사가 자주 실렸다.

그러나 노래, 연기력, 외모 등 오페라 주역이 필요로 하는 모든 면에서 군계일학(群鷄一鶴)인 어느 테너를 만나고 도민구는 야코가 완전히 죽었다. 이것이 도민구가 무대를 떠난 결정적인 이유이다.

도민구가 이탈리아 무대에서 조역급으로 활동할 무렵인 2007년 라 스칼라 극장에서 공연된 도니제티의 오페라 〈연대의 딸〉을 보러간 것이 화근이었다.

그날 주인공 토니오 역으로 출연한 후안 디에고 플로레스(Juan Diego Flórez)의 맑고 힘찬 고음을 듣고는 감탄에 몸을 들썩였고 질투에 치를 떨었다. 아홉 번의 하이C 음을 내야 하는 난곡 아리아 〈친구들이여, 오늘은 기쁜 날〉(Ah! Mes amis)을 플로레스는 물 흐르듯 수월하게 불렀다. 도민구 자신은 눈알을 부라리며 용을 써야 그 고음을 낼 수 있다.

초절기교의 콜로라투라 창법, 중음에서 고음으로 바뀌는 파사지오(Passaggio)의 매끄러움, 청중을 매료시키는 감정 표현 등 나무랄 곳이 없는 완벽한 노래였다. 그 아리아가 끝난 후 청중의 우레와 같은 갈채가 극장을 흔들었다. 박수 소리가 한없이 길어졌다. 오죽했으면 지휘자가 응급조처로 같은 아리아를 다시 부르게 했을까.

플로레스의 '기생 오래비'같이 잘생긴 얼굴도 도민구의 자존심에 상처를 주었다. 하필 나이도 1973년생으로 동갑이었다.

그날 혼자 사는 숙소에 돌아온 도민구는 플로레스의 음반을 틀어 다른 노래를 들어봤다.

"아! 플로레스는 천재인가, 악마인가?"

그렇게 중얼거리며 눈물을 글썽였다. 플로레스는 하이C와 하이D를 넘어 하이E 플랫까지도 무난하게 소화하지 않으냐.

도민구는 파바로티, 도밍고, 카레라스 등 이른바 '세계 3대 테너'의 합동 공연 비디오를 볼 때면 이들의 관자놀이와 목울대 부근의 핏대를 유심히 살핀다. 하이C를 토할 때 파바로티의 핏대는 별 변화가 없는데 원래 바리톤 출신인 도밍고와 암 투병에서 일어난 카레라스는 핏대를 솟구치며 용을 쓴다.

플로레스는 '20세기 최고의 테너'인 파바로티와 엇비슷했다.

도민구는 모차르트를 질시(嫉視)한 살리에리의 심경을 이해할 것 같았다. 우사인 볼트와 동시대(同時代)를 살아가는 스프린터의 심정도 이렇겠지? 타이거 우즈의 전성기에 필드에 나선 프로 골퍼도 마찬가지였으리라.

도민구는 그날 충격을 받은 탓인지 가사를 잊는 버릇이 생겼다. 리허설에서 몇 차례 가사를 깜박하고 어버버 하는 말로 둘러대는 실수를 저지르는 바람에 본공연에 출연하지 못한 일도 있었다. 결국 플로레스 때문에 노래를 접은 셈이 된다.

무대를 떠난 도민구는 로마에서 한국식당을 열었고 자그마한 이 식당이 그럭저럭 돌아가자 일찌감치 은퇴한 것이 다행이라는 안도감이 들었다. 플로레스는 이제 '벨칸토 테너의 제왕'이라 불린다.

'내가 지금까지 성악가로 활동하고 있다면 플로레스에 대한 콤플렉

스, 질투심 때문에 인격이 파탄되지 않았겠는가?'

2013년 로시니의 고향 페사로에서 열린 로시니 축제에서 플로레스가 로시니의 마지막 역작이자 노래하기 까다롭기로 악명 높은 〈빌헬름 텔〉의 1829년 파리 초연판 무삭제본 공연에 나온다기에 도민구는 일부러 그곳까지 가서 관람했다. 테너 주역 아르놀트 멜히탈 역은 전성기의 파바로티도 스튜디오 녹음만 남겼을 뿐 성대에 부담을 준다는 이유로 실연(實演)을 거절했던 '공포의 배역'이었다.

과연 '천상(天上)의 테너' 플로레스였다. 윤기 나는 고음과 매끄러운 레가토로 54회의 하이B와 19회의 하이C를 눈부신 레이저 빔처럼 토해 냈다.

도민구는 이튿날 오전 페사로 시내에 있는 로시니 생가를 방문했다. 로시니의 육필 악보를 구경하며 관리인에게서 설명을 들었다.

"로시니는 10세 때부터 오페라를 작곡한 천재랍니다."

'천재'라는 단어가 들리자 도민구는 몸을 부르르 떨었다. 로시니 주변의 얼마나 많은 준재, 수재들이 로시니의 재능 앞에 무릎을 꿇고 좌절감에 빠졌을까.

플로레스는 사생활도 깔끔한 것으로 알려졌다. 2012년 도밍고와 함께 유엔 친선대사로 임명된 그는 현재 불우한 청소년들에게 음악을 가르치는 '엘 시스테마' 운동의 페루 지역 유소년 오케스트라의 대표로 활동하기도 한다.

"이 친구, 언론 인터뷰 때 겸손하기까지 하네!"

도민구는 어느 신문을 읽고 이렇게 느꼈다. 플로레스가 기자에게 한 말이 귀에 맴돈다.

"제 자신이 이룰 수 있는 최선에 아직 이르지 못했습니다. 완벽에 이르기 위해 구도(求道)하는 자세로 스스로를 단련시킵니다. 다른 성악가들의 노래를 들으며 그들에게서 배우는 걸 좋아하기도 합니다."

테니스도 잘 치고 가정에도 충실하다 하니 부럽고 샘난다!

도민구는 로마 한식당 주방에서 이런 추억에 젖어 숙주나물을 무치고 해물전도 부친다. 유학 초기에 한국식당 주방에서 '알바'로 한국요리를 배울 때만 해도 자신이 식당을 경영할 줄은 상상도 못했다.

"산채비빔밥 세 개요!"

종업원 아가씨 소피아의 목소리가 경쾌하다. 오후 9시니 마지막 주문인 셈이다. 홀 쪽을 얼핏 보니 서양인 남녀 부부와 아기, 피부색이 가무잡잡한 인도풍 남자가 앉아 있다. 저 사람들이 한국의 비빔밥 맛을 알고 주문했을까? 이런 의문을 가지며 도자기 그릇에 취나물, 고사리, 고비, 도라지, 더덕 등을 담았다.

묻지도 않았는데 소피아가 손님들의 신상에 대해 스치듯 말했다.

"두어 달 전부터 저분들은 단골이 되었어요. 한 분은 조상이 코레아 사람이라는군요. 성씨(姓氏)는 코레아 … ."

그러고 보니 낯이 익은 손님이다. 도민구는 반가운 마음에서 남은 녹두가루를 반죽해서 빈대떡 두 개를 부쳐 그 손님들에게 한국식 '써비스'로 제공했다.

곧 소피아가 종종걸음으로 주방에 왔다.

"손님들이 셰프를 뵙고 감사 인사를 드리고 싶다 하시네요."

도민구도 무료한 참에 이런 상황을 은근히 기대했다.

"한국 음식이 참 맛있군요. 제 DNA가 한국 음식을 그리워하나 봅니다. 저는 안토니오 코레아입니다."

"임진왜란 직후에 이탈리아에 온 조선인의 후예이지요?"

도민구는 코레아 씨의 부인과도 인사를 나누고 잠든 아기도 안아보았다.

"몇 달 전에 코레아에 다녀왔는데 조상 나라서 그런지 내내 마음이 푸근하더군요."

코레아 씨는 감동을 다시 기억하려는 듯 눈을 가느스름하게 뜨고 말했다.

그는 동석한 40대 신사를 소개했다.

"제 친구인 메흐타 대표입니다. 음악기획가이죠."

코레아 씨와 메흐타 대표는 모두 음악공연 사업가라 했다. 도민구는 음악에 대해서는 언급하고 싶지 않았다. 노래판을 떠나 밥장사를 하는 이유를 장황하게 늘어놓기 싫기 때문이다.

그러나 소피아가 철딱서니 없이 발설하고 말았다.

"저희 사장님, 산타 체칠리아 음악원 나오셨답니다. 밀라노 라 스칼라 극장 무대에도 선 실력파 테너이시지요."

"다 옛날이야기입니다만 … ."

도민구가 돌아서 주방으로 들어가려 할 때 아기가 잠에서 깨어 울기 시작했다. 어수선한 분위기 때문인지 울음이 좀처럼 그치지 않았다.

"아앙! 아앙 … ."

아기 엄마는 당황해서 아기를 얼러 울음을 멈추게 하려고 안간힘을 썼다. 그럴수록 아기는 더욱 자지러지게 울었다. 거의 까무러칠 지경이었다.

아기의 울음소리가 도민구에겐 이명(耳鳴)처럼 들려왔다. 심연(深淵)에서 울려 퍼지는 소리 …. 문득 그 울음은 도민구 자신의 목에서 울려나오는 듯했다. 도민구는 타임머신을 타고 과거로 돌아가는 느낌이었다. 자신이 아기가 되어 엄마 품에 안겨 있는 듯했다. 엄마의 자장가 소리가 조용히 들려왔다.

"엄마가 섬그늘에/ 굴 따러 가면// 아기가 혼자 남아/ 집을 보다가// 바다가 불러주는/ 자장노래에// 팔 베고 스르르르/ 잠이 듭니다."

아기 울음소리가 그쳤다. 도민구가 눈을 떠보니 아기는 새근새근 숨을 쉬며 잠들어 있었다.

"이 아름다운 노래 … 한국의 자장가입니까?"

도민구가 자신도 모르게 노래를 부른 모양이었다. 메흐타 대표는 물기 어린 커다란 눈을 껌벅이며 물었다.

"예. 제가 태어나 처음 들은 노래 …."

"선계(仙界)에서나 들을 수 있는 노래입니다. 무대를 떠나셨다니 무척 안타깝군요. 언젠가 꼭 컴백하십시오."

메흐타 대표는 호주머니에서 봉투를 꺼내 도민구에게 건네주었다. 며칠 후 로마 콜로세움에서 열리는 '콜로세움 복원(復元) 기념음악회' 입장권 몇 장이 들어 있었다.

"그날 주빈 메흐타 지휘로 라 스칼라 심포니 오케스트라가 공연합니다. 와주시면 영광이겠습니다."

"주빈 메타 선생님이 오신다구요? 저를 무척 아껴주신 분인데 …."

"아, 그래요? 저희 집안 아저씨입니다. 서방에서는 '메타'라 하지만 고향 인도에서는 메흐타(Mehta) 라고 부르지요. 메흐타 가문은 음악 명문가입니다. 주빈 메흐타 아저씨의 아버지인 메리 메흐타 선생도 뭄바이 교향악단 지휘자로 활약하셨답니다. "

2016년 7월 1일 저녁 콜로세움에 간 도민구는 공연 전에 악단 연습장으로 들어갔다. 단원들은 리허설에 열중이었다. 잠시의 휴식 시간에 몇몇 낯익은 단원들과 악수하며 인사를 나누었다. 감히 주빈 메타 선생에게는 다가가지 못했다. 먼발치에서 바라보니 팔순 연세인데도 여전히 정정했다.

오후 8시 30분, 2천 년간의 묵은 때를 벗고 깨끗한 모습으로 다시 태어난 콜로세움 내부에는 휘황한 빨강, 초록의 화려한 조명이 비치는 가운데 공연이 시작됐다. 테너 파비오 사르토리, 소프라노 페데리카 롬바르디 등 이탈리아의 젊은 성악가들이 부르는 오페라 아리아를 들으니 도민구는 자신이 무대에 선 듯한 착각이 든다.

도민구 옆에 나란히 앉아 공연을 관람한 식당 종업원 소피아와 그녀의 남자친구 무기고(Mughigo)는 앙코르 노래인 〈라 트라비아타〉의 〈축배의 노래〉를 따라 불렀다.

우레와 같은 갈채 속에 공연이 끝났다. 도민구는 한동안 멍하니 앉아 상념에 잠겼다.

며칠 후 도민구의 식당에 한국에서 온 '먹방' 방송팀이 들이닥쳤다. 여성 연예인 2명과 스태프 4명이 몰려온 것이다. 윤수용이라는 책임 PD가 도민구에게 말문을 열었다.

"세계 각국의 한국식당을 순례하고 있습니다. 음식 한류를 조성하기 위한 프로젝트이지요. 로마에서 섭외한 식당에서 촬영을 하긴 했는데 너무 밋밋했답니다. 밀라노로 떠나려는데 마침 이 식당이 눈에 띄어 무작정 들어왔습니다. 여기서 촬영하면 어떨까요?"

"저희 집은 더 밋밋할 텐데요. 식당 크기도 콧구멍만 하고 … ."

"들어오자마자 인상적인 것은 종업원 아가씨가 한국말을 유창하게 말한다는 점입니다!"

윤 감독은 소피아를 바라보며 싱글벙글 웃었다.

"그게 뭐 그리 중요한가요?"

"이 아가씨를 출연시키고 싶어서요."

소피아는 이 대화를 듣고 도민구에게 사정했다.

"사장님, 저 한국 방송에 나가고 싶어요. 허락해주세요."

도민구는 난처했다. 소피아의 청을 들어주고 싶지만 자신이 소개될까봐 두려웠다. 잠시 고민하다 윤 감독에게 제안했다.

"제 얼굴을 촬영하지 않겠다는 약속만 지켜주시면 좋습니다."

"이탈리아 아가씨가 한국 음식에 반해서 한국어도 열심히 배우게 됐다는 콘셉트로 진행하겠습니다."

"소피아가 꼭 그래서 한국어를 배운 건 아닙니다만 … ."

"요즘 스토리텔링이 중요하잖아요. 그래서 스토리를 좀 꾸미려 하니 이해해주세요."

"스토리가 그렇게 중요하다면 소피아의 남자친구를 불러 함께 촬영 하시면 더 좋겠는데요. 그 친구는 경상도 사투리가 특기랍니다."

"예? 좋습니다! 소피아 님, 지금 남친분 여기로 얼른 오라고 연락하시겠어요?"

그래서 소피아와 무기고가 한국 먹방에 출연했다. 처음 촬영할 때 소피아는 카메라 앞에 서자 몸이 굳고 한국어 발음도 어눌했다. 여러 차례 NG를 냈다. 산채비빔밥을 먹는 장면이었다.

"한국 음식 가운데 … 저는 산채비빔밥을 … 가장 좋아합니다. 이탈리아 사람들도 … 쌀밥을 많이 먹지만 … 이렇게 채소가 듬뿍 든 … 비빔밥은 없습니다. 고추장을 넣어 … 비벼 먹는 맛이 일품이네요."

도민구가 듣기엔 소피아의 평소 한국어 실력보다 훨씬 못했다. 그러고 보니 소피아는 요즘 북한말 연습에 한창이었다. 차라리 북한말을 쓰면 어떨까.

"감독님, 소피아가 북한 사투리로 말하도록 하면 더 흥미롭지 않을까요?"

"예? 한번 들어볼까요?"

그래서 소피아는 함경도, 평안도 사투리를 섞어 가며 말했다.

"내레 조선 음식 가운데서 산채비빔밥을 제일 좋아합네다. 이태리 사람들도 쌀밥을 많이 먹지만서두 이렇게 남새(채소)를 듬뿍 넣은 비빔밥은 없습네다."

소피아는 고추장을 한 숟가락 푹 떠서 부지런히 비벼 입을 크게 벌려 먹었다. NG 없이 일사천리로 진행되었다.

"좋습니다!"

윤 감독은 엄지와 검지를 붙여 동그라미를 만들어 OK 표시를 하며 큰 소리로 외쳤다.

무기고 청년은 해물탕을 먹으며 경상도 사투리로 말했다.

"국물 맛이 지기줍니더(죽여줍니다)! 게기(고기) 살, 뻬간지(뼈), 합자(홍합), 새비(새우), 이런 해산물하고 미나리, 무시(무), 마널(마늘), 이런 채소가 어우러져서 일품입니더예!"

무기고의 경상도 사투리가 워낙 원단 발음이어서 촬영기사가 킥킥거리며 웃는다.

무기고와 소피아의 이 장면이 한국에서 방영되자 폭발적인 반응이 있었다. 인터넷 조회 수가 급증하고 그 케이블 방송에서는 여러 번 재방영했다. 광고회사들도 무기고와 소피아에 관심을 보이기 시작했다.

한 달 후에 윤 감독이 다시 로마에 와서 무기고와 소피아를 만났다.

"두 분, 한국에 오셔서 본격적으로 방송활동을 하시지요. 두 분이 출연하는 고정 프로그램을 만들까 합니다."

무기고와 소피아는 눈이 동그래져 도민구를 바라보았다. 프로그램 이름도 정해 놓았단다.

"〈무소의 뿔, 종횡무진 가다!〉입니다."

무소의 뿔? 무기고와 소피아가 고개를 갸우뚱하자 윤 감독은 보충 설명을 했다.

"두 분의 이름 앞 발음을 따서 지었지요. 무, 소…. 무기고 님은 경상도 사투리로, 소피아 님은 이북 사투리로 말하시면 됩니다."

이렇게 해서 무기고, 소피아는 도민구와 함께 한국행 비행기에 몸을 실었다. 도민구는 로마 식당을 처분하고 삶터를 한국으로 옮기기로 작정했다. 당분간 '무소 커플'이 한국에 잘 정착하도록 도민구가 매니저 역할을 맡기로 했다.

귀국하는 항공기 안에서 옆자리에 앉은 어느 한국인 청년이 헤드폰으로 음악을 감상하며 노래를 나지막하게 따라 불렀다. 멜로디가 아름다워 도민구는 그 청년에게 조심스레 들어볼 수 있겠느냐고 부탁했다.

"저는 한국 가곡을 즐겨 듣습니다. 새로 작곡된 노래인데 줄줄이 명곡이네요."

도민구는 한국 예술가곡을 들으니 마음이 편안해졌다. 고난도 테크닉을 요하는 오페라 아리아와는 달랐다. 그 가운데 〈영원한 친구〉라는 노래가 유난히 오랜 여운(餘韻)을 남겼다.

〈무소의 뿔, 종횡무진 가다!〉는 인기 프로그램으로 부상했다. 무기고와 소피아는 전국을 탐방하며 한국 풍습을 체험하고 현지 주민들과 만났다. 이들의 일거수일투족이 TV 화면에 소개되는 것이다.

안동에 가서 탈춤놀이를 체험할 때다. 무기고는 양반탈을, 소피아는 소실 역할인 부네탈을 썼다. 담당 PD인 윤 감독은 촬영장면을 멀뚱히 구경하던 도민구의 얼굴에도 선비탈을 씌웠다.

"이거 뭡니까?"

"얼굴을 탈로 가리니 누구인지 모를 것 아닙니까. 재미 삼아 탈 쓰고 놀아보세요. 저도 쓸 겁니다."

윤 감독은 머슴 초랭이의 탈을 썼다. 그는 대본을 주며 꼭 그대로 읽지 말고 기분에 따라 말해도 괜찮다고 한다. 도민구는 엉겁결에 탈을 쓰고 무대에 나섰다.

탈춤놀이 넷째 마당. 둥, 둥, 둥……. 북이 울리면서 불이 꺼졌다.

부네가 엉덩이를 빙글빙글 돌리며 무대에 나타나자 양반과 선비가 모두 눈독을 들인다. 이들은 부네를 서로 차지하려고 학식 자랑을 한다.

> 선비 = 나는 사서삼경을 다 읽었소.
> 양반 = 사서삼경이라고? 나는 팔서육경을 다 읽었네.
> 선비 = 도대체 팔서육경이 어디 있소? 육경이 뭐요?
> 초랭이 = 소생도 아는 육경을 선비님이 몰라요? 팔만대장경, 땡초중
>   의 바래경, 봉사 안경, 약방에서 파는 길경, 처녀 월경, 머슴
>   새경 ….
> 부네 = 아이고, 웬 구닥다리 육경인가! 초밥 맛 좋은 동경(東京), 오
>   리고기 끝내주는 북경(北京), 받고 싶은 존경(尊敬), 멀리
>   보아야 멋있는 원경(遠景), 금강산도 식후경(食後景), 태진
>   아 노래 옥경!
> 양반 = 아랫것들도 다 아는 육경을 선비가 모르다니 말이 되는가?
> 선비 = 억지를 부리시니 답답하오.
> 양반 = 가슴이 답답하면 노래를 불러 푸시게!

선비(도민구)는 노래를 부르게 됐다. 안동 탈을 쓰고 오페라 아리아 〈남 몰래 흐르는 눈물〉을 부를 수야 없지 않은가. 얼핏 귀국 비행기 안에서 들었던 한성훈 곡, 김남수 작시 〈영원한 친구〉라는 노래가 떠올랐다.

"진실하게 도전했던 꿈 같은 청춘/ 아련한 추억 속에 찾아온 그리움/ 앞만 보고 살아온 지나간 세월/ 크고 작은 웃음 속에 남겨진 아쉬움 …."

안동 탈춤 편이 방영되자 '무소 커플'의 인기는 더욱 치솟았다. 이와 함께 선비탈을 쓴 남자의 정체가 누구인지에 대한 의문이 '전 국민적 관심사'로 떠올랐다.

도민구는 윤 감독에게 자신의 신원을 밝히지 말라고 신신당부했다. 윤 감독이 입을 굳게 다무니 신비주의 효과에 따라 관심도는 증폭됐다.

'영혼을 울리는 맑은 목소리의 주인공은?'

인터넷에는 이런 제목과 함께 팝페라 가수 H, L, A 등과 테너 성악가 Y, O, U 등이 거명됐다.

단양 팔경 편을 촬영하는 현장에서 사달이 났다. 옥순봉 앞에서 무기고와 소피아가 퇴계 이황 선생이 이곳에 찾아왔다고 설명하는 장면을 촬영할 때 짙은 선글라스를 낀 여성이 나타났다. 그녀는 윤 감독을 찾더니 안동 탈춤 편에서 〈영원한 친구〉를 부른 분이 누구인지 물었다.

"당사자가 신원 노출을 거부하십니다."

"살짝 귀띔만 해주세요. 제 인생이 걸린 중대사랍니다."

"그런 일이라면 더더욱 공개하기 곤란하군요."

"목소리, 가창법으로 보아 제가 아는 분인 듯해서요. 그분 이름을 인터넷에 공개할까요?"

"추측성 공개는 명예훼손, 프라이버시 침해행위가 될 수 있습니다."

"제가 그분을 찾으러 로마에까지 갔단 말이에욧!"

윤 감독과 그녀의 대화를 먼발치에서 엿듣던 도민구는 '로마'라는 말에 귀가 솔깃했다.

'저 정체불명의 여성이 누구인가?'

도민구는 호기심에서 슬며시 다가갔다. 5미터쯤 거리로 다가갔을 때였다. 그녀의 시선이 도민구의 얼굴에 쏠리는 듯했다. 이젠 그녀가 도민구 쪽으로 다가왔다.

그녀는 선글라스를 벗으며 눈을 크게 떴다.

"선생님! 〈토스카〉 함께 부르던 거 기억하시지요?"

단양에 있는 부초미술관의 장다희 대표는 도민구의 손을 잡고 반갑다며 흔들었다. 도민구는 이탈리아 유학을 떠나기 전에 허름한 야간 전수학교에서 음악 강사로 잠시 일하던 청춘시절이 떠올랐다. 오페라를 몇 번 듣고 긴 가사를 통째로 외우던 천재 소녀 ….

"아, 오래전 일이네요. 반갑습니다."

"선생님, 사제지간(師弟之間)인데 말씀 낮추세요."

"…… ."

"제가 로마 식당에서 얼핏 뵈었는데요."

"…… ."

장 대표와 도민구는 촬영장을 벗어나 호젓한 계곡물을 바라보며 나란히 앉았다.

"성악계의 신성(新星)이라고 한국 신문에 자주 보도됐는데 언젠가부터 활동소식이 잠잠하더군요. 사연이 너무도 궁금해서 선생님을 만나뵈러 로마에까지 갔답니다."

"마음에 상처를 받은 일이 있어 노래를 그만두었어요."

"그 일을 제게 밝힐 수 있으신지요?"

"…… ."

"천천히 말씀하셔도 돼요. 저는 선생님한테 이탈리아 노래를 배운 덕분에 인생행로가 바뀌었답니다."

장다희는 핸드백에서 캔커피 2개를 꺼냈다. 커피를 마시며 이야기를 이어 갔다. 장다희의 과거, 현재의 여정(旅程)을 들은 도민구는 고개를 끄덕이며 중얼거렸다.

"천재는 역시 다르군."

그 말을 들은 장다희는 자신이 '천재'라 불린다는 점이 민망스러워 잠시 침묵을 지켰다.

도민구의 뇌리엔 천재 테너 플로레스의 얼굴이 떠올랐다. 플로레스와 장다희의 얼굴이 오버랩 되면서 묘한 낌새가 느껴졌다.

'이 여성은 내 미래 운명을 뒤흔들 팜므 파탈(*femme fatale*)?'

명성황후, 되살아나다?

부초그룹 창업자 탁종팔 회장은 중년 때까지는 돈 버는 일에 영혼까지 바치다시피 했다. 재운(財運)이 좋은지 손을 대는 사업마다 성공해 주체할 수 없을 만큼 엄청난 부(富)를 축적했다. 60대 초반부터는 돈을 버는 일에는 관심이 사라지면서 쓰는 일이 더 고민거리로 떠올랐다. 그룹 이름의 한자는 원래 '浮草'였으나 세인들은 멋대로 '富超'라고 썼다. 그만큼 재력이 넘쳐흐른다는 뜻 아니겠는가.

"돈을 우째 쓰모(쓰면) 좋겠노?"

탁 회장이 지인들에게 이렇게 물으면 그들은 한결같이 '별 고민을 다 하신다'는 표정으로 눈알을 굴리다가 제각각 아이디어를 내놓는다.

"장학재단을 만들어 가난하고 똑똑한 청년들에게 학자금을 지원해주십시오."

"문화재단을 설립해 예술분야를 융성하는 데 앞장서시면 어떨까요?"

"재단 만들면 골치 아픈 일도 많이 생깁니다. KAIST에 미래학과 뇌공학을 연구하도록 수백억 재산을 쾌척한 정문술 회장님처럼 연구중심

대학에 기부하시는 게 좋겠습니다."

탁 회장의 발언이 소문나자 언론에 자주 얼굴을 내미는 몇몇 명문대학교의 총장이 만나자고 손을 내밀었다. 총장 공관에서 융숭한 대접을 하더니 자기 학교에 발전기금을 지원해달란다. 명예박사 학위를 주겠다며 접근해오는 대학도 수두룩했다. 큼직한 박사 모자를 씌워주고 화려한 박사 가운을 입혀주는 대신에 발전기금을 기부하라고 손을 벌릴 것이 뻔했다.

이런 제안들이 내키지 않았다. 오죽했으면 컨설팅회사에 '돈을 어떻게 창조적으로, 보람 있게 쓸까?'라는 주제로 일을 맡기기까지 했을까. 컨설팅 보고서에는 문화융성, 노인복지 향상, 청년실업대책, 과학기술 개발 등 4대 부문에 사용하면 좋겠다는 제안을 담았다. 신통찮았다.

"대포 한잔 마시며 회포나 푸세!"

탁 회장은 호형호제(呼兄呼弟) 관계인 재력가 채봉우 회장에게 연락했다. 채 회장은 탁 회장이 부산에서 극장 '간판쟁이'로 일할 때의 '껌팔이' 소년이었다.

"헹님, 우짠 일입니꺼? 먼저 연락을 다 주시고⋯."

빈대떡집에서 만난 채 회장은 탁 회장에게 실눈 웃음을 지으며 인사를 했다.

"자네한테 물어보는 기(것이) 제일 좋을 것 같아서⋯. 산더미 같은 재산을 우찌 활용(활용)하모 보람 있겠노?"

"헹님도 지(저) 하고 똑같은 고민을 하네예. 하하하! 우선 막걸리로 목을 좀 축이고 나서 같이 궁리해보입시더."

채 회장의 뇌리 속엔 삭풍(朔風) 속을 헤매던 추억의 여러 장면들이 빠른 속도로 흘러갔다. 1960년대에만 해도 영화관에서 가끔 '쇼' 공연을 했다. 남진, 나훈아, 문주란, 정훈희, 남일해 등 유명가수들이 무대에 나와 팬들을 끌어모았다. 구봉서, 서영춘, 곽규석, 이주일 등 코미디언들의 웃음 연기를 보며 관객들은 배꼽이 빠지도록 웃었다. 지방에서는 이런 쇼 공연이 열리는 날이면 스타들을 보려고 몰려든 관객들로 극장이 터져 나갈 지경이었다. 소녀가수 하춘화는 코흘리개 때부터 무대에 나서 어른 팬들의 심금을 울렸다.

짧은 코미디 연극에 출연할 소년배우가 갑자기 복통을 일으켜 병원에 실려갔다. 쇼단장 A씨는 대역배우를 구하려 속을 태우다 이목구비가 또렷한 껌팔이 소년 채봉우 군과 눈이 마주치자 반색했다. 채 군에게 연기 연습을 시켜보자 즉석에서 멋지게 소화했다. 서둘러 목욕, 분장을 마친 다음 무대에 세웠더니 채 군은 천부적인 자질을 발휘했다. 채 군은 그 길로 쇼단을 따라 상경했다.

채 군은 아역배우로 영화에 출연해 주목받기 시작했고, 청년 시절엔 로맨스 영화의 주연으로 출연하기도 했다. 유랑극단 출신인 쇼단장 A씨는 영화 제작업에 뛰어들어 채봉우를 주연배우로 캐스팅한 것이다.

A씨는 전국 주요도시의 영화관 업주들에게 선금을 받고 영화를 제작해 리스크를 줄였다. 추석, 설 명절을 노린 몇몇 사극(史劇) 영화가 대박을 터뜨리면서 A씨는 돈방석에 앉았다. A씨는 연예 흥행업계의 실력자로 부상했다.

어느 날 시커먼 선글라스를 쓴 사내 서너 명이 A사장의 사무실로 찾아왔다. 권력기관의 실무자들이었다. 그런 기관의 '똥 푸는 인부'도 목에 힘을 주는 시절이었다.

"여배우 A, M, O, 여가수 R, E … 오늘 저녁 6시에 대기시켜 주시오."

그들은 연예인 채홍사였다. A사장은 그렇게 권력자들의 파티에 연예인을 공급하는 뚜쟁이 사업에 끌려들어갔다. 여성 연예인을 섭외하는 실무를 채봉우에게 맡겼다. 채봉우는 A사장을 '아부지'라고 부르며 충직스럽게 일을 처리했다.

처음엔 뚜쟁이 사업에 거부감이 컸던 A사장은 차츰 권력자들과 안면을 익히면서 그들에게 이권 청탁을 하면 전화 한 통으로 해결되는 맛을 누리게 되었다.

A사장은 호텔, 운수업 등으로 사업 영역을 넓혔고 여기에도 채봉우의 역할이 커졌다. 채봉우는 영화배우로서는 일찍 은퇴하고 사업가로 데뷔한 셈이다. 채봉우는 A사장 집에서 한 가족처럼 살았는데 A사장의 딸도 채봉우를 친오빠처럼 살갑게 대했다.

그 딸이 대학을 졸업할 무렵 채봉우에게 사랑 고백을 하고 아버지에게도 용감하게 채봉우와 결혼하겠다고 밝혔다. A사장은 딸에게 노발대발했다.

"친오빠 같은 사람과 무슨 결혼이냐?"

이유는 그렇게 댔지만 근본이 불투명하고, 가방끈이 짧고, 뚜쟁이 업자인 청년을 사위로 삼을 수는 없다는 뜻이었다. A사장은 사법고시 차석 합격자인 청년 검사를 사위로 맞았고, 훗날 그 검사는 장인의 후원 덕분에 검찰에서 승승장구(乘勝長驅) 승진한 후 전국구 국회의원도 지냈다.

채봉우 사장은 A회장의 사업을 거의 물려받아 규모를 키우고 업종을 카지노, 나이트클럽, 주류유통업, 건설업 등으로 다각화했다. 업종 성격상 '주먹'의 힘이 필요했다. '주류유통업'이란 그럴듯한 이름을 붙였지만 사실상 룸살롱 영업이었다.

보디가드로 채용한 프로복서 출신 도철구가 주먹들을 관리하는 데 재능을 보였다. 체구가 별로 크지 않은 도철구는 한라장사급 체형의 '어깨'들을 꼼짝 못하게 하는 카리스마를 발휘하며 온몸을 던져 채 사장을 보좌했다. 도철구는 채 사장을 '아부지', A회장을 '할아부지'라 불렀다.

도철구는 룸살롱업계 역사에서 큰 족적을 남긴 인물이다. 프랜차이즈 비슷하게 운영하는 수십 개 룸살롱의 아가씨 - 새끼 마담 - 마담 - 사장 등의 위계(位階)에서 철저히 상생(相生)을 추구했다. 아가씨가 손님에게서 받은 팁은 전액 그 아가씨 손에 들어가게 했다. 새끼 마담이 일부 몫을 떼 가는 관행을 타파해 아가씨들로부터 박수를 받았다. 새끼 마담이나 마담은 자신이 유치한 손님이 올린 매출액의 15%를 받으니 아가씨 손에 든 팁에 눈독을 들일 필요가 없었다.

'접대문화의 고급화'를 내세우며 아가씨들이 교양 수련에 몰두하도록 했다. 대낮에 미용실에서 빈둥거리는 시간을 줄여 영어, 일본어 회화학원에 다니도록 하고 신문, 잡지, 시집(詩集), 소설을 읽도록 했다. '명문 여대생들이 알바로 뛰는 곳'이라는 소문을 퍼뜨려 고급 룸살롱 행세를 했고, 양주도 '발렌타인' 30년산 이상 프리미엄급 위주로 취급했다. 술값을 비싸게 청구해도 손님들은 끊이지 않았다. 어차피 로비 활동차 접대하는 마당에 바가지 술값인들 무슨 상관이랴.

마담이나 여사장에게는 유수한 대학에서 개설한 최고경영자 과정(AMP)에 다니도록 등록금 전액을 대주었다. 그들은 명함에는 '**물산 대표' 등의 직함을 달고 경영학을 배우며 기업인들을 사귀었다. 6개월 수업 기간에 입학동기생 모임인 원우회 여성 총무직을 맡도록 하고, 졸업 후에는 총동창회 여성 총무직에 도전했다.

도철구의 수제자 역할을 한 민자영 마담도 룸살롱 역사의 한 장(章)을 장식할 만한 인물이다. 강원도 산골짜기 탄광마을 출신인 그녀는 중학교를 졸업하고 서울 구로동 봉제공장에 취직했다. 손톱 크기만 한 여중 졸업 앨범 흑백사진에서도 수려한 용모가 단연 눈에 띄는 그녀는 예쁘다는 이유 때문에 기구한 수난을 당한다.

봉제공장 사장이 미싱 일 대신에 경리업무를 맡겼는데 회사에 사장 내복을 갖다 주러 온 부인이 민자영을 보자마자 입에 거품을 물고 남편을 다그쳤다.

"저 계집아이, 화냥기가 철철 흘러넘쳐 큰일 내겠으니 당장 짤라요!"

민자영은 영문도 모르고 쫓겨나 이웃 공장에 들어갔다. 월급으로 쪽방 월세를 내고 이것저것 생필품을 사고 나면 남는 돈은 별로 없었다.

그녀는 S대 사회학과를 다니다 위장취업한 대학생 언니로부터 《노동법 해설》이란 책으로 세상 공부를 배웠다. 두꺼운 뿔테 안경을 쓴 그 언니는 민자영의 손을 어루만지며 입을 열었다.

"노동자 농민이 주인이 되는 정의로운 세상을 만들어야 한다. 너도 어리지만 그런 세상을 만드는 데 벽돌 하나를 쌓을래?"

"하나가 뭐예요? 열 개쯤 쌓아야죠."

"용기가 가상하네! 그러나 한 사람이 벽돌 열 개를 쌓도록 파쇼 정권이 호락호락 허용하지 않을 거야."

"파쇼 정권이 뭐예요?"

"음… 군사독재정권… ."

"독재정권을 무너뜨리면 노동자 농민 세상이 오는 거예요?"

"그렇지."

여공 하나가 과로사하면서 사인(死因) 규명을 요구하는 노동자들이 농성을 벌였다. 농성 현장을 촬영한 영상이 TV에 보도됐다. 공교롭게 민자영의 얼굴이 클로즈업됐는데, 당시에 인기를 끌던 톱탤런트 C양과 빼다 박은 듯 닮았다. 신입 '시다'급 여공인 민자영은 농성장 앞자리에 앉았을 뿐인데 반(反)체제 사범으로 구속돼 재판을 받았다.

마침 판사가 의식깨나 있는 법조인이어서 검찰, 경찰 조서를 면밀히 살피고 민자영의 진술을 듣고는 당시로서는 '소신 판결'인 무죄 선고를 내렸다. 석방된 민자영의 함박웃음 얼굴 사진이 신문에 큼직하게 나와 민자영은 또 본의 아니게 유명인사가 됐다.

권력자에게 '기쁨조' 여성을 공급하는 도철구는 채홍사 요원에게서 황당한 요구를 받았다. 신문에 난 민자영을 찾아 대령하라는 것이다. 아무리 기관원이라지만 너무 무리한 처사 아닌가. 여공까지 웃음 요원으로 차출하라니.

"연예인도 앙이고(아니고) … 나무(남의) 회사 직공을 우찌 데려옵니꺼?"

그 요원은 도철구를 째려보더니 그럼 알았다는 듯, 고개를 홱 돌리

고 나갔다. 나중에 소문을 들어보니 요원들이 민자영을 강제로 끌고
간 모양이다.

영문도 모르고 시커먼 지프차에 눈을 가린 채 끌려간 민자영은 공포
에 사로잡혀 몸을 떨었다. 어디 안가에 도착하자 깡마른 40대 여성 요
원 서너 명이 몰려와 목욕, 화장, 옷 입히기를 도와주었다. 여성 요원
하나가 낮은 목소리로 중얼거렸다.

"아이고, 이렇게 예쁜 아가씨는 난생 처음 봤네. 여자인 내가 봐도 반
하겠다!"

어깨가 드러나는 분홍색 연회복 차림으로 선 민자영의 자태는 뭇 사
내들을 무더기로 끌어들이는 자력(磁力)을 발산하는 듯했다.

"음….."

민자영을 본 권력자는 침을 꿀꺽 삼키고는 한동안 침묵했다. 민자영
은 숨을 죽이며 눈을 내리깔았다.

"몇 살인가?"

몸피가 두툼한 권력자는 와인을 찔끔찔끔 마시며 물었다.

"열여섯입니다."

"음… 아직 미성년자로구만. 그럼 학교 다닐 나이…. 자, 공장으
로 가지 말고 이 돈으로 공부를 더 해라."

민자영은 얼떨결에 돈봉투를 받아들고 나왔다. 슬쩍 열어보니 공원
연봉의 2년 치 거액이 수표로 들어 있었다. 민자영은 야릇한 승리감,
쾌감이 느껴져 몸을 부르르 떨었다.

안가를 떠나 지프차를 타고 시가지로 들어오자 채홍사 요원이 민자
영에게 물었다.

"연예인 되고 싶나?"

민자영은 뜻밖의 질문을 받고 곰곰 생각하다 고개를 끄덕였다. 요원은 민자영을 연예계 뚜쟁이 도철구에게 소개했다. 도철구는 민자영이 여느 여성 연예인보다 빼어난 용모여서 보자마자 대어(大魚)라고 판단했다. 섣불리 데뷔시키기보다는 연기력, 교양을 더 쌓은 뒤에 선을 보이겠다고 작정했다. 민자영도 도철구와 함께 채봉우 사장 집에 기거했다.

1년쯤 후 채홍사 요원이 도철구를 급히 찾았다.

"우리 영감님이 그 아이를 오늘 저녁에 잠시 데려오라고 하오."

"가아(그 애)는 하류계(화류계)에 안 들어가도 개안타면서요(괜찮다면서요)?"

"국익이 걸린 중대한 일이 생겨서 그렇소."

"국익? 그라모(그러면) 가아가 잔다르크라도 대라(돼라), 그 말이요?"

"말하자면 그렇소. 나도 자세한 건 모르오."

민자영이 안가의 밀실에 들어가자 머리통이 애호박처럼 길쭉한 일본인 중늙은이가 유카타 차림으로 소파에 앉아 있었다. 민자영은 지난 1년간 일본어를 익혔기에 의사소통엔 별 문제가 없었다.

"헉!"

'애호박' 중늙은이는 민자영과 눈이 마주치자 울대가 잠시 멈칫했다. 여신(女神)급 미모 때문에 숨이 막힐 지경이었던 것이다. 그의 머릿속엔 '경국지색'(傾國之色)이란 단어가 스쳐 지나갔다. 그는 겨우 숨을 고르고 말문을 열었다.

"학생이오?"

"학교엔 다니지 않습니다만 … 늘 배우는 자세로 살아갑니다."

"내가 뭐하는 사람으로 보이오?"

민자영은 그를 살피며 '한국의 국익'을 연상했다. 정치인? 기업인? 체육인? 관료?

이런 유형의 직업인을 뭉뚱그린 인물로 보였다.

"수상급 거물 브로커?"

"내가 브로커로 보인다? 하하하!"

그는 홍소(哄笑)를 터뜨리더니 민자영의 두 손을 덥석 잡았다.

"딱 맞혔소! 일본의 최고 관상쟁이도 못 맞힌 것을! 신통하네!"

"어림짐작으로 말씀드렸을 뿐입니다."

"내가 무슨 일로 한국에 왔는지 맞혀보시오."

민자영은 골똘히 생각하다 독도 관련 사안이 아닌가 해서 입을 열었다.

"독도 문제를 논의하는 밀사(密使)로 … ."

"음 … ."

애호박은 신(神) 내림 받은 무당을 대하듯 얼굴이 굳어졌다. 그는 손가락으로 관자놀이 부위를 슬슬 문지르며 말을 이었다.

"복채를 드리겠소. 사실은 … 화대(花代)로 준비한 것인데 … ."

노인이 봉투를 건네자 민자영은 '화대'라는 말에 마음속으로는 발끈했으나 곧 평정심을 찾고 대꾸했다.

"잔다르크는 화대 따위를 받지 않사옵니다."

"구국(救國) 소녀 잔다르크? 하하하! 대단하오! 그럼 뭘 받고 싶으시

212

오?"

"조금 통 크게 대답하겠습니다. 대마도(對馬島)를 주십시오!"

"쓰, 쓰시마를?"

애호박은 밀실을 떠나는 민자영의 뒷모습에서 어른거리는 환영(幻影) 비슷한 형상을 보고 현기증이 났다. 명성황후?

애호박의 증조부는 1895년 명성황후를 칼로 베어 시해하고 시신을 불태운 낭인(浪人) 무리 가운데 하나였다.

환생한 명성황후가 바로 저 여성? 그런 짐작이 들자 노인은 온몸이 감전된 듯 전율을 일으키며 쓰러졌다. 그는 오줌을 지린 줄도 모르고 방바닥에 한참 멍하니 주저앉아 있었다.

그 얼마 후 일본 협객계(俠客界)에는 '조선 명성황후가 환생했다'는 풍문이 나돌았다. 한국의 신문사 소속 동경특파원 몇몇이 취재에 나섰으나 아무도 최초 발설자를 확인하지 못했다.

민자영은 그 후 신내림 받은 몸이라는 소문이 퍼지면서 여기저기에 불려다니며 억지 역술인 노릇을 하기도 했다. 이럭저럭 나이가 20대 중반으로 접어들면서 연예계엔 데뷔하지 못했고 도철구를 도와 룸살롱업계의 큰손으로 활동한 것이다. 웃음을 파는 '물장사'라지만 민 마담은 웃음 대신 손님들에게 고급정보와 힐링을 제공했다.

민 마담과 그녀 휘하의 아가씨들은 군사독재 시절을 끝내는 민주화에 일조하기도 했다. 권부(權府)에 몸담은 손님들을 만나면 민심을 전달했다.

"체육관 선거로 대통령을 뽑는 독재정치를 계속하다가는 민중의 준

엄한 심판을 받을 거예요. 지금 민심이 부글부글 끓고 있어요. 활화산처럼 터지는 날에는 탱크로도 막을 수 없을 거예요."

무르익은 몸매와 고혹적인 눈매를 가진 민 마담을 보면 대부분의 남자손님들은 숨이 턱 막혀 입을 헉하고 벌린다.

어느 시인 겸 광고 카피라이터는 취기 어린 김에 민 마담에 대해 '클리셰'투성이의 싸구려 즉흥시를 읊었다. 허리띠를 풀어 자기 몸을 철썩철썩 때리며 ….

"강렬한 색기(色氣)는 예술보다 진하고/ 끈끈한 음기(淫氣)는 신앙보다 경건하네/ 그대 정염(情炎)의 화신(化身)이여/ 요염(妖艶)의 여신(女神)이여/ 농염(濃艶)의 여제(女帝)여!/ 제우스의 정부(情婦)여!/ 나를 노예로 부려주소서!/ 내 몸뚱아리에 가장 가혹한 채찍질을해주소서!/ 철썩/ 철썩/ 철썩!"

동석한 손님들은 박장대소(拍掌大笑)하며 그 시를 따라 읊었다.

자칭 타칭 뭇 '카사노바'들이 민 마담을 공략하러 몰려들었으나, 막상 그녀 앞에 서면 그녀의 아름다움과 카리스마에 압도당해 남성성을 상실하고 말았다. 그녀는 화류계에서는 매우 드물게 처녀성을 잃지 않은 성녀(聖女)라는 풍설이 나돌기도 했다.

채봉우 회장에게서 민 마담 이야기를 전해 들은 탁종팔 회장은 그녀를 만나보고 싶었다.

"아우님, 자리 한 번 맨들어(만들어) 보소. 그 여성도 재산을 마이(많이) 모았을 거 아잉가? 돈을 우찌 쓰는지 이약(이야기)을 들을 갬(겸)해서 …."

"헹님, 늘그막에 그 여자에게 맘 뺏기모 난감해집니데이!"

"예끼! 이 사람아! 사나(사내) 구실 못한 지가 오래된 몸이라 그런 걱정 안 해도 된다카이! 하하하!"

충북 단양의 부초미술관 접견실에 나타난 민 마담은 과연 첫눈에 상대방의 영혼을 빼앗을 만큼 '강렬한 미모'의 소유자였다. 머리칼이 희끗희끗한 게 원숙미(圓熟美) 까지 풍겼다. 탁 회장은 까닭 모르게 목이 말라 자꾸 물을 들이켜며 말을 이었다.

"민 여사님, 지가(제가) 문화재를 모다(모아) 놓고 보이(보니) 한국적 미(美)에 대해 눈이 쪼금 떴습니더. 단도직입적으로 말해서 … 여사님은 단연 국보(國寶) 입니더!"

"회장님, 무슨 그런 과찬의 말씀을 … ."

"고미술품 거래업자 사이에서 '신녀'(神女) 라는 큰손 구매자가 자주 언급되던데 … 혹시 여사님이 당사자 아입니꺼?"

민 마담은 눈을 동그랗게 뜨며 대답했다.

"맞습니다. 그럼 … 혹시 '간판쟁이'라는 큰손은 회장님?"

"철저히 비밀에 부쳤는데 대번에 알아보시네예! 가연(과연) 신통력이 대단하십니더! 하하하!"

민 마담은 고미술품을 재력가들에게 팔아 적잖은 재산을 축적했다고 한다. 돈을 모으는 한편 쓰는 일에도 부지런히 나섰단다.

"가끔 신문에 보도되는 익명의 산타클로스, 이런 기사 보셨지요? 구세군 자선냄비에 거액을 넣은 미담(美談)도 … 제가 보낸 돈이에요. 저는 모든 기부를 익명으로 한답니다. 불치병 환자의 가련한 사연을 들으면 치료비를 보내주고, 훈련비가 모자라 고생하는 운동선수에게도 금일

봉을 전합니다. 환경운동을 위해서도 다른 사람 명의로 기부하고요."

민 마담을 데리고 온 연예계 대부 채 회장도 자신의 '돈 사용처'를 털어놓았다.

"젊었을 때 딴따라 배우로 인기를 끌었지만 막상 겔혼(결혼) 할라 카이 신랑감으론 인기가 없데예. 날 사랑하고 나도 사랑하는 아가씨가 검사 청년하고 겔혼하는 거 보이(보니) 눈깔이 휙 돌아가데예."

채 회장은 돈으로 권력을 사는 방법을 썼다. 정치권, 법조계에 로비를 펼쳐 사업을 확장했고 그 사업을 번창시키려 로비를 더욱 활발하게 벌였다. 정치헌금을 내면 전국구 국회의원 자리를 주던 시절엔 채 회장의 심복 서너 명에게 이런 루트로 금배지를 달아주었다.

채 회장과 민 마담이 떠난 후 탁 회장은 마땅한 재산 용처(用處)를 찾지 못해 허탈감마저 들었다. 잡념이 들지 않도록 TV를 켜 뉴스를 시청했다. 섬뜩한 뉴스의 연속이었다. 부모가 아이를 때려죽이고, 길거리 행인을 흉기로 찔러 죽이는 '묻지마 살인' …. 북한의 미사일 발사!

그러다 탁 회장의 머릿속에 어떤 발상(發想)이 섬광처럼 스쳤다. 북한 지도자에게 거액의 용돈을 제공하여 한반도 평화를 도모하면 어떨까? 개인 영달을 도모하는 수준의 북한 지도자에겐 그런 방법으로 접근해야 핵무기를 포기하지 않을까? 호화롭게, 떵떵거리며 살도록 보장해 주고 총칼을 내려놓도록 하는 새로운 햇볕 전략 ….

정부 차원에서 추진하면 국내외 여론, 강대국 입김 등 얼마나 많은 걸림돌이 나타나겠는가. 민간 차원에서, 쉽게 말해 탁 회장 개인 차원에서 은밀히 추진한다면?

216

제 4 부

풀밭 향연

봄날은 간다 … 단양 풍경

충북 단양(丹陽)의 붉은 노을 풍경을 화폭에 옮기는 부초그룹 창업주 탁종팔 회장의 재빠른 붓놀림은 전문화가 솜씨 같다. 탁 회장과 부초미술관 장다희 관장은 남들 눈에는 다정한 부녀처럼 보인다.

"붓을 몇 번 놀리니 캔버스가 금세 벌겋게 타오르는 광경으로 바뀌었습니다. 정식으로 화가 데뷔를 하셔야겠습니다."

"소싯적에 극장 간판쟁이로 밥 벌어 묵었으니께 푸로(프로) 하가(화가)로 이미 데부(데뷔) 했소."

"미술사에 이름을 남기는 대(大) 화가로서 활약하셔야 … ."

"나는 그저 풍겡(풍경)을 그리거나 나무(남의) 그림 베끼는 재주나 있을 뿐이오. 진정한 여술가(예술가)는 새로운 겡지(경지)를 창조해야지. 나도 내 여술 재능에 대해서는 분수를 아는 기라."

" …… ."

"단양 … 붉을 단, 볕(볕) 양 … 지명 때미네(때문에) 그란지(그런지) 해가 더 뻘겋게 보이네!"

"맞습니다! 유난히 짙은 이곳 녹음(綠陰)과 붉은 태양이 보색(補色) 관계여서 그런가 봅니다."

탁 회장이 지팡이를 짚고 일어서 몇 걸음 걷자 장 관장이 탁 회장의 팔을 잡고 부축한다.

"이렇게 갱치(경치) 좋은 데 있응께 내가 신선이 된 기분이네!"

"단양이란 지명은 '연단조양'(鍊丹調陽)에서 유래되었다고 합니다. '연단'은 신선들이 먹는 환약(丸藥)이고, '조양'은 빛을 골고루 따스하게 비춘다는 뜻입니다. 단양은 '신선이 다스리는 낙원 같은 마을'인 셈이지요. 그러니 회장님께서는 당연히 신선이십니다."

"해몽(解夢)도 좋네! 허허허!"

10분쯤 걸었을까. 이들은 몸을 돌려 다시 미술관 쪽으로 걸어온다.

"미술관이 여느 평범한 별장처럼 보이네요."

"겉보기로는 그렇지요? 건축 허가를 받을 때는 쪼맨한(조그마한) 벨장(별장) 하나 짓는다고 했소만…."

"거대한 지하 전시관과 수장고는 허가받지 않았습니까?"

"일일이 허가받을 꺼 없소. 비밀 미술관이어서 간판도 안 달았소. 항공 촬영(촬영)해도 울창한 숲 때미네 지상 전시간(전시관) 건물이 나타나지도 않소."

실제로 인터넷 검색 포털에 들어가 이 부근을 지도로 확대해보아도 수풀만 보인다. 작은 별장 옥상이 희미하게 나타날 뿐이다.

"나중에 적발되면 낭패당하지 않겠습니까?"

"똥도야지(돼지) 겉은(같은) 건력자(권력자) 놈들 썩은 잇똥 내미(냄

220

새) 안 풍기는 치에법껀(치외법권) 지역을 내 맘대로 만들고 싶었소. 저기가 그런 곳이오."

"그러다가 법에 걸리면 어떡하실려구요?"

"헌법에 보장된 저항껀(저항권)을 행사하는 중이오."

"저항권이라… 회장님, 무섭지 않으신지요?"

"내 나이에 무서울 게 뭐 있었소? 할배 테러리스트로 나서고 싶은데."

"테러리스트라면 누구를 응징하시려고?"

"똥도야지 놈들… ."

탁 회장이 냉소를 짓는 동안 해는 서쪽으로 넘어가 사위(四圍)엔 땅거미가 깔렸다. 장다희 관장은 이젤과 캔버스를 들고 미술관 쪽으로 걸어가며 탁 회장에게 저녁 일정을 보고했다.

"며칠 전에 말씀드렸습니다만… 저희에게 귀중한 문화재를 맡긴 분들이 오늘 저녁에 방문하십니다. 두 분은 이탈리아에서 오십니다."

"쿠레오파트라(클레오파트라) 왕간(왕관)하고, 시자(시저) 죽인 보검 맡긴 분?"

"예. 마르티노 박사님과 줄리아 양입니다. S대 의과대학 갈용소 교수도 동행하십니다."

이윽고 방문객들이 도착했다. 보안을 이유로 이들은 서울에서 단양까지 눈이 가려진 채 미술관 측에서 제공한 승용차를 타고 왔다.

갈 교수는 투덜거렸지만, 마르티노 박사는 철저한 보안책에 오히려 안도했다.

"먼 길 오신다꼬 수고 많았십니더. 어서 오이소!"

탁 회장의 인사말을 장 관장이 유창한 이탈리아어로 통역했다.

"저희 문화재를 안전하게 보관해주셔서 감사합니다. 어디에 수장했는지 보고 싶군요."

장다희 관장이 마르티노 박사 일행을 수장고까지 안내했다. 2중, 3중의 개폐 보안장치를 단 출입문을 통과하면 이보다 더 두터운 문이 또 나오고…. 미로를 헤맨 끝에 지성소(至聖所) 같은 공간에 보관된 클레오파트라의 왕관과 브루투스의 검을 발견한 마르티노와 줄리아는 그 앞에서 무릎을 꿇고 제의(祭儀)를 올리듯 중얼중얼 기도문을 길게 읊었다.

갈용소 교수가 미간을 잔뜩 찌푸려 경건한 표정을 짓고 있는 마르티노에게 슬며시 물었다.

"문화재가 귀중하기는 하지만 우상처럼 숭배하면 곤란하지 않습니까?"

마르티노는 그제야 미간을 펴고 활짝 웃으며 대답한다.

"우상처럼… 이 아니라 우상으로 숭배합니다."

"지금이 고대나 중세도 아닌데요."

"이 왕관은 지혜의 상징입니다. 클레오파트라 여왕은 난세(亂世)에 치밀한 외교술과 탁월한 언어감각으로 이집트를 부흥시킨 영웅 아닙니까? 그래서 이 왕관을 쓰면 머리가 맑아지고 통찰력이 생긴다고 해요. 실제로 제가 20여 년 전에 이 왕관을 잠시 쓰고 머리가 맑아져 박사학위 논문을 완성했답니다. 그리고 브루투스의 칼은 힘과 용기를 준답니다."

줄리아도 맞장구쳤다.

"브루투스의 칼을 마피아가 노리는 것도 그런 이유 때문이지요. 저도 잡념, 불안으로 시달릴 때면 이 칼을 잡고 용기를 회복한답니다."

갈 교수는 마르티노 박사가 정규 대학의 교수가 되지 못하고 재야 학자로 활동하는 원인을 파악했다. 이런 신비주의를 주장하면 정통파 학자의 눈에는 이단(異端)으로 비치지 않겠는가.

다이닝 룸으로 자리를 옮겨 저녁 식사를 했다. 메뉴는 그리 화려하지 않은 갈비찜 한정식, 술은 복분자주.

장 관장은 손님들에게 음식에 대해 설명했다.

"보안상 여러 사람을 들락거리게 할 수 없어 소박한 한국식 밥상을 마련했습니다. 이탈리아에서 한국식당을 열어 이탈리아 현지인의 입맛에 맞는 한국 요리를 만들었던 셰프가 오늘 저녁상을 차렸습니다."

탁 회장이 복분자주가 든 와인잔을 들며 건배를 제의했다.

"이 뻘건 피껕이(같이) 생긴 술매이로(술처럼) 열정적으로 우리 간계(관계)를 맺어보입시더! 건배!"

갈비찜 맛을 본 마르티노는 눈을 껌벅거리며 말한다.

"이렇게 맛있는 요리는 처음 먹어봤습니다."

줄리아도 서투른 젓가락질로 숙주나물을 먹어보곤 감탄사를 내뱉었다.

"코레아 샐러드가 이렇게 맛있나요?"

마르티노는 장 관장에게 요리를 만든 셰프를 만나고 싶다고 청했다.

장 관장이 머뭇거리자 탁 회장이 손님 요구대로 하라는 신호인 듯 고개를 끄덕거렸다.

도민구가 나타나 물결처럼 흐르는 이탈리아어로 인사했다.

"제 요리에 대해 칭찬하시니 그저 감사할 따름입니다. 한국 음식은 자연 재료의 본질을 최대한 살리는 데 특징이 있습니다."

갈 교수가 도민구를 보고 반색했다.

"구면이군요. 일전에 로마행 비행기에서 만났고, 로마 식당에서도 뵈었지요?"

"비행기 안에서 경기 걸린 아기를 살린 의사 선생님이시지요?"

"의사라지만 돌팔이나 다를 바 없습니다. 그런데 여기에 어떻게?"

도민구가 즉답을 하지 못하고 우물쭈물하자 장 관장이 대신 설명했다.

"도 선생님은 원래 테너 성악가였습니다. 개인 사정에 의해 노래를 접고 로마에서 한국식당을 경영하셨지요. 그러다 이탈리아 청춘 남녀가 한국 방송에 출연하는 일을 도우려고 귀국한 것입니다. 오늘 여러분을 위해 특별히 저희 미술관에 오셔서 정성스레 요리를 장만해주셨답니다."

갈 교수는 그 이탈리아 청춘 남녀가 출연하는 프로그램을 봤다며 반가워했다.

"이탈리아 처녀, 총각이 어쩜 그렇게 한국말을 잘 하는지, 깜짝 놀랐답니다. 그 아가씨는 어디선가 낯익은 얼굴이던데요."

"제 로마 한국식당 종업원이었습니다. 이름은 소피아… 프리랜서 저널리스트로 이탈리아 신문에 꽤 자주 기고한답니다. 북한 지도자를 한국어로 인터뷰하겠다며 말을 배웠다고 합니다."

"청년은?"

"소피아의 남자친구인 무기고(Mughigo)인데 이 친구도 프리랜서 저널리스트, 시인 등으로 활동한답니다."

"이름이 무기고?"

"묘하게도 그렇습니다. 그래서 이들 남녀가 진행하는 프로그램 제목에 '무·소'가 붙었지요."

갈 교수와 도민구의 대화를 장 관장이 동시통역 방식으로 마르티노와 줄리아에게 나지막하게 이탈리아어로 전했다.

'북한 지도자'라는 말을 들은 줄리아가 눈썹을 치켜 올리며 말문을 연다.

"걔? 중학생 때는 얌전했는데 ….."

도민구가 줄리아에게 질문했다.

"북한 지도자의 학창 시절을 어떻게 아시나요?"

"스위스 베른 중학교 동기생이에요. 저희 아버지가 스위스에서 외교관으로 근무하셔서 저도 그 학교에 다녔거든요."

"친한 편이었나요?"

"같은 동아리였어요. 전 세계에 흩어진 동아리 멤버들은 요즘도 인터넷 사이트에서 서로 연락을 주고받아요."

"북한 지도자에게도 연락이 닿나요?"

"글쎄요. 걔가 요즘 그 사이트를 열어보는지는 모르겠습니다만 … 암튼 저희끼리는 모든 소통은 고대 메소포타미아 지방에서 쓰던 쐐기문자를 암호로 사용한답니다."

"쐐기문자?"

줄리아는 A4 용지를 꺼내들더니 그 위에 다음과 같은 글자를 쓴다.

𒀭 𒈜 𒀯 𒀸 𒀷 𒀺

"모양이 이상하지요? 함무라비 법전은 이 쐐기문자로 작성됐답니다."

도민구와 갈 교수, 탁 회장, 장 관장은 모두 이 신비한 글자를 보고 눈이 휘둥그레졌다.

도민구는 줄리아에게 간청했다.

"북한 지도자에게 연락하여 이탈리아 저널리스트 소피아와의 인터뷰를 성사시켜 주세요!"

이들의 대화를 듣던 탁 회장도 끼어들었다.

"나도 북한 지도자를 만나고 싶소. 원자폭탄, 수소폭탄 위협(위협)을 받으며 살아가는 한국 국민들을 살리는 방안을 그자와 담판 지으려 하오. 그리고, 헐벗고 굶주리는 북한 주민들을 돕는 방안도 협이(협의) 할까 카는데 …."

장 관장이 듣기에 탁 회장이 좀 '오버'하는 것 같았다. 민간 차원에서 북한주민을 돕는 운동가들은 있지만, 마치 남북 정상회담을 펼칠 것처럼 나서는 민간인이 있었는가?

남북한 관계의 미묘하고 절박한 관계를 잘 모르는 줄리아는 순진하게도 쉽게 대답했다.

"오늘 밤에라도 암호 문자를 보내볼게요. 걔가 그땐 저를 졸졸 따라다녔는데 … 호호호!"

도민구는 뜻밖의 기회를 잡은 듯하여 침을 꼴깍 삼키며 소피아의 인터뷰 장면을 머릿속에 그려보았다. 카메라를 들이댈 수 있을까. 어디에서 만날 수 있을지?

탁 회장은 이탈리아에서 온 젊은 여성의 말을 액면대로 받아들이기

226

어려웠다. 그녀가 북한 지도자라고 믿는 중학생 동기생은 혹시 다른 동양인이 아닐까?

"제게 부탁하셨으니 제 간청도 들어주시겠어요?"

복분자주 몇 잔을 마신 줄리아는 발갛게 달아오른 얼굴을 도민구에게 향하고 말했다.

"무슨 간청을? 제가 할 수 있다면 들어드려야지요."

"테너 성악가였다면서요? 한국 음식을 먹고 한국 술을 마셨으니 한국 노래를 듣고 싶군요."

도민구는 거절할까 말까 잠시 망설이다 '한국 노래'라는 단어가 귀에서 맴돌았다.

'이런 기회를 거절하면 누가 한국 노래를 부르랴?'

무대를 떠난 지 오래되었지만 노래를 사랑하는 사람 앞에서는 언제든 목청을 울려야 하는 것이 '노래쟁이'의 숙명이 아닌가?

"좋습니다. 오랜만에 한 곡조 뽑아보겠습니다."

"이왕이면 평화와 관련된 노래가 좋겠어요."

도민구는 어릴 때 감명 깊게 들었던 한상억 작시, 최영섭 작곡, 백남옥 메조 소프라노의 명곡 〈그리운 금강산〉이 떠올랐다.

"누구의 주제런가/ 맑고 고운 산// 그리운 만이천봉/ 말은 없어도// 이제야 자유만민/ 옷깃 여미며// 그 이름 다시 부를/ 우리 금강산 ···."

짝, 짝, 짝!

"브라보!"

갈채와 환호가 이어졌다.

모두 그런 반응을 보이는데 유독 탁 회장만은 고개를 숙이고 있었다.

"회장님, 어디 불편하세요?"

장 관장이 탁 회장의 어깨에 손을 살며시 대며 물었다. 어깨가 들썩였다. 탁 회장은 울고 있었다. 분위기가 숙연해졌다.

"가사, 곡조, 노래 솜씨가 너무 좋아서 … ."

그렇게 중얼거린 탁 회장은 고개를 들어 벌게진 눈으로 도민구를 바라보더니 벌떡 일어선다. 탁 회장은 절뚝거리는 걸음으로 도민구에게 다가가 그의 손을 덥석 잡는다.

"흙수저 음악제, 한번 하입시다! 꼭 출연해주이소!"

"흙수저 음악제? 그런 행사도 있습니까?"

"우리가 맹글어(만들어) 봐야지요."

그날 밤 부초미술관 게스트 룸에서 묵은 줄리아는 재미 삼아 북한 지도자에게 암호를 보냈다. 도민구의 부탁대로 이탈리아 저널리스트를 만나보라는 제의와 함께 중학교 친구들의 근황을 적었다.

미술관 마당의 벤치에 나란히 앉은 도민구와 장다희.

"이런 심산유곡에 대규모 미술관이 소리 소문 없이 지어졌다니 대단한 일이군."

"저희 탁 회장님이 아까 흙수저 음악회 이야기하셨잖아요. 그분 자신이 흙수저 출신이어서 그런 행사를 구상하시는 모양이에요."

"회장이 흙수저 출신을 좋아하는 모양이네?"

228

"맞아요. 제가 이 미술관 관장으로 발탁된 것도 그 이유 때문이죠."

"나도 뼛속까지 흙수저이지. 하하하!"

갈 교수와 마르티노 박사는 미술관 휴게실에 마주 보고 앉아 커피를 마시며 담소를 나누었다.

"박사님께서 일전에 선물로 주신 루왁 커피, 맛있게 잘 마셨습니다. 몇몇 지인들에게 권했더니 향기가 아주 좋다고 극찬하더군요. '고양이 똥 커피'라고 실토하니 그들의 표정이 울상으로 바뀌더라구요. 하하하!"

"모르는 게 약이다, 라는 한국 속담이 있다면서요?"

"한국에 대해서도 많이 연구하셨군요. 그건 그렇고… 대부님이 마피아 공격을 받아 별세하셨다니 안타깝네요. 왕관과 보검의 행방에 대해 마피아들이 알고 있는지요?"

"낌새가 이상합니다. 한국으로 빼돌렸다는 사실을 눈치챈 것 같습니다. 그러니 여기 미술관의 보안을 더욱 강화해야 합니다."

"저도 이곳이 어디인지 모릅니다."

줄리아는 창문을 열고 하늘을 쳐다보았다.

북두칠성이 어디 있나? 앗, 저기!

북두칠성은 7개가 아니라 자세히 보면 8개! 마지막 꼬리 앞의 별은 이중성으로 망원경으로 보면 두 개의 별로 보인다. 맑은 하늘에서 눈이 아주 밝은 사람은 볼 수 있다. 고대 로마에서는 병사의 시력 측정법으로 쓰였다.

줄리아는 여덟 번째 별을 본 날엔 행운이 찾아온 경험을 몇 번 했다.

혹시나 하고 노트북을 열어봤다. 북한 지도자에게서 암호가 왔다!

✳ ✢ ⪜ ✺ ⪐ ⫿ ⋈ ⩣

탁 회장은 숙소 테이블에 혼자 앉아 복분자 술을 홀짝홀짝 마셨다. 취기가 오르자 실내가 답답해져 미술관 바깥으로 나왔다. 컴컴한 하늘에서는 헤아릴 수 없이 많은 별들이 저마다 빛을 뿜고 있다.

"내가 코흘리개 때 곡마단 찢어진 천막 틈 사이로 저런 벨(별)들이 보였지."

탁 회장은 그렇게 중얼거렸다. 곡예사인 탁 회장의 어머니가 공중그네를 타다 떨어져 크게 다친 날도 별들이 유난히 찬란한 빛을 뿜었다.

"우리 어무이(어머니), 저 하늘에서 벨이 됐을까?"

탁 회장은 어머니의 동그란 얼굴을 떠올리며 미술관 주위를 걸었다.

벤치 쪽에서 도란도란 나누는 이야기 소리가 들린다. 탁 회장이 눈을 크게 뜨고 그쪽을 살펴보니 도민구와 장다희가 앉아 있다. 심야에 두 남녀가 앉아 있다니!

탁 회장은 이들의 데이트를 방해하지 않으려 얼른 몸을 돌렸다. 그러나 부스럭거리는 소리를 들은 장 관장이 벌떡 일어서며 말을 걸었다.

"회장님, 잠이 오지 않으십니까?"

탁 회장이 엉거주춤 서 있으니 도민구도 일어서서 말문을 연다.

"회장님, 여기 벤치에 앉아 하늘을 좀 보십시오. 유성우(流星雨)가 떨어지는 광경을 볼지 모릅니다."

"두 사람 데이또하는데 내가 방해하는지 모르겠네!"

"저희는 사제지간입니다. 제가 청년 시절에 여고에서 음악을 가르칠 때 제자 … ."

"그런 인연이 있었소? 두 사람이 함께 있으이 보기가 너무 좋아서."

장 관장이 농담 반 진담 반으로 말한다.

"회장님, 도민구 선생님은 제 첫사랑이었어요!"

"첫사랑이라! 보아 하니 두 사람이 모도(모두) 노총각, 노처녀 같은데 첫사랑 겸 마지막 사랑으로 삼아도 좋겠네요."

" …… ."

세 사람은 나란히 벤치에 앉아 하늘을 쳐다본다.

탁 회장이 문득 도민구의 손을 꼭 잡고 부탁한다.

"내가 노래 듣는 기(귀)는 없지만 아까 노래 듣기가 너무 좋데요. 저 하늘 벨을 보이께 그 머시더라, 이태리 노래 중에서 〈벨은 빛나건만〉인가 먼가(뭔가) 하는 노래 있지요? 그거 들어보면 좋겠는데, 불러줄 수 있겠소?"

〈토스카〉의 유명한 아리아 〈별은 빛나건만〉은 도민구와 장 관장이 청년, 소녀 시절에 함께 즐겨 부르던 노래다.

요즘 들어 편안한 마음으로 노래를 부르니 무대공포증에서 점점 벗어나는 느낌이 든 도민구는 탁 회장의 청을 받아들였다.

"에 루체반 레 스텔레(E lucevan le stele; 별들은 반짝이고) / 에 올레스차바 라 떼라(e oleszava la tera; 대지는 향기로운데) / 스뜨리데아 루시오 델로또(stridea l'uscio dell'oto; 저 화원 문을 열고) / 에 운 빠쏘 스피오라 바 라 레나(e un passo sfiorava la rena; 가벼운 발자국소리 났네) … ."

도민구의 노래를 멀리서 들은 갈 교수와 마르티노, 줄리아도 바깥으로 나와 박수를 쳤다.

"브라보!"

그들은 일제히 환호했다.

"노랫값을 드리겠어요."

줄리아가 도민구에게 다가가 활짝 웃으며 말문을 연다.

"뭘 받으려 부른 노래가 아닙니다."

"드리고 싶은 기쁜 소식이 있답니다!"

"기쁜 소식?"

"테너님께서 북한 지도자 인터뷰를 주선해보라 하셨잖아요. 방금 응답이 왔어요."

"예?"

"암호를 풀이하는 중입니다. 저를 기억하더군요."

"암호로 소통한다 … 그것 참, 묘하군요!"

탁 회장이 거기 모인 전원에게 당부했다.

"오늘 우리끼리 말한 거, 밖에서 발설하모 안 됩니데이! 기간(기관)에서는 국가보안법이니 뭐니 들이대면서 우리를 끌고 갑니데이!"

도민구는 줄리아에게 간청했다.

"힘드시겠지만 지금 숙소에 돌아가셔서 암호를 모두 해독해 주시겠습니까? 너무도 궁금해서 기다리기 어렵군요."

"알겠습니다. 대신 제가 돌아오면 노래 하나 더 불러주셔야 해요."

10분쯤 후에 줄리아가 다시 나타나 해독한 암호를 설명했다.

"직접 인터뷰는 곤란하고 마카오의 지정 장소에서 화상 대담을 하자는군요."

"언제쯤?"

"구체적인 시간과 만날 장소는 추후 알려준답니다."

"그런 사무적인 내용만 있었나요?"

"예? 그럼 무슨 사랑 고백 같은 것도 있었을까요? 호호호!"

"당연히 그러지 않겠습니까? 하하하!"

"노래를 더 불러주시기로 하셨으니 … 이왕이면 오늘 자리를 마련해 주신 회장님의 애청곡으로 … ."

탁 회장은 애청곡, 애창곡이 뭐냐는 질문을 받고 평소 귀와 입에 익은 노래 〈봄날은 간다〉를 청했다.

"정통파 테너한테 유행가 부탁하는 기 겔레(결례)인 줄 알지만 울 어무이가 곡마단, 악극단에서 부르던 노래라서 … ."

"저는 유행가니 클래식이니, 가리지 않습니다. 회장님 애청곡이라면 기꺼이 부르겠습니다.

연분홍 치마가 봄바람에/ 휘날리더라// 오늘도 옷고름 씹어 가며/ 산제비 넘나드는 … ."

탁 회장은 감정이 북받치는지 노래를 들으며 눈시울을 훔쳤다. 장 관장이 손수건을 꺼내 탁 회장의 눈 부위를 닦아준다. 그녀의 부드러운 손길이 닿자 탁 회장은 눈물을 그치는 게 아니라 오히려 꺼억꺽 소리를 내며 울먹거린다. 장 관장이 비쩍 마른 노인의 어깨를 토닥거려주자 탁 회장은 어엉, 하고 울음을 터뜨리며 장 관장의 품에 안긴다.

"어무이! 어무이예!"

장 관장은 아무 말 없이 탁 회장을 양팔로 감싸 안고 오른손으로 그의 등을 토닥거린다.

룸살롱 마담의 화려한 변신

부초미술관 설립자 탁종팔 회장은 장다희 관장을 일본 오사카에 데리고 갔다.

"옛날에 흘러간 물견(물건)들을 도로 사올라꼬!"

"일본에 나간 미술품들이 많았나 보지요?"

"국보급 문화재들이 수두룩하지 ….."

"그런 귀중한 물건은 공식 경매시장에서 거래되지 않는가요?"

"국보급 진짜배기는 암암리에 사고팔지 …. 서양에서도 마찬가지요. 소다비(소더비), 쿠리스티(크리스티)에서 경매되는 기(것이) 전부는 아니지 ….."

오사카의 고색창연한 전통 요정. 입구에 들어서니 늙은 고양이가 하품을 하더니 눈을 껌벅거리며 탁 회장을 바라본다.

탁 회장은 10대 소년 시절에 형님으로 모시던 문화재 밀매업자인 재일교포 오범선 옹을 만났다.

"헹님 연세가 몇인데 아직도 정정하시네예?"

"망백(望百)이라네. 지팡이 없이도 걸음은 똑바로 걷지만 정신은 오락가락한다네."

"지(저)는 다리에 힘이 풀려 지팡이 없이는 걷기 에렙습니더(어렵습니다). 헹님보다 먼저 숟가락 놓을 팔자인 모양입니다."

"이 사람아! 좋은 세상에 백 살 넘게 살아야지!"

오 옹은 장다회를 슬쩍 훔쳐보고는 눈을 찡긋하며 의미심장한 웃음을 짓는다. 탁 회장의 젊은 애인으로 본 모양이다. 탁 회장은 이를 눈치채고 버럭 소리를 질렀다.

"아이고 헹님, 의심하지 마소! 이 여성은 우리 미술간(관) 간장(관장)인데 아직 시집도 안 간 처녀요! 하하하!"

"내가 큰 실례를 저질렀구먼."

오 옹이 사과한다는 뜻으로 장 관장에게 술을 한 잔 따라줬다.

장 관장은 아흔한 살 노인인 오범선 옹이 여전히 어깨가 떡 벌어지고 목소리가 카랑카랑해 놀랐다.

"어르신, 건강 비결이 무엇인지요?"

"청년 시절엔 운동깨나 했다오. 역도산처럼 스모와 레슬링도 했고 … 중년 이후엔 매일 맨손체조를 해왔소. 요즘 말로는 수투레칭구(스트레칭) …. 그리고 이것저것 가리지 않고 먹지요. 오래 살려면 소식(小食)하라는데 나는 굳이 음식량을 제한하지는 않는다오."

"역도산?"

"불세출의 프로레슬러요! 요즘 젊은이들에겐 생소한 인물인 모양인데 우리 세대에겐 우상이었소. 한국인이어서 내가 더욱 존경한 인물 …."

탁 회장은 지장보살도, 수월관음도 등을 되사고 싶다고 밝혔다. 고려불상, 고려청자, 조선백자 등도 구할 수 있는 물량을 모두 사겠다고 말했다.

"대동아전쟁 때 일본이 패망하고 조선은행 임원들이 기국(귀국) 할 때 조선 국보를 엄청나게 챙겨갔다 카데요! 헹님이 애들을 풀어 그 물견들 좀 찾아주소!"

"대한민국 국립박물관에서 해야 할 일을 왜 아우님이 하시나?"

"국립박물관 문화재 구입 여산(예산)이 몇(몇) 푼 안 되는 데다 암시장 물견들을 살 수가 없다 아입니꺼? 지(제)가 마음 묵고 사는 기(게) 헐씬(훨씬) 빠르지예."

"자네가 설치는 게 공권력에 대한 도전 같은데?"

"도전이 앙이라 반란입니더! 하하하!"

"자네 기개(氣槪)가 대단하구만! 요새 일본에서는 노인 강력범들 때문에 골치 아픈데 자네는 초강력범일세!"

"지(저)는 학신범(확신범)입니더! 잡범 말고 국기(國基)를 흔드는 양심범!"

"가질 것 다 가지고, 누릴 것 다 누리는 자네가 늘그막에 웬 과격한 발상인가?"

"지가 흙수저 출신 아입니꺼? 요새 한국에서는 소수(少數) 금수저는 설치고 다수(多數) 흙수저는 찍소리 못하는데 이래서 '헬조선'이니 뭐니 하는 말이 나옵니더. 지가 이런 구조를 확 바꾸는 데 앞장설라꼬예."

오 옹은 따끈한 사케를 천천히 마신 후 고개를 끄덕이며 말을 잇는다.

"대한민국의 숨은 부자인 자네가 그런 결심을 했다니 흥미진진하네!"

"정치판, 검찰, 언론 … 힘 있는 기관을 모조리 바꿀 낍니더!"

"허허, 자네 너무 야심이 큰 거 아닌가?"

"전 재산을 바칠 낍니더. 기분 같애서는 결사대를 조직해서 엉터리 권력자들을 처단하고 싶은데 … ."

"내가 젊었을 때 야쿠자 하수인으로 일하면서 주먹과 회칼을 자주 휘둘렀지. 때로는 의협심에 칼침을 놓기도 했지만 폭력은 또 다른 폭력을 부를 뿐이야. 고약한 놈들을 보면 때리지는 말고 망신 주고 골탕만 먹이도록 하시게!"

"헹님이 운제(언제) 부터 비폭력 펭하(평화) 주의자가 됐심니꺼?"

"인도 간디 선생에게서 배웠다!"

"알겠심더. 간디 공부 좀 하겠심더."

술을 몇 잔 마신 후 탁 회장은 오 옹에게 넌지시 물었다.

"쓸 만한 기술자, 서넛 구할 수 있겠심니꺼?"

"중국에서 온 천재 기술자 둘이 있어. 자네가 젊은 시절에 기술자로 활약할 때와 엇비슷한 솜씨를 가진 프로들일세."

"아이고, 젊은 여자(장 관장) 앞에서 제 가거(과거) 이야기를 꺼내시니께 민망하네예."

"기술자들을 한국에 보내주랴?"

"6개월 정도 모시겠심더."

장 관장은 '기술자'라는 은어(隱語) 가 뭘 의미하는지 알 수 없었다. 탁 회장이 젊은 시절에 기술자로 활약했다니?

이들이 술을 여러 잔 마셔 취기가 오를 무렵 얼굴에 하얀 분칠을 한 늙은 여성 악사가 방에 들어와 샤미센(三味線) 을 연주하겠다고 한다.

일흔쯤 되었을까?

탁 회장과 오 옹은 정종을 마시며 연주를 들었다. 장 관장은 그 현악기의 처연(凄然)한 음색을 들으며 인생의 황혼을 연상했다.

끼~잉, 끼끼~잉 ….

수십 년간 샤미센을 연주했을 그 노기(老妓)는 그날 저녁이 마치 마지막 연주일이라도 되듯 이마에 땀방울을 흘리며 혼신의 힘으로 활을 켰다.

끼끼끼~잉!

피날레 부분을 그렇게 연주하고 할머니 연주가는 앞으로 푹 고꾸라졌다. 노(老) 예술가의 절정의 순간이었다.

"내 인생에서 범상(凡常)한 날은 없구마!"

탁 회장은 그렇게 독백하고는 요정 주인을 불러 두툼한 돈봉투를 꺼내 그 연주가의 은퇴 후 요양비로 쓰라고 건네주었다.

이튿날 오전에 오사카 시내 숙소인 N호텔로 찾아온 오 옹은 탁 회장에게 큼직한 상자 하나를 건네주었다. 겉에 용이 새겨진 것으로 보아 왕실 물건을 보관하는 상자인 듯했다.

"이기(이것이) 멉니꺼(뭡니까)?"

"열어보시게."

탁 회장은 꺼낸 물건이 구중심처(九重深處)의 여성 의상임을 알고 눈이 휘둥그레졌다.

"조선의 왕비나 공주가 입었던 옷?"

"자네 감식안이 날카롭군!"

탁 회장은 옷을 펼쳐 문양과 바느질을 세세히 살핀다. 가슴 부근이 찢어졌고 거무스름한 핏자국이 남아 있다. 탁 회장은 미간을 찌푸린 채 입을 열었다.

"이 옷 주인이 살해당했십니꺼?"

"그렇다네."

"누구 옷인지?"

"… 놀라지 마시게. 명성황후!"

"뭐라꼬예?"

"최후의 순간에 입고 계시던 바로 그 예복이라네."

"허!"

탁 회장과 장 관장은 망연자실(茫然自失)하여 입을 벌렸다.

이윽고 탁 회장은 정신을 차려 입수 경위를 물었다. 오 옹은 눈을 지그시 감은 채 느릿느릿한 말투로 대답했다.

"내 대부님이 가보(家寶)로 간직하던 것이야. 대부님의 증조부께서 청년시절에 낭인 협객이었는데, 조선에 가서 명성황후 시해사건에 직접 가담한 당사자였다고 하네. 황후는 시해당한 후 시신이 불태워졌지. 불태우기 직전에 증조부가 겉옷을 벗겨 보관하였다고 하네."

"이 옷을 헹님이 와(왜) 갖고 계십니꺼?"

"대부님은 언젠가 한국에 다녀오시더니 부활한 명성황후를 보았다는 둥, 황후께서 입던 옷을 돌려주어야 한다는 둥 해괴한 소리를 하시는 거야. 대부님은 자택에 명성황후 추모 사당을 짓고 속죄 기도를 올리며 살았지. 작년에 작고하셨는데 … 임종 때 나에게 이 옷을 주시면서 한국에 가서 되살아난 명성황후를 만나 전해달라는 유언을 남기셨어."

"황당(荒唐) 무계한 스토리네예."

"이 옷에는 황후의 처절한 원(怨)과 한(恨)이 배어 있어 기(氣)가 약한 여성은 만지기만 해도 쓰러진다는군. 나도 이 옷을 받은 후 밤마다 명성황후가 꿈에 나타나 부릅뜬 눈으로 나를 노려보는 바람에 죽을 지경이야."

"섬뜩합니더!"

"자, 이 옷을 자네에게 주겠네. 부활한 명성황후를 찾아 주인께 드리시게!"

인천공항에 도착하자 탁 회장의 딸 탁하연 여사가 마중을 나왔다. 그녀는 장 관장을 의식한 듯 아버지 팔짱을 끼고 아양을 떨며 달라붙었다.

"니는 부간장(부관장) 잉께네 앞자리 조수석에 앉거라. 간장(관장)님이 니보다 상석에 앉아야제."

탁 회장과 장 관장은 뒷좌석에 나란히 앉았다. 탁 여사는 얼굴을 뒤로 돌려 묻는다.

"아빠, 일본에서 물건 많이 찾았어요?"

"일단 부탁만 하고 왔다. 요 메칠(며칠) 새 미술 공부 마이(많이) 했나?"

"권력가 안팎을 쑤셔서 목에 힘깨나 준다는 분들이 소장한 문화재들을 확인했어요. 몇몇 장차관, 정치인, 법조인들이 뇌물 조로 받은 정황을 파악했구요."

"그래? 제법이구만. 내물(뇌물)이 학실(확실)하모 한수(환수)해야지."

"누가 환수하나요?"

"그걸 몰라서 묻나? 내가 해야지, 안 그렇나?"

"아빠가 무슨 자격으로?"

"정의(正義)의 대리인으로 … ."

"그들은 모두 칼을 가진 분들이니 조심하셔야 해요."

"'정의는 힘이 쎄다'라는 말을 못 들어봤나?"

"아빠가 이젠 마치 정의의 사도 같으시네!"

"잔소리 말고 건력가들이 가진 미술품 리스트 만들어 바라(봐라)."

  탁 여사가 작성한 리스트에서 1번에 오른 전직 권력부처 장관 H씨. 그의 소장품 가운데 가장 대표적인 물건은 백제금관이란다. 일제강점기 때 도굴된 것으로 문화재 밀매업자들의 입에서 전설처럼 회자되는 물건이다. 물론 문화재로 정식으로 등록되지 않았고 '양지'에서 공개된 적이 없다.

  H장관이 어떤 경위로 이를 입수했는지는 알 수 없으나 모 재벌이 알짜 공기업을 불하받도록 힘써준 대가로 받았다는 것이 다수설이다. 소수설은 금수저 출신인 H장관이 선대로부터 물려받은 것이란다. H장관의 친가, 처가 가계는 모두 구한말부터 노론 계통의 권문세가(權門勢家)다. 백제 금관 도굴꾼은 몇 푼 받지도 못했고 의문의 죽음을 당했다 한다.

  탁 회장은 H장관이 언젠가 대권 도전에 나설 것이란 첩보를 입수했다. 그러면 거액의 활동자금이 필요하지 않겠는가.

  H장관의 며느리가 탁 여사의 대학 후배이며 르네상스회 멤버다. 탁

여사는 그 며느리를 꼬드겨 H장관이 성북동 자택에 탁 회장을 저녁 식사에 초대하도록 했다. H장관과 탁 회장은 이런저런 자리에서 만나 모르는 사이는 아니었으나 독대(獨對)하기는 처음이었다.

"장간(장관)님, 초대해 주셔서 영광입니다."

"모시게 돼 제가 영광입니다."

"장간님께서 메칠 전에 안양 CC에서 홀인원하셨다 카데예. 축하합니더!"

"소문이 그리 빨리 퍼졌습니까? 감사합니다. 하하하!"

H장관의 며느리는 탁 여사가 미리 찔러준 촌지봉투로 S호텔에 교섭하여 출장 요리로 저녁 식사를 마련했다. H장관과 탁 회장은 풀코스 프랑스 요리로 식사를 마치고 코냑을 마시며 환담을 나누었다.

H장관의 머릿속에는 '이 영감탱이가 뭘 노리고 나에게 접근했나?' 하는 의문이 끊이지 않았다. 고(古)미술계의 큰손이라고 하니 혹시 백제금관에 대해 냄새를 맡았나?

탁 회장은 H장관의 표정을 읽고 심경을 짐작할 수 있었다. 이럴 때는 에둘러 말하지 말고 단도직입(單刀直入)이 효과적이다!

"장간님께서 대한민국을 위해서 큰일을 하시야지예! 그랄라카모(그러려면) 필요한 기 많을 낀데 … 톡 까놓고 말씀드리겠습니다. 백제금간(금관), 한 번 구경시켜 주실랍니꺼?"

"백제금관이라뇨?"

"다 알고 왔심더! 가보 아입니꺼?"

"…… ."

H장관의 지하 벙커 개인미술관에 소장된 백제금관을 보고 탁 회장은

견물생심(見物生心)이 꿈틀거렸다.

"값은 얼마든지 쳐줄 모양이니께 지한테 넘기시이소!"

"저희 가보여서 … ."

"이거 밀거래 시장에서 50에 거래됩니더. 지가 열 배인 500 드리겠심니더."

"500억 원이라 … ."

H회장의 입술이 파르르 떨렸다.

"장간님, 그라고 기중(귀중)한 문화재를 자택에 나두모(놓아두면) 곤란합니더. 누군가가 들이닥치모 우짤라꼬 그랍니꺼?"

"그럼 어디에다 맡기겠습니까?"

"지가 운영하는 미술관에 맽기시이소. 완벡(완벽)한 보안 시수템(시스템)이 작동한께네 안심하셔도 됩니더."

그래서 일단 그 백제금관은 부초미술관에 임시로 소장됐다. 중국에서 온 '천재 기술자'는 미술품 위조 전문가였다. D씨는 그림, F씨는 조각, 금속공예 담당이었다.

F씨는 H장관 소장품인 백제금관을 보름 만에 거의 완벽하게 만들어 냈다. 1,500년 전 왕관처럼 보이게 하기 위해 푸르스름한 녹도 만들어 붙였다.

H장관은 금관을 바깥에 맡긴 뒤 밤마다 꿈자리가 뒤숭숭해 낮에는 머리가 멍했다. 낮잠에도 조상들이 나타나 질책하는 악몽을 꾸었다.

'가보를 팔았다간 천하에 불효자가 되는 것 아닌가? 그리고 그 영감탱이를 믿을 수 있을까?'

이런 불안감 때문에 결국 탁 회장에게 금관을 돌려달라고 했다.

"혹시 앞으로도 팔 의향 있으모 지한테 연락하이소!"

탁 회장은 천진난만한 웃음을 터뜨리며 금관을 반환했다. 며칠 후 H 장관이 탁 회장에게 전화를 걸어왔다.

"이제 편하게 잠을 잡니다. 금관이 제겐 수호 무사 역할을 하는가 봅니다. 회장님, 감사합니다."

전화를 끊고 탁 회장은 혼자서 쓴웃음을 지었다.

'가짜 금관을 붙들고 수호 무사라고? 하하하!'

탁 여사가 작성한 리스트 2번의 주인공은 모 사립대학재단 L이사장. 조선의 '3원 3재' 화가의 명작 다수를 소장하고 있다 한다. 3원이라면 단원(檀園) 김홍도, 혜원(蕙園) 신윤복, 오원(吾園) 장승업 등 3명이고, 3재라면 겸재(謙齋) 정선, 현재(玄齋) 심사정, 관아재(觀我齋) 조영석 등 3명이 아니겠는가.

L이사장의 별명은 '비리 백화점'이다. 교수 채용 때 금품 강요는 약과이고, 공금 유용과 입시 부정은 다반사, 폭행과 성희롱은 취미이다. 무수한 고소, 고발을 당해도 요리조리 무혐의로 빠져나온다. 친가, 외가, 처가, 사돈댁은 모두 권가(權家)이다.

탁 회장은 L이사장 같은 인간말종은 언젠가 자기 손으로 응징하고 싶었다. 권력자에겐 흐물흐물한 공권력 대신에 따끔한 맛을 봐줘야 할 것 아닌가! 그러던 차에 리스트에서 L이사장의 이름을 발견하곤 더 이상 미루지 않기로 작정했다. 기분 같아선 L이사장을 발가벗겨 놓고 회초리로 볼기짝을 찰싹찰싹 때리고 싶다. 아니면 똥침이라도 찌르고 싶다. 그러나 그런 물리적 린치는 자제해야 한다고 간디 선생이 가르치셨지!

탁 회장의 지휘에 따라 L이사장 골탕 먹이기 작전은 착착 진행됐다.

먼저 장다희 관장과 탁하연 여사가 L이사장을 방문해 '3원 3재 특별전' 계획을 설명했다. L이사장의 소장품도 출품해달라고 요청했다. L이사장의 처제가 르네상스 회원이어서 그녀를 앞세우니 접근하기가 수월했다.

탁 여사는 처제와 L이사장의 부인에게 미리 소형 벤츠차를 각각 1대 선물하는 등 '기름칠'을 해놓았다. 부인은 남편에게 단단히 일렀다.

"특별전에 당신 소장품을 꼭 내세요. 그래야 그 그림 값이 올라가요."

L이사장은 마누라와 처제가 '뇌물'을 먹었다는 사실을 짐작하고는 처음엔 뚱한 표정으로 장 관장을 맞았으나 탁 여사가 최고급 골프채 세트를 건네자 금세 입이 쩍 벌어졌다.

L이사장은 '3원 3재'의 그림 각 3점씩 모두 18점을 내놓겠다고 밝혔다. 이 가운데 절반가량은 미공개 작품이란다. 학교 박물관 특별수장고에 숨겨 놓은 그림들을 장 관장이 살펴보니 과연 명작, 대작이었다. 겸재의 〈금강산도(圖)〉는 공개된 여느 금강산도보다 크고 완성도가 높았다.

이 그림들이 부초미술관에 옮겨져 전시회를 준비하는 동안 기술자들에 의해 복제됐다. 중국인 D씨는 신기(神技)에 가까운 솜씨로 단원, 오원, 혜원의 그림들을 베껴 그렸다. 공예전문가 F씨는 그림 모사에도 재주를 보여 구도가 간단한 그림 3개를 만들었다.

탁 회장도 왕년의 기술을 발휘할까 하다가 D씨, F씨의 심기를 건드릴까 걱정스러워 그만두었다.

L이사장 작품의 위작(僞作) 18점은 탁 회장 소장품 30여 점과 함께

부초미술관에서 전시됐다. 부초미술관이 비공개 시설이어서 일반관람객은 받지 않았다. L이사장의 친인척 등 극소수 인사만이 초청됐다. 남성 손님에겐 최고급 골프채 세트를, 여성 손님에겐 명품 핸드백을 선물했다.

관람객 가운데 그 그림이 가짜라는 사실을 눈치채는 사람은 아무도 없었다.

전시회가 끝나고 L이사장은 가짜 그림 18점을 받아갔다.

리스트 3번은 사채업, 부동산업 등으로 떼돈을 번 M회장. 뇌물은 아니었으나 고리채 놀이를 하면서 상대방의 궁박한 상황을 악용하여 미술품을 갈취하다시피 했단다. 특히 외환위기 때 부도위기에 몰린 대기업 총수들의 컬렉션을 시가의 100분의 1 값으로 '폭풍 흡입'했다고 한다. 소장품은 고미술품을 비롯하여 현대 화가들의 명작들도 수두룩한 것으로 알려졌다.

M회장에게 접근하는 방편은 탁 여사의 인맥을 총동원해도 찾을 수 없었다.

탁 회장은 극장 껌팔이 소년 출신인 채봉우 회장이라면 M이란 자와 연결될 것 같았다. 예상이 적중했다.

"그자는 한때 연예 흥행업계에서 저와 라이발(라이벌) 이었지예. 민마담을 사모해 눈물까지 흘리며 구애했으나 개맹크로(처럼) 차였고⋯. 그자는 마누라도 죽고 자석(자식)들도 모두 미국에 가뿌려서 요즘 독거노인 신세라 카데예. 그 많은 재산이 다 무신 소용이 있겠심니꺼?"

민자영 마담!

탁 회장의 머리엔 번쩍 스치는 상념 같은 게 있었다. '룸살롱계의 여왕'인 그녀의 범접할 수 없는 카리스마에서 황후의 기운을 감지했다. 일본에서 갖고 온 명성황후의 옷을 그녀에게 입혀볼까?

부초미술관에 민 마담을 초대했다. 황후에 대한 예우로 눈을 가리지 않고 모셔왔다. 그녀는 부초미술관 주변의 단양 풍경이 마음에 드는 듯 콧노래를 불러가며 풀밭을 걸었다.

"민 여사님, 멀리 오신다꼬 욕봤심니더!"

"신선들이 노니는 곳이군요!"

"인간 가운데는 여사님 겉은(같은) 황후급은 계실 수 있십니더!"

"무수리 출신인데요, 호호호!"

인사가 끝나자 탁 회장의 얼굴은 경건한 모드로 바뀌었다. 접견실에서 그의 왼쪽엔 딸 탁하연, 오른쪽엔 장다희가 앉아 있었다. 탁 회장 앞 탁자엔 무슨 큼직한 상자 하나, 자그마한 상자 하나가 놓여 있었다. 그는 큰 상자 뚜껑을 열어 내용물을 꺼냈다. 명성황후의 옷!

탁 회장은 탁하연에게 옷을 건넸다.

"니가 먼저 입어바라(봐라)."

옷에서 서늘한 기운이 뿜어져 나오는 듯했다. 탁 여사는 그 기운에 압도된 듯 몸을 덜덜 떨며 저고리와 치마를 걸쳤다.

"아!"

탁 여사는 갑자기 얼굴이 하얗게 질리며 비틀거렸다. 그녀는 가쁜 숨을 몰아쉬더니 옷을 벗었다.

"휴우!"

겨우 안색이 정상으로 되돌아왔다.

"아무나 이 옷을 입는 게 아닌가 봐요."

탁 여사는 멋쩍은 웃음을 지으며 의자에 털썩 앉았다.

탁 회장의 눈길이 장 관장에게 쏠리자 그녀는 벌떡 일어나 주섬주섬 옷을 입는다. 그녀의 얼굴은 창백하게 변색되지는 않았지만 호흡이 거칠어졌다. 그녀의 기(氣)는 보통 여성보다는 훨씬 셌지만 황후급은 아닌 모양이다.

탁 회장은 작은 상자를 열어 클레오파트라 왕관을 꺼냈다. 명성황후 의상을 입고 가까스로 숨을 고르는 장 관장에게 왕관을 씌웠다. 동, 서양을 대표하는 여걸(女傑)의 유품을 한 몸에 걸치니 그 중량감이 얼마나 막중했으랴. 장 관장은 얼굴빛이 파르랗게 바뀌면서 구토를 하려 했다. 그녀는 더 버티지 못하고 옷을 벗었다.

이제는 민자영 차례.

그녀는 마치 자기가 아침에 벗어 놓은 옷을 다시 입는 것처럼 편안하게 걸쳤다. 클레오파트라의 왕관을 쓰고는 살포시 미소를 지었다. 그녀의 몸에서는 광채가 뿜어 나오는 듯했다.

오! 황후여! 여왕이여! 여신이여!

탁 회장, 장 관장, 탁 여사는 저마다 마음속으로 이렇게 외치며 그녀 앞에서 자신도 모르게 무릎을 꿇었다.

"회장님, 왜 이러세요? 얼른 일어나세요."

민 여사가 탁 회장을 붙들고 일으켜 세웠을 때야 탁 회장은 비로소 정신이 들었다.

"잠시 멩성항후(명성황후) 님을 봤다니까!"

민 여사가 옷과 왕관을 벗어 상자에 넣자 탁 회장이 큰 상자를 민 여사에게 넘겨주었다.

"이 옷은 진품 맹성항후 예복인데 여사님이 가지시이소!"

"제가 무슨 이유로 이런 진귀품을 가지나요?"

"여사님은 맹성항후 기운을 가진 분이어서 ⋯ ."

"명성황후는 첫 아들이 생후 사흘 만에 숨지자 허전한 마음을 무당 굿풀이에 많이 의존하셨지요. 고향 장호원에서 만난 무당에게 '진령군'이란 벼슬을 주고 궁궐 안에 들어와 살도록 했답니다. 명성황후 자신이 신기(神氣)가 많은 분 아니었을까요? 제가 명성황후 기운을 가졌다니 어안이 벙벙할 뿐입니다."

"맹성항후에 대해 훤하시네예!"

다시 평정심을 찾은 탁 회장이 민 여사에게 사채업자 M회장에 대해 언급했다.

"그분이 미술품을 마이 갖고 있다 하데예. 여사님께서 저희하고 그분하고 연결만 좀 시켜주이소."

"그분의 미술품을 사시려고요?"

"산다기보다는 ⋯ ."

"사지 않으시면서 만나려는 이유가 궁금하군요."

답변은 탁 회장 대신에 장 관장이 했다. 이 부초미술관을 한국 문화 융성의 메카로 키우려 하는데 M회장의 소장품이 필요하다는 논리였다. 민초(民草)가 세운 부초미술관은 해외에 반출된 우리 문화재를 도로 가져오는 일에 앞장설 것이라 덧붙였다.

M회장의 미술품을 사지 않으면서 부초미술관이 소장하는 방법은 기증 받거나 영구임대 받거나 하는 것이었다.

민 여사는 돌아가는 판세를 재빨리 읽었다.

"그 문제는 제게 맡기세요. 1주일 후에 M회장을 여기로 모시고 올 테니 그분 소장품을 전시할 공간을 확보하고 그날 보여주세요."

민 여사가 M회장의 근황을 수소문해보니 S병원 특실에 입원해 있단다. 민 여사는 파리의 피에르 에르메 가게에서 사 온 마카롱 과자를 들고 병문안을 갔다. 룸살롱에서 꼽추춤을 추며 익살을 부리던 M회장의 활달한 모습은 어디로 가고 콧구멍에 비닐 호흡 줄을 낀 병자 신세가 되었다. 그래도 의식은 또렷했다.

"회장님, 얼른 쾌차하셔야지요!"

민 여사가 M회장의 비쩍 마른 손을 만지며 말하자 M회장은 물기 어린 눈으로 그녀를 바라봤다.

"천지개벽하겠네! 민 마담이 나를 보러 오니!"

"마땅히 찾아뵈어야죠."

"내가 병상에서 일어나면 데이또 한 번 해주겠소?"

"당연하지요. 우선 앰뷸런스를 타시더라도 1주일 후에 바람 쐬러 지방에 한 번 내려가시죠."

"민 마담이 가자고 하면 장의차라도 타고 가야지! 하하하!"

민 여사가 건네준 마카롱을 입에 넣고 M회장은 중얼거렸다.

"입속에서 사르르 녹는 이 달콤한 과자 … 앞으로 몇 개나 먹고 죽겠나?"

민 여사의 부축을 받고 부초미술관에 도착한 M회장은 환자복 대신에 무리를 해서라도 감색 정장 양복을 입고 나타났다. 특실 당직 레지던트 의사와 간호사도 따라왔다.

M회장은 탁 회장을 보자 눈물을 왈칵 흘렸다. 두 사람 모두 흙수저 출신인 '음지(陰地)의 거부(巨富)'들이다. 전경련, 대한상의 등 공식적인 경제단체의 회원도 아니다. M회장은 탁 회장을 형님이라고 불렀다.

"형님, 제가 죽을죄를 지었습니다. 이제라도 용서를 빌 기회가 왔으니 천만다행입니다."

"지금 무신 소리를 하는 기요? 우리 오래 서로 존재를 알았지만 직접 거래를 한 적도 없는데⋯."

"30년 전에 제가 북창동 나이트클럽을 뺏기듯 팔았는데, 그 배후에 형님이 있는 줄 알고 애들을 시켜⋯."

"그만!"

탁 회장은 그때 극장 껌팔이 출신 채봉우 회장이 그 나이트클럽을 산다기에 자금을 빌려준 적이 있다. 이권 다툼이 심한 곳이었다. 당시에 탁 회장은 명동 로얄호텔에서 점심을 먹고 나오다 칼침 보복을 받은 적이 있다. 왼쪽 허벅지를 '사시미 칼'로 찔려 두어 달 고생했다. 이제 새삼 그 악연을 들먹여서 뭘 하겠는가.

"기억도 안 나요! 오늘은 좋은 이야기만 합시다!"

M회장은 장 관장에게서 부초미술관의 향후 활동계획에 대해 설명을 듣고 고개를 연신 끄덕였다. 민 여사도 M회장과 팔짱을 끼고 경청했다.

자리를 옮겨 미로(迷路) 이곳저곳을 거쳐 텅 빈 전시관으로 들어갔다. 천정, 벽, 바닥 모두 하얀 색이어서 넓이를 짐작하기 어려웠다. 무한(無限) 공간인 것 같았다. 바닥에 놓인 상자 3개가 좌표 역할을 한다

할까.

장 관장이 상자를 열어 명성황후 예복을 꺼냈다. 그 옷을 정성스레 민 여사에게 입혔다. 작은 상자에서 클레오파트라 왕관을 꺼내 민 여사의 머리에 씌웠다. 명성황후의 부활! 클레오파트라의 환생!

민 여사를 바라보는 M회장은 환희에 찬 듯 몸을 부르르 떤다. 민 여사는 목소리를 낮게 깔아 궁중어투로 말한다.

"이 공간은 회장님의 신산(辛酸)한 삶의 결정체인 미술품이 숨 쉴 곳입니다. 그 미술품과 함께 회장님은 영생(永生)을 누릴 것입니다."

"예? 예 …. 성은이 망극하나이다!"

M회장은 신비한 힘에 압도당한 듯 무릎을 꿇고 민 여사 앞에서 머리를 조아렸다.

"회장님, 결단을 내리십시오. 모든 미술품을 부초미술관에 기증하시겠다고!"

"예?"

장 관장이 다른 작은 상자에서 브루투스의 검을 꺼내 M회장의 손에 쥐여 준다. M회장은 영문을 몰라 하며 고개를 갸우뚱거린다.

민 여사는 목청을 높여 말한다.

"회장님, 그 칼은 브루투스가 로마 공화정을 살리기 위해 시저를 찔러 시해한 세계사적인 보검입니다. 그 칼을 휘두르면 용기가 샘솟습니다. 얼른 일어서서 칼을 휘둘러 보십시오."

M회장은 후들거리는 다리를 추슬러 일어나 엉거주춤한 자세로 서서 허공에 칼을 휘둘렀다.

짝! 짝! 짝!

민 여사, 장 관장, 탁 회장 등이 일제히 박수를 쳤다.

M회장은 심호흡을 한 뒤 큰 소리를 내뱉었다.

"제 소장품 모두를 여기에 기증하겠습니다!"

마카오에서의 총성

이탈리아에서 온 신예 미술사학자 줄리아는 충북 단양의 부초미술관 터를 보고 천혜(天惠)의 명당이라 판단했다.

'숲으로 둘러싸여 외부에 드러나지 않는다는 점, 그러면서도 채광(採光)과 통풍이 원활하다는 점! 그리스 신전 부지와 비슷한 성지(聖地)가 아닌가?'

줄리아는 마음속으로 그렇게 감탄했다. 여기에서 며칠 묵으니 머릿속이 알프스 산속의 샘물처럼 맑아지고 가슴이 이른 봄 움트는 새싹처럼 꿈틀거린다. 장다희 관장에게 더 머물고 싶다 하니 아예 한 1년여 미술관에 취직해서 살라고 한다.

"저희가 소장한 서양 문화재를 꼼꼼히 분류하고 해설 자료를 작성해야 해요. 줄리아 같은 인재가 제 발로 걸어 들어오니 저희로서는 행운이죠!"

"저희 가문이 고성(古城)을 활용해 만든 로마 근교의 박물관보다 여기가 경관이 훨씬 좋습니다. 개벽(開闢)의 기운이 꿈틀거립니다."

"서양 학자분이 '개벽'이란 용어를 구사하시다니!"

"파천황(破天荒)의 정기(精氣)를 느낍니다!"

"아! 대단하세요. 풍수학까지 배우셨군요."

"진짜 대단한 분은 관장님이에요. 이탈리아어를 마치 원어민 수준으로 구사하시니! 언어의 천재입니다."

"호기심을 갖고 노력하다 보니 그렇지요. 그래도 악센트가 강한 나폴리 방언은 알아듣기 힘듭니다."

"그건 이탈리아 원어민도 마찬가지죠. 제 유모가 나폴리 출신이어서 저는 어릴 때 나폴리 방언을 배웠습니다만…."

"사실은… 일전에 줄리아 님이 쐐기문자를 암호로 사용한다 하셨는데, 그 문자를 조금 배우고 싶거든요."

"얼마든지 가르쳐 드리지요."

줄리아는 부초미술관 게스트하우스에 숙소를 마련하고 틈틈이 바깥으로 나와 나무, 풀, 꽃을 완상(玩賞)했다. 대자연의 기운을 얻으니 이런저런 아이디어가 샘솟는다.

이탈리아에서 온 젊은 여성 저널리스트 소피아가 북한 지도자와 인터뷰한다면? 그것이 줄리아 자신의 힘으로 성사된다면? 이런 일이 한반도 평화에 조금이라도 도움이 된다면? 줄리아는 여러 상상으로 행복한 현기증을 느꼈다.

어느 날 줄리아는 이런 쐐기문자 암호를 북한 지도자에게서 받았다. 음가(音價)를 부여하는 등 해독(解讀) 작업을 벌이니 다음과 같은 뜻으로 풀이됐다.

열흘 후 일요일 낮 12시 15분 마카오 R호텔 프런트에서 요원의 안내를 받기 바람

북한 요원이 소피아를 화상 대화가 가능한 곳으로 안내한다는 뜻이렸다!

휴대전화로 이 소식을 서울에 머무는 소피아에게 알렸다. 보안을 위해 일부러 짙은 나폴리 사투리를 썼다. 소피아는 반색하며 환호성을 질렀다.

소피아가 매니저인 도민구에게 알렸더니 도민구는 기뻐하면서도 뭔가 의심스러운 듯 고개를 갸우뚱거린다.

"줄리아라는 여성, 혹시 허언증 환자 아닐까?"

남의 이목을 끌기 위해 무책임하게 거짓말을 퍼뜨리고도 양심의 가책을 못 느끼는 증세….

도민구의 말을 듣고 소피아도 고개를 갸우뚱한다.

"제가 로마에 있을 때 《소설 개마고원》이란 장편소설을 읽었는데 거기에 북한 지도자와 베른 중학교 동기생이라는 한국 여성이 쐐기문자 암호로 소통하는 장면이 나오더군요. 혹시 줄리아도 그 소설을 읽고 흉내 내는 것 아닐까요?"

"글쎄? 줄리아는 한글을 몰라 그 작품을 읽지 못할 텐데."

"이탈리아어 판으로 읽지 않았을까요?"

"그 작품이 이탈리아어로 번역되지는 않았을걸? 나도 그 작품을 흥미 진진하게 읽었는데 사실에 바탕을 둔 스토리인지, 문학적 상상력의 산물인지 헷갈리더구만."

"의심스럽다고 해서 제가 거절한다면 영영 기회는 오지 않겠지요. 속는 셈 치고 마카오로 가겠습니다."

"뜬구름 잡는 이야기로 방송사에서 출장 경비를 얻어낼 수 있을까?"

"출장비를 받는다 하더라도 만약 줄리아의 말이 허풍이라면 우리는 개망신 당하는 것 아녜요?"

"그렇지. 코흘리개 장난도 아니고…."

"보안 문제도 신경 쓰여요. 방송사에다 출장계획을 보고하면 어떤 경로를 통해서라도 한국 정부 당국에 알려질 것 아니겠어요? 그러면 이 프로젝트 자체가 무산될 우려도 있어요."

"음… 그러면 공식 루트 말고 게릴라 전술을 이용해볼까?"

"예?"

"부초미술관 설립자 탁 회장께 지원을 부탁하면 되겠는데…."

탁 회장의 흔쾌한 지원 약속으로 '마북 작전'은 일사천리로 추진됐다. '마북'이란 작전명은 '마카오, 북한 지도자'의 합성어인데, 도민구가 한때 거주한 용인시 마북동이 연상되기도 해서 그렇게 명명했다.

참가자는 인터뷰어 소피아, 보조자 무기고, 촬영기사 겸 책임PD 윤수용 감독, 조명 및 총무 담당 도민구 등 4명.

홍콩에서 선편으로 마카오로 가기로 하고 인천-홍콩 왕복 항공권을 예약했다. 홍콩과 마카오에서의 숙소는 5성급 호텔로 잡았다.

"겡비(경비)는 넉넉하게 디릴끼게(드릴 테니) 펜(편)하게 댕기오시이
소(다녀오세요)."

탁 회장의 말에 따른 것이다.

출발 이틀 전에 탁 회장은 부초미술관 장다희 관장도 대동하면 좋겠
다고 말했다.

"겐문(견문) 넓히도록 덱고(데리고) 가주모 좋겠심더."

인천발, 홍콩행 항공기 내부. 북한 지도자를 인터뷰하기로 한 소피
아는 옆자리에 앉은 남자친구 무기고를 의식하지 않고 질문 내용을 북
한 사투리로 중얼거리며 연습한다.

"고모부를 왜 처형했습네까?"

이 질문을 들은 무기고가 소피아의 팔을 흔들며 묻는다.

"너무 센 돌직구 질문 앙이가?"

소피아는 대답 대신에 '전설의 여기자' 오리아나 팔라치의 인터뷰 묶
음책인 《역사와의 인터뷰》를 무기고에게 내밀어 보인다.

'팔라치는 독재자에게 타협하지 않았어!'

소피아는 마음속으로 그렇게 말하며 빙그레 웃는다.

도민구와 장 관장은 나란히 앉아 각자 둘 사이의 과거, 현재, 미래에
대한 상념에 빠진다.

'이런 걸 인연이라 하나?'

도민구가 이렇게 느슨한 공상에 잠겨 있을 즈음에 장 관장은 훨씬 밀

도 높은 그림을 그리고 있었다.

'흙수저 소녀를 오늘날 금수저 자리에 오르게 한 인물! 이 남자의 옆구리에 붙어 미래를 함께 보내고 싶다!'

홍콩에 도착해서 호텔에 짐을 맡긴 다음 이곳 사정에 정통한 윤 감독의 안내로 F호텔의 그 유명한 딤섬을 먹으러 갔다. 온갖 종류의 딤섬이 향기를 풍겼지만 일행은 '마북 작전'에 대한 부담감 때문에 입맛을 잃었다.

'딤섬이란 조그만 만두 한 점 가격이 자장면 한 그릇 값과 맞먹는군!'

도민구는 배를 곯아가며 노래 공부를 하던 청소년 시절의 자기 모습이 떠올랐다. 역경을 뚫고 라 스칼라 극장 무대에까지 섰건만, 오늘날 다시 비루한 일상을 보낸다고 여겨지자 식도를 넘어가던 딤섬이 도로 밖으로 토해 나오려 한다.

눈치 빠른 장 관장이 물컵을 얼른 건넨다.

"선생님, 물 좀 드세요."

도민구는 물을 천천히 마시고 한숨 돌린 다음 말문을 열었다.

"선생님이라 부르지 말랬는데!"

"그럼 뭐라 부를까요?"

"……."

마카오. 포르투갈이 1887년부터 1998년까지 111년 동안 통치해 유럽풍 시가지를 지닌 곳. 한때 북한이 마약 밀매, 위조 달러 유통거점으로 삼았던 도시. 한국인 최초의 천주교 사제인 김대건 신부가 1837년부터 5년간 신학을 공부한 장소. 요즘은 미국 라스베이거스처럼 카지노와 호텔로 번쩍이는 유흥의 메카.

일요일 낮 12시 마카오 R호텔 로비.

소피아 일행은 약속 시간보다 조금 일찍 호텔에 도착해 로비에서 주변 사람들을 살폈다. 카지노로 꽤 유명한 호텔인데 그날따라 손님들이 그리 붐비지는 않았다. 한국인으로 추정되는 손님은 보이지 않았다.

'줄리아라는 뻥쟁이의 장난에 놀아나는 것 아닐까?'

소피아가 이런 의구심을 떨치지 못하고 있는데, 웬 건장한 체격의 사각턱 사나이가 나타나 말을 건다.

"이딸리아에서 온 소피아 동무?"

"그렇습네다!"

"따라 오시라요."

일행이 사각턱을 따라 호텔 밖으로 나오니 정문 앞에 20인승 미니버스가 대기하고 있었다. 버스 안에는 무술요원으로 보이는 건장한 청년 대여섯 명이 타고 있었다. 버스로 아시아 최대 수영장인 갤럭시 리조트 앞을 지나 20분가량 어디론가 가서 외벽 페인트칠이 군데군데 벗겨진 허름한 빌딩 앞에 도착했다.

음습한 빌딩 안으로 따라 들어가려 하니 께름칙했지만 이미 각오한 상황이다.

"날래(어서) 오시라요!"

책임자로 보이는 사내가 박수를 치며 환영했다. '송충이 눈썹'을 가진 그는 일행을 시청각실로 안내했다.

대형 모니터 앞에 놓인 의자에 인터뷰어인 소피아가 앉았다. 윤 감독은 인터뷰 장면을 촬영하려고 카메라를 만지작거린다.

팟!

드디어 모니터가 밝아지면서 웬 30~40대 남자의 얼굴이 화면에 나타났다. 북한 지도자는 아니었다.

"회견에 앞서서 줄리아 선생, 얼굴 좀 봅세다."

소피아는 어리둥절해 하면서 말문을 열었다.

"줄리아는 여기에 없고 한국에 있시오. 인터뷰는 내가 하는데 줄리아는 왜 찾는 기요?"

"줄리아 선생과 먼저 인사를 나누고 회견을 진행하려 합네다."

"뭔가 의사소통에 차질이 빚어진 모양인데 줄리아 인사는 생략하고 시작합세다. 빨리 지도자 동지에게 카메라를 맞추시라요."

"안 됩네다. 내일 이 시간에 줄리아를 모시고 옵시오."

그 말을 끝으로 화면의 전원이 꺼졌다. 예상 밖의 돌발사태.

'송충이 눈썹'이 다가와 재촉한다.

"준비가 덜 된 상태로 오신 모양입네다. 돌아가시라요."

소피아는 눈을 부릅뜨고 항의한다.

"도대체 이런 법이 어디 있시오?"

"우리 공화국 당국에서 안 된다 하는데 왜 이리 고집을 피우시오?"

실랑이를 벌이다 일행은 쫓겨나다시피 했다. 일행이 순순히 떠나려 하지 않자 건장한 어깨 대여섯이 몰려와 윽박질렀다. 이러는 과정에 무기고와 요원 사이에 서로 밀치는 몸싸움이 잠시 벌어지기도 했다.

장 관장은 무기고의 팔을 끌어당기며 하소연했다.

"오늘은 그만 돌아갑시다."

일행은 할 수 없이 빌딩 앞에서 미니버스를 타고 도로 R호텔로 돌아왔다.

소피아가 한국에 있는 줄리아에게 전화를 걸어 방금 일어난 사태를 설명했다. 역시 억센 나폴리 원단 사투리로 말했다. 이탈리아어에 능통한 도민구와 장 관장도 소피아의 나폴리 방언은 거의 알아듣지 못했다.

소피아는 통화 내용을 다시 찬찬히 설명했다.

"줄리아가 인천발 직항편으로 내일 오전에 마카오로 오겠다고 하네요. 속는 셈 치고 내일 다시 시도해 보기로 해요."

도민구는 입맛을 다시며 말했다.

"북한은 국제협상에서 늘 이런 식으로 골탕 먹이며 상대방을 길들인다고 하더니⋯."

장 관장은 의외로 차분한 목소리로 맞장구쳤다.

"그러게 말이에요. 내일을 기다려 봐요."

윤 감독이 기분 전환 겸 해서 마카오의 명문 레스토랑으로 가자고 한다.

"미슐랭 가이드의 최고 등급인 별 3개를 받은 곳으로 안내할게요. 리스보아 호텔에 있는 프랑스 레스토랑입니다."

이튿날인 월요일 낮 12시 마카오 R호텔 로비. 하루 전과 같은 시각인데 손님은 훨씬 줄어 썰렁하다. 마카오에 도착한 줄리아는 숨을 헐떡이며 장 관장 뒤를 졸졸 따라다닌다.

사각턱이 다시 나타나 자기를 따라오라는 시늉으로 턱을 호텔 정문 쪽으로 돌렸다. 일행은 어제와 같이 미니버스를 타고 그 낡은 빌딩으로 갔다.

'송충이 눈썹'이 능글능글 웃으며 일행을 맞는다.

"줄리아 선생이 뉘기요?"

그는 줄리아 얼굴을 빤히 쳐다보며 짐짓 그렇게 물었다.

어제처럼 시청각실에 들어가니 모니터가 훤히 빛나고 있었다. 먼저 줄리아가 북한 지도자와 인사하기 위해 중앙의 의자에 앉아 모니터 상단의 카메라를 바라보았다.

챙!

금속성 소리와 함께 화면에 북한 지도자로 보이는 남자가 나타났다. 엄청나게 커다란 책상 앞에 앉은 모습이었다. 카메라에서 멀어 얼굴이 아주 작게 보였다. 그는 영어로 말을 걸었다.

"줄리아? 오랜만이야!"

"오랜만인데 … 우리, 영어보다도 독일어로 말하는 게 더 편하지 않아?"

"독일어는 까먹었어. 남조선엔 뭣 하러 왔냐?"

"네 목소리가 많이 바뀌었는데?"

"웬 목소리 타령이야? 나이가 들면서 목소리가 좀 굵어졌지."

"아니, 좀 이상해서 … ."

"이상하긴 뭐가 이상해? 그럼 그 이딸리아 보도일꾼 좀 바꿔봐!"

일행은 줄리아와 북한 지도자의 밀도 높은 대화를 잔뜩 기대했다가 이렇게 싱겁게 끝나자 실망했다. 소피아가 중앙 의자에 앉아 상대방에게 전투적인 질문을 던지기 시작한다. 북한 사투리를 익혔다지만 서울말과 뒤섞여 뒤죽박죽이다.

"한반도 평화를 위협하는 핵무기와 미사일, 그만 개발하면 안 되겠습네까?"

"미제국주의자와 남조선 괴뢰도당이 우리 공화국을 죽이려 하니 자위권을 행사할 뿐이오."

"지도자 동지의 오마니가 제주도 출신이어서 순수 백두혈통이 아닌지 알고 계시지 않습네까?"

"외할아버지가 제주도 출신 … 오마니는 일본에서 태어난 북송 재일교포 … 아니, 그런데 왜 그런 쓸데없는 걸 물으시오?"

"오마니 고향을 핵미사일로 까부수겠다는 게 말이 됩네까?"

"염방진(건방진) 질문이구만!"

"그럼 염방지지 않게 묻겠습네다. 북한 인민들이 헐벗고 굶주리는데 어떡할 작정입네까?"

"그런 헛소리 마시라요! 날씬한 우리 인민들이 당신 눈에는 굶주린 사람으로 보이오?"

"당신은 지도자라는 사람이 호의호식해서 과잉 체중 아닙네까?"

그러자 상대방은 벌떡 일어서서 목소리를 높인다.

"이딸리아 처자! 당신은 수준 이하 인간이구만! 체중 운운하는 게 국가 지도자에게 물을 질문이오?"

"그럼 체중 이야기는 취소하고 … 그 도토리 머리 스타일, 촌스럽게 보이는데 좀 바꾸지 않겠시오?"

"종간나 … ."

팟!

화면의 불빛이 꺼졌다. 인터뷰가 갑자기 끝난 것이다.

줄리아, 도민구, 윤 감독 등은 '소문난 잔치에 먹을 것 없다'는 속담을 상기하는 듯 눈알을 멀뚱거렸다. 장 관장은 '올 것이 왔다'는 듯 담담한 표정이었다.

'송충이 눈썹'이 얼굴을 붉히며 고함쳤다.

"도대체 이렇게 무례한 질문이 어디 있소? 당신은 우리 공화국을 모독한 죄로 극형에 처해질 것이오!"

후닥닥 소리가 나더니 검은 옷 정장 차림의 어깨 몇몇이 나타나서 소피아의 손에 수갑을 철컥 채웠다.

"이 자식들이 뭐하는 짓이야?"

각종 무술로 단련된 이탈리아 청년 무기고가 이렇게 일갈(一喝)하며 몸을 붕 날려 수갑 열쇠를 쥔 '사각턱'의 턱을 발로 걸어찼다.

퍽! 불의의 공격을 당한 사각턱이 쓰러지자 무기고는 잽싸게 수갑 열쇠를 빼앗아 소피아의 수갑을 풀어주었다. 무기고가 이탈리아 특수부대에 있을 때 이런 훈련을 익힌 덕분이었다.

상대방 어깨들의 반격도 만만찮았다. 그들은 한꺼번에 무기고에게 달려들어 요절을 낼 듯 주먹을 휘둘렀다. 도민구와 윤 감독도 문약(文弱) 하나마 무기고를 돕는답시고 어깨들에게 발길질을 퍼부었다. 좁은 공간에서 얽히다 보니 주먹 가격은 별로 이루어지지 않고 몸이 서로 엉켜 용만 쓰는 꼴이었다.

탕!

천지를 진동하는 총성이 울렸다. 일순 주위는 적요(寂寥)에 빠졌다. 모두 본능적으로 몸을 움츠렸다. 무기고가 얼른 정신을 차려 주위를 둘러보니 뜻밖에도 장 관장이 권총을 들고 꼿꼿이 서 있는 게 아닌가.

"모두들 손을 머리 위에 들고 바로 서!"

어깨들이 주춤거리며 일어서자 장 관장은 그들에게 총을 겨누며 위협했다. 그들은 어쩔 수 없이 팔을 뻗어 만세 자세를 취했다. 장 관장은 구국 소녀 잔다르크라도 되는 듯 입을 앙다물고 섰다.

'송충이 눈썹'이 허옇게 질린 얼굴로 조심스레 말했다.

"안전하게 나가시도록 안내하겠습네다."

장 관장은 그를 한참 노려보더니 주머니에서 하얀 봉투를 꺼냈다. 돈 봉투처럼 보였다. 그에게 건네주면서 나지막하게 말했다.

"수고했어요."

일행은 마카오 숙소로 돌아와 커피숍에 모여 앉았다. 무기고와 소피아, 도민구와 윤 감독 등은 장 관장의 방금 전 행동을 이해할 수 없다는 듯 고개를 절레절레 흔들었다. 줄리아도 마찬가지였다.

"도대체 어떻게 된 거야?"

도민구가 아이스커피를 벌컥벌컥 들이켠 다음 큰 소리로 물었다.

장 관장은 난처한 듯 고개를 푹 숙이고 있다가 조심스레 입을 열었다.

"여러분께 대단히 죄송합니다. 사실은….."

장 관장이 털어놓은 요 며칠 사이의 일은 다음과 같다.

부초그룹 마동출 회장은 아내 탁 여사와 함께 장인인 탁 회장을 부초 미술관으로 찾아뵈었다.

"아버님, 여기 무릉도원 같은 데 계시니까 방외(方外) 도인(道人) 같습니다."

266

"내가 속세 풍진(風塵)을 피해서 여기에 살러온 기(게) 아이라카이! 심신을 가다듬어 대사(大事)를 도모할라꼬!"

"미술관 확장사업?"

"자네 눈엔 내가 단순히 미술관 일에만 매달리는 것 겉이(같이) 보이나?"

"그럼 무슨 대사를?"

"한반도 펭하(평화) 구축, 청년실업 해결, 부정부패 척결….”

"통치권을 행사하시는 셈이네요."

"내 여생을 그렇게 불태워 볼라꼬!"

"공권력에 반항하시는 거지요?"

"반항이라니? 수케이루(스케일)가 더 커야제! 반란이야!"

"반란? 삼족이 멸문지화(滅門之禍)를 당합니다."

"지금이 조선시대는 아잉께 걱정 말게."

"반란군도 조직하시는지요?"

"우리 구릅(그룹) 겡호헤사(경호회사) 임직원들이 반란군 정예부대야. 자발적으로 참여하는 할배 겔사대(결사대) 전력도 만만찮아. 할 일 없어 빈둥거리는 영감탱이들한테 군복 입히고 계급장 달아준께네 죽기를 불사하고 싸우겠다는 거야!"

"뜻은 좋으나 자칫 잘못하면 현행법 위반….”

"자네 왜 그리 쪼잔한가? 민족 번영을 위해 한 몸을 초개(草芥) 매이로(처럼) 바치겠다는 기개가 와(왜) 없는가? 탈세범으로 콩밥 묵는 거보다 내란음모 수괴로 몰려 처단당하는 기(것이) 사나(사내) 대장부 아잉가?"

"아버님의 큰 뜻을 미처 몰라 죄송합니다."

사위인 마 회장은 미간을 좁힌 진지한 표정의 탁 회장이 '돈키호테'처럼 보여 쿡쿡 웃음이 나왔으나 억지로 참고 머리를 조아렸다.

마 회장은 이탈리아에서 온 미술사학자 줄리아 박사가 북한 지도자와 암호로 교신한다는 이야기를 듣고 '황당무계', '혹세무민', 이 두 단어가 떠올랐다.

장다희 관장이 보충설명을 했다.

"저도 처음엔 믿지 않았답니다. 그러다 줄리아에게서 쐐기문자 암호 소통법을 배워 제가 스위스 베른중학교 동창생 사이트에 들어가 교신도 해봤고요. 답신을 받긴 했는데 북한 지도자가 직접 작성했는지는 모르겠습니다."

"관장님, 자꾸 그런 황당한 스토리로 저희 아버님을 현혹하지 마세요!"

마 회장이 눈알을 부라리며 언성을 높이자 탁 회장이 나섰다.

"가만가만! 그라모(그러면) 소피아 아가씨가 북한 지도자하고 인타뷰한다 치고 … 이거를(이것을) 연극처럼 우리가 맹글어보모 우뚷겠노?"

"아버님, 가짜 인터뷰를 진행하겠다고요?"

"자네, 용어 선택에 신중을 기하게! '가짜'가 아니고 '모의 인타뷰'야!"

"그런 연극이 왜 필요합니까?"

"진짜로 벌어질 때를 대비해서 연습하는 거 앙이가?"

"……."

"마카오 R호테루(호텔)에서 … 진행 여산(예산)은 모도(모두) 내가 부담할낑게. 진행 총감독은 장다희 간장(관장)이 맡고!"

마 회장은 갑자기 호기심이 발동했다. 이제는 장 관장에게 아쉽게 부탁하는 처지가 됐다.

"관장님, 모의 인터뷰에서 제가 북한 지도자 역을 맡으면 어떻겠습니까?"

"연극에 출연한 적이 있으신지요?"

"그런 경력은 없지만 제가 김정일 닮았다고 '똥자루'라는 별명까지 붙었답니다. 제 머리를 도토리처럼 깎아 북한 지도자처럼 분장하겠습니다."

장 관장은 마 회장의 둥글넓적한 얼굴과 짜리몽땅한 몸매를 유심히 살피고 피식 웃음을 터뜨린다.

"잘 준비하세요."

장 관장은 줄리아에게 마카오 R호텔로 오라는 쐐기문자 암호를 보냈다. 또 마카오 사정에 밝은 르네상스 회원에게 부탁해 '마북 작전'을 수행할 여러 배우들을 구하도록 했다.

심산유곡 대혈투

　이탈리아의 산골 마을 아마트리체에서 지진이 일어났다. 300명 가까운 주민 및 관광객이 목숨을 잃었다. 폭삭 무너진 건물 더미 속에서 구조되는 피투성이 부상자들의 처참한 모습이 전 세계에 TV로 방영됐다. 고대(古代)나 중세 같으면 지구의 자연현상에 의한 사상자(死傷者)들이 동정을 받기는커녕 음란하고 타락해서 절대자에게 단죄(斷罪)됐다고 손가락질을 받았으리라. 엄마 품에 안겨 함께 숨진 젖먹이 아기도 음란하고 타락했을까.

　충북 단양의 부초미술관 게스트하우스에서 한가로이 인삼차를 마시며 TV를 보던 줄리아는 조국 이탈리아에서 벌어진 참상(慘狀)에 이를 덜덜 떨었다. 지진 피해지역인 아마트리체, 아쿠몰리 등 유서 깊은 도시는 줄리아와 마르티노 박사가 고미술품 구입차 자주 들르던 곳이 아닌가.

　줄리아는 마르티노의 근황이 궁금하여 전화를 걸었다.

　뚜르르, 뚜르르…. 신호음은 들리는데 전화를 받지 않았다. 잠시 후 다시 걸었으나 마찬가지였다. 문자메시지를 넣어 잘 지내는지 물었다. 역시 응답이 없었다. 불길한 예감이 들었다.

줄리아는 이탈리아에 있는 학계 지인들에게 전화를 걸어 마르티노 박사가 지금 어디에 있는지 수소문했다. 한결같이 모른다는 대답이었다.

줄리아는 고민 끝에 자기를 스토커처럼 따라다니던 중년 남자에게 전화를 걸었다. 그는 이탈리아 정보기관의 간부이다. 그에게 물어보면 온갖 시시콜콜한 정보를 알 수 있었다. 누가 어느 병원에서 비아그라 처방을 받았다거나, 누가 언제 무슨 레스토랑에서 비프스테이크를 사 먹었다는 사실까지도….

"웬 일이양? 새침데기 줄리아가 내게 먼저 전화를 걸공?"

그의 느끼한 비음(鼻音)은 여전하다.

"마르티노 박사가 어디 계신지?"

"내 안부는 묻지 않고 개뼈다귀 같은 마르티노를….."

"당신이 그렇게 옹졸해서 내가 싫어하는 거예요!"

"아니 농담이었엉. 그래, 코레아에서 재미 좋앙?"

"내가 코레아에 간 걸 어떻게 알아요? 아직도 나를 스토킹해요?"

"가만 가만! 마르티노와 줄리아는 우리 기관에서도 동향을 항상 체크하는 VIP 아닌강? 그래서 아는 것이징."

"그럼 마르티노의 행방을 알 것 아녜요?"

"사실은… 마르티노가 마피아 조직에 납치된 것 같아. 문화재 전문 털이 조직 같은데, 아직 우리도 파악하지 못하고 있어."

"…….."

"내 사랑 줄리아도 몸 조심행! 녀석들이 코레아에까지 원정갈지 모르니깡."

줄리아는 섬뜩한 느낌이 들었다. 놈들이 이 심심산골 부초미술관의 소재지를 알까? 클레오파트라의 왕관과 브루투스의 명검을 여기서 소장하고 있다는 사실을 눈치챘을까?

줄리아는 장 관장에게 사정을 털어놓았다. 왕관과 명검을 갈 교수의 손에 쥐여 준 것도 마피아의 손길에서 벗어나기 위한 고육책(苦肉策)이었고, 왕관을 넘기던 그날도 격렬한 총격전이 벌어졌다고 밝혔다.

"관장님, 마피아들이 이곳을 습격할 가능성이 있어요."

"설마 여기가 어디인 줄 알고 찾아오겠어요? 줄리아님이 너무 예민한 것 아니에요?"

"마르티노 박사가 납치돼 고문을 받으면 미술관 위치를 자백하지 않을 수 없겠지요."

"미술관에 오실 때 눈을 가렸는데도?"

"그래도 다녀온 곳이 어느 지점인지 나중에 파악할 수 있을 겁니다."

"음….."

장 관장은 탁 회장에게 이 상황을 보고했다.

"마피아 세력이 들이닥칠지 모릅니다."

"이태리 마피아가?"

겁에 질리기는커녕 '한 판 붙겠다'는 듯 복서처럼 두 주먹을 불끈 쥐는 탁 회장의 배짱에 장 관장은 압도됐다. 장 관장은 얼굴이 노랗게 돼 입술을 떨며 묻는다.

"그자들이 온다면 어떻게 대처할까요?"

"걱정 말라카이! 부초겔사대 할배들만 동원해도 쫓가(쫓아) 낼 수 있응께."

"부초결사대라뇨?"

"요쥼(요즘) 이 언저리에서 약초 캐는 할배들이 보이지요? 얼핏 보모(보면) 어수룩한 늙다리들이지만 왕년에 한 가락씩 하던 자들이오. 공수부대 출신, 해군 유디티 교관 제대자, 태껜도(태권도) 사범, 유도 금메달리스트, 뽁싱 참피온, 멧도야지 사냥꾼, 조폭 헤칼(회칼) 쟁이… 이 양반들이 겔사대를 겔성(결성) 했으이 울매나(얼마나) 막강하겠소?"

장 관장은 이탈리아 청년 무기고가 이탈리아 특수부대원 출신이라는 사실이 떠올라 일부러 상경해 그를 만났다.

"마피아 조직원들이 저희 부초미술관을 습격할지 모르는데 어떡하면 좋을까요?"

"너무 걱정하지 마이소! 저는 마피아 때려잡는 걸 인생 목표로 삼은 놈입니다. 한국땅에서 그놈들을 만난다니 흥분되네예!"

"그럼 그자들과 맞서 싸우시겠다고요?"

"당연하지예. 그놈들은 총기를 갖고 오지는 못할 낍니다. 칼이나 철봉이 주로 사용될 낀데 칼싸움이라 카모 제가 자신 있습니더예."

무기고 옆에 앉은 소피아는 혀를 내밀어 바싹 마른 입술에 침을 발랐다. 그녀는 무기고의 옆구리를 찌르며 묻는다.

"영화 촬영이 아니고 진짜 칼싸움인데 무섭지도 않아?"

"무서우면 아무 것도 이루지 못해. 이를 악다물고 이겨내야지!"

옆에서 대화를 듣던 윤 감독도 덩달아 들떠 말문을 연다.

"싸움판이 벌어지면 제가 모조리 촬영하겠습니다. 실제 상황이어서 박진감이 넘치겠군요."

줄리아의 휴대전화가 울렸다. 발신자는 이탈리아 정보기관의 그 '느 끼남'.
"줄리아! 내 추측대로 마피아 행동대원 20명이 코레아로 가는 것 같 아."
"정말이에요?"
"다음 주 토요일 로마발, 인천행 여객기에 단체손님 20명이 예약했는 데 관광여행객들로 위장했지만, 마피아 조직원으로 추정되는 인물들이 야."

장 관장은 줄리아의 보고를 받고 비상대책회의를 소집했다. 미술관 부관장이자 창업주의 딸인 탁하연 여사는 얼굴이 새파래져서 허둥거린 다.
"얼른 경찰에 신고해서 신변 보호를 요청해야지요!"
그러나 탁 회장은 빙그레 웃으며 딸의 발언을 묵살한다.
"머(뭐) 대단한 일이라고 호들갑이고? 우리 할배들이 나서도 하루아 침에 해장꺼린데."
"그러다가 왕관을 탈취당하면 어떡하시려구요?"
"경찰에 신고하모 미술관 존재가 노출될 꺼 앙이가? 난 그기(그것이) 딱 싫다!"
"로마에서 출발한 비행기가 인천에 도착해 그자들이 단양까지 온다면 혹시 일요일이 'D데이'가 아닐까요?"

머칠이 흘러 일요일 아침, 부초미술관 건물 앞에는 큼직한 군기(軍旗)가 걸려 산골바람에 흔들리고 있다. 군기의 치우천왕 그림은 탁 회장이 그렸다.

탁 회장, 장 관장, 탁 여사, 줄리아 등 미술관 관계자들은 얼룩무늬 군복을 입고 도열했다. 무기고, 소피아, 매니저 도민구, 윤 감독 등은 군복 대신 '추리닝' 차림이다. 탁 여사의 남편인 부초그룹 마동출 회장은 보안경호 계열사의 정예 직원 10명을 차출해 이들과 같은 푸른색 유니폼을 입고 나타났다.

미술관에 왕관과 칼을 가지고 왔던 갈용소 교수는 '군의관' 자격으로 하얀 가운을 입었다.

부초결사대 대원 20명은 똑같은 얼룩무늬 군복을 입었지만 손에 든 무기는 각각 달랐다. 사냥총, 회칼, 도끼, 활, 야구 방망이…. 윤 감독은 오합지졸(烏合之卒) 풍 결사대원들의 진지한 표정을 보고 웃음이 나왔지만 꾹 참고 그들의 우스꽝스런 모습을 부지런히 카메라에 담았다.

줄리아의 휴대전화가 부르르 떨었다. '느끼남'이 이탈리아에서 건 전화다.

"마피아 놈들, 쳐들어왔나?"

"아직 안 나타났는데요."

"놈들은 인질로 잡은 마르티노 박사를 앞장세워 공격할 거야."

"지구 반대편에 있는 당신이 어떻게 그리 훤히 아세요?"

"이탈리아 정보기관의 최고 분석관이 이 정도는 되어야지. 안 그래?"

"유능하시네요!"

"거기 무기고라는 청년도 있징?"

"그것도 아세요?"

"줄리아 마음 빼곤 내가 모르는 게 뭐가 있겠엉?"

부초결사대원들은 땡볕 아래 오래 대기하고 있으려니 목이 마르고 배가 고팠다.

"시원한 막걸리라도 마시며 기다립시다!"

누군가 그렇게 목청을 높이자 총사령관격인 탁 회장이 단호한 어조로 말한다.

"전투가 임박해 아루꼬루(알콜)는 금지요! 나중에 승전 잔치 때 실컷 마십시다!"

막걸리 대신에 인근에서 용출되는 탄산수가 공급됐다.

"커! 천연 사이다 맛이네!"

점심 식사로는 주먹밥, 닭다리, 바나나 등이 나왔다. 노인들이지만 활동량이 많아서 먹성이 좋다. 대부분이 테니스공 크기만 한 주먹밥 두세 개, 통통한 닭다리 서너 개를 먹어치운다.

팽팽한 긴장감이 감도는 분위기도 시간이 길어지면 무료해지기 십상이다.

결사대원들은 잡담을 나눈다. 점심을 먹은 지 서너 시간이 지나자 먹는 게 관심사다.

"이 산골짝에도 자장면이 배달될까유?"

"그렇구 말구! 우리가 누구여? 배달의 민족 후손들 아녀?"

"피자도 배달되겠네유?"

"그렇쥬!"

"시원한 생막걸리두?"

"당연하쥬!"

"그럼 주둥이로만 씨부리지 말구 주문혀 봐!"

이들의 대화를 엿들은 장 관장이 추임새를 넣는다.

"자장면 곱빼기 50그릇, 피자 20판, 막걸리 100병 주문하세요. 제가 쏠게요."

장 관장은 이 심산유곡(深山幽谷)에 음식이 배달될 리가 없다고 보고 농담 비슷하게 말한 것이다.

스마트폰 다루기에 능숙한 '실버 컴퓨터 강사'가 스마트폰을 문질러 장 관장이 말한 분량대로 주문한다.

한가롭게 객담을 나누는 사이 해가 서쪽으로 지려고 했다. 저 멀리서 뭔가 꿈틀거리며 미술관 언덕 쪽으로 올라오는 모습이 보인다.

"적이다!"

척후병의 고함이 터졌다.

탁 회장은 쌍안경으로 적들을 살피곤 득의(得意)의 미소를 짓는다.

"전원 제자리에!"

적들이 시야에 들어오자 탁 회장은 당황했다. 인원은 30여 명으로 무기를 들지 않고 다가왔다. 한바탕 화끈한 살육전이 벌어질 것으로 예상했는데 맨몸이라니 …. 결사대원들도 김이 새는지 쯧쯧, 혀를 찬다.

미술관 입구까지 온 그들을 보니 대여섯은 한국인으로 보인다. 마피아와 연계된 국내조직원?

그들은 말쑥한 정장 차림이어서 주먹질을 벌이러 온 것 같지는 않다. 영화배우 휴 잭맨을 닮은 소(小) 두목이 잇몸이 드러날 정도로 활짝 웃으며 인사를 건넨다.

"훌륭한 곳에 자리 잡은 미술관에 오게 돼 영광입니다. 여기 대표자를 뵙고 싶습니다."

장 관장의 통역으로 그 말을 알아들은 탁 회장이 직접 나선다.

"원로(遠路)에 수고가 많았소."

적의(敵意)를 잔뜩 품고 그들을 기다린 탁 회장이었으나 막상 웃는 얼굴로 접근하는 소두목 앞에서 인상을 쓸 수는 없었다. 소두목은 결사대원 등을 휘익 둘러보더니 싱긋 웃으며 묻는다.

"지금 영화 촬영하십니까?"

탁 회장은 그 질문이 비아냥거리는 말투임을 알아차리고 역정을 내며 대답한다.

"영화 촬영이라니! 우리는 전투 준비 중이오!"

소두목은 다시 미소를 지으며 이죽거린다.

"오! 귀하는 돈키호테 장군이시군요!"

탁 회장은 자칭 '서울 돈키호테'지만 막상 제 3자가 자신을 돈키호테라 부르니 조롱하는 소리로 들린다. 탁 회장은 부산에서 서울로 사업터전을 옮기고 남들이 가지 않은 '나홀로' 길을 걸으면서 돈키호테를 자처했다.

"이놈이!"

흥분한 탁 회장이 권총을 빼들자 소두목은 능글맞게 웃으며 손을 싹싹 빈다.

"장군님, 용서해 주십시오. 돈키호테보다 훨씬 위대한 장군이시죠?"

"음… 그래, 무슨 일로 왔소?"

"약탈당한 문화재를 환수하려고 왔습니다."

"약탈당하다니? 뭘?"

"왕관과 보검!"

그때 줄리아가 나섰다.

"지금 무슨 헛소리를 하는 거예요? 우리 가문이 2천 년 동안 보관해온 가보인데!"

소두목은 얼룩무늬 군복 차림의 줄리아를 스윽 훑어보더니 빈정거린다.

"호! 아가씨가 줄리아 박사구만! 그래 그 잘난 가문이 요즘 파산을 눈앞에 둔 거렁뱅이라며? 2차 대전 때 당신 고조부는 무솔리니의 충견(忠犬)이었어. 그 파시스트에게 헌금하려고 우리 '코사 노스트라' 조직에게서 왕관과 보검을 담보로 내보이고 거액을 빌려갔어. 돈을 못 갚았으니 그 물건은 우리 것이야!"

"범죄조직 마피아의 말을 누가 믿겠어요?"

"그럼 당신 가문에서 오래 집사 노릇을 한 마르티노의 증언을 들어볼까?"

검은 양복 사나이들 무리 속에서 마르티노가 걸어 나왔다. 줄리아는 반색을 하면서도 마르티노가 배신한 것으로 의심했다. 마르티노는 어색한 웃음을 지으며 입을 열었다.

"왕관과 보검은 코사 노스트라 조직에 소유권이 있는 게 맞아. 내가 계약서에서 고조부의 서명을 확인했고, 대부님께서도 그런 말씀을 하셨어."

"고조부는 마피아에게 납치돼 살해당하셨잖아요? 마피아가 납치한 고조부에게 강제로 서명을 종용한 게 뻔하잖아요. 그 계약서가 있다 해도 나는 인정할 수 없어요."

이들의 입씨름을 지켜보던 탁 회장이 눈을 부릅뜨며 대갈(大喝) 한다.

"와(왜) 이리 시끄럽노! 왕간(왕관) 하고 보검은 우리 끼(껏) 다! 당신들, 빨리 꺼져!"

소두목은 미간을 잔뜩 찌푸린 험상궂은 표정으로 바뀌더니 탁 회장을 향해 삿대질을 한다.

"정신 나간 똥끼호테 영감쟁이, 당신이 왜 끼어들어?"

분통이 터진 탁 회장이 소두목의 멱살을 잡자 소두목도 맞잡는다. 두 사람이 멱살잡이를 벌이자마자 무기고가 용수철처럼 튀어나와 소두목의 옆구리를 발로 걷어찬다. 소두목이 쓰러지자 마피아 조직원들은 일제히 소매에서 30cm 길이의 철제 봉(棒)을 꺼낸다.

"공격 개시!"

소두목의 고함과 함께 마피아 조직원들은 쇠막대를 휘두르며 부초결사대원들에게 달려들었다. 인원 수로 보아 양측이 얼추 비슷했다. 싸움은 대체로 1대 1로 맞붙는 양상으로 전개됐다.

공수부대 출신 김 씨는 이소룡이 휘두르던 쌍절곤을 대여섯 달 연습했는데 실전에 사용하려고 들고 나와 마피아 1과 맞붙었다. 마피아 1이 쇠막대로 내려치자 김 씨는 잽싸게 쌍절곤을 돌려 쇠막대를 잡아챘다.

빈손의 마피아 1은 쌍절곤 공격을 피하려 뒤로 물러서다 돌부리에 걸려 넘어졌다. 김 씨가 요란하게 쌍절곤을 돌리자 마피아 1의 머리통이 터지면서 시뻘건 피가 흘러나왔다.

해군 유디티 교관 제대자 홍 씨는 스킨 스쿠버 수경(水鏡)을 쓰고 작살을 마피아 2에게 쏘았다. 마피아 2가 엉겁결에 휘두른 쇠막대에 작살이 부러지면서 홍 씨는 무방비 상태가 되고 말았다. 홍 씨가 마피아 2의 몽둥이질에 어깨를 난타 당하면서 쩔쩔 맨다.

태권도 사범 류 씨는 마피아 3이 휘두르는 쇠막대를 날렵한 발놀림으로 몇 번 피했으나 숨이 가빠지면서 방어하기에 한계에 도달했다. 류 씨는 뒷걸음질을 하면서도 기합을 지르며 계속 발차기를 시도한다.

유도 금메달리스트 정 씨는 마피아 4의 공격을 피하면서 다리를 잡아 넘어뜨렸다. 정씨는 마피아4의 목을 졸라 실신시켰다. 정 씨는 마피아 4의 뺨을 찰싹찰싹 때려 정신을 차리게 했다. 마피아 4가 눈을 뜨자 정 씨는 또 목을 조른다.

복싱 챔피언 구 씨는 선수 시절에 펀치력 키운다고 연습하던 도끼를 들고 나와 마구 휘둘렀는데 마피아 5는 겁을 먹고 계속 도망 다녔다. 험준한 절벽 앞에 도달하자 마피아 5는 철봉을 버리고 몸을 돌려 구 씨 앞에 무릎을 꿇고 항복했다.

멧돼지 사냥꾼 윤 씨는 베넬리 엽총을 갖고 오긴 했으나 미처 총알을 장전하지 못해 쏘는 시늉만 했다. 총알이 없음을 간파한 마피아 6이 쇠막대를 휘두르며 달려들자 윤 씨는 총검술 포즈를 취하며 상대방을 물리쳤다. 윤 씨가 당구채로 당구공을 찌르듯 마피아 6의 목울대를 가격하자 그 금발청년은 눈에 흰자위를 드러내며 뒹굴었다.

조폭 출신 장 씨는 시퍼런 '사시미 칼'을 마피아 7에게 휘둘렀다. 칼과 쇠막대가 수십 차례 부딪치면서 칼이 부러졌다. 마피아 7이 무기를 상실한 장 씨의 머리, 몸통을 난타했다. 장 씨는 그런 상황에서도 정신줄을 놓지 않고 마피아 7의 낭심을 걷어찼다.

탁 회장은 미술관 앞 작은 바위 위에 올라가 전투 장면 전체를 내려다본다. 그는 권총을 빼들고 작전 지휘를 한다. 눈앞에서 해군 유디티 교관 제대자 홍 씨가 마피아 2의 몽둥이세례를 받고 땅바닥에 쓰러지자 탁 회장은 마피아 2를 향해 발사한다.

탕!

마피아 2가 총을 맞고 벌러덩 자빠진다.

태권도 사범 류 씨도 탁 회장에 의해 구출됐다. 덩치가 멧돼지만 한 마피아 3의 몽둥이질에 절체절명의 위기에 몰린 류 씨를 보고 탁 회장은 마피아 3 옆에 바짝 다가가서 방아쇠를 당겼다.

그런 탁 회장을 발견한 마피아 소두목이 탁 회장 등 뒤에서 철봉을 휘두르며 달려들었다.

퍽!

둔탁한 충돌음과 함께 쓰러진 사람은 소피아의 매니저 도민구였다. 그가 탁 회장의 보디가드라도 되는 양 몸을 날려 탁 회장을 감싸 안는 바람에 마피아 소두목이 휘두르는 철봉을 머리에 맞았다.

무기고의 활약상은 눈부셨다. 긴 칼을 들고 나섰으나 마피아 7, 마피아 8의 동시 공격을 받고 칼이 부러지자 아예 이소룡처럼 맨손으로 이들 둘과 맞붙었다.

"아뵤오!"

'이소룡 괴성'을 지르며 발질, 주먹질을 퍼붓는 무기고의 반격에 마피아 7, 마피아 8은 혼비백산(魂飛魄散) 했다. 마피아 7은 무기고의 돌려차기를 맞아 코뼈가 내려앉았고 마피아 8은 얼굴에 정권(正拳) 가격을 받아 졸도했다.

60대, 70대 노인 결사대가 이렇게 죽기 살기로 싸우는 데 비해 보안 경비회사의 젊은 직원들은 엉덩이를 뒤로 빼고 관망(觀望) 하는 자세다. 난투 경험이 없는 데다 유혈 낭자한 진짜 싸움판을 목도하고 겁에 질린 탓이다.

타타타타, 타타타타….

기계음을 내며 하늘에 비행물체가 나타났다. 싸움에 열중하던 결사대원과 마피아 조직원은 잠시 머리를 들어 하늘을 쳐다보았다. 결사대원들이 쑥덕거린다.

"저게 말로만 듣던 UFO 아닌겨?"

"대명천지에 UFO가 어디 있겄슈?"

"마피아 넘(놈)들이 공군력도 동원했는감?"

비행물체는 고도를 낮추더니 서서히 미술관쪽으로 다가온다.

"어! 저건 드론 아녀?"

"하나, 둘, 셋 … 세 개나 되네!"

푸르르륵….

엔진 꺼지는 소리와 함께 대형 드론 3개가 미술관 앞 공터에 착륙했다. 호기심으로 드론을 보던 결사대와 마피아 청년들은 잠시 결투를 멈춘다.

탁 회장도 육안으로는 드론을 처음 보는 터여서 호기심이 만발했다.

"전투 중지! 잠시 쉬고 합시다!"

장 관장이 마피아 소두목에게 이탈리아어로 통역해 알렸더니 그도 줄줄 흐르는 코피를 닦으며 고개를 끄덕인다.

결사대 대원들이 드론 주변으로 우르르 몰려간다.

복싱 챔피언 구 씨, 멧돼지 사냥꾼 윤 씨, 조폭 출신 장 씨가 각각 드론 뚜껑을 열었다.

"이게 뭐유? 자장면 아녀유? 수십 그릇이네유!"

"이건 피자! 도대체 몇 그릇이유?"

"햐! 생막걸리! 시원하라고 얼음을 깔았네유!"

마피아 1이 손수건으로 머리통에서 흐르는 피를 닦으며 자장면을 가리키며 묻는다.

"시커먼 스파게티? 맛있겠네요!"

마피아 4는 피자를 보고 군침을 삼킨다.

"이탈리아 본토 피자보다 훨씬 크고 먹음직스럽게 보이네요!"

마피아 7은 아픈 아랫도리 때문에 엉거주춤 서서 막걸리 병을 이리저리 살핀다. 그에게 소피아가 막걸리에 대해 설명한다.

"코레아 전통 곡주인데 맛이 기막히고 영양도 풍부해요."

마피아 소두목은 코피를 다 닦고 탁 회장에게 고개를 숙이면서 비굴한 웃음을 짓는다.

"뭐 좀 먹고 싸웁시다! 우리는 배가 고파 못 싸우겠소."

적의 황당한 제안에 탁 회장은 허허, 하고 실소(失笑)를 터뜨렸다. 그들에게 음식을 제공하면 이적(利敵) 행위 아닌가. 거절하는 게 당연하지만 한편으로는 그들이 측은하게 보였다.

"좋소! 당신들도 참 고약한 사주(四柱)를 타고 태어났네! 이 먼 나라에 와서 대갈빡(머리)이 터지도록 싸웅께네(싸우니까). 인심 좋은 코리아 돈키호테 장군이 하사하는 자장면, 피자, 막걸리를 먹고 팔자를 고치시오!"

적과 적이 새참을 나눠 먹으려 둘러앉는 진풍경이 펼쳐질 참이다.

마피아 소두목은 자기 부하들에 대한 인원 점검을 하더니 마피아 2, 마피아 3이 보이지 않자 그들을 찾아보라고 지시했다. 한 똘마니 조직원이 울먹이며 보고했다.

"형님 둘이 전사했습니다."

마피아 2, 마피아 3는 탁 회장의 총격을 받고 미술관 정문 앞에 쓰러져 있었다. 소두목은 그들을 발견하고 후닥닥 달려간다. 시신을 부둥켜안고 오열을 터뜨린다.

탁 회장이 소두목에게 다가가 그의 어깨를 토닥인다.

"울지 마소!"

"부하가 둘이나 죽었는데 울지 않겠습니까?"

"그대는 부활을 믿소?"

"그딴 건 성경에나 있는 이야기 …."

"당신 부하 둘이가 살아난다 카모 우찌 할 낀데?"

"그럼 장군을 하늘처럼 떠받들겠습니다."

"그래?"

탁 회장은 장 관장에게 말했다.

"사람을 살릴라 카모 하늘에 제사를 지내야 함께네 쿠레오파트라 왕관하고 부루투스 보검을 갖고 오소!"

그는 또 탁 여사에게는 맑은 물 두 대야를 갖고 오라고 지시했다.

탁 회장은 브루투스의 보검을 들고 장 관장은 클레오파트라의 왕관을 쓰고 마피아 2, 마피아 3 앞에 섰다. 탁 회장은 칼등으로 그들의 이마를 가볍게 톡톡 치며 무슨 주문(呪文) 같은 것을 중얼거렸다. 장 관장은 클레오파트라 여왕처럼 우아한 손길로 그들의 뺨을 쓰다듬었다.

탁 회장은 탁 여사에게는 그들의 머리에 물을 끼얹는 일을 시켰다.

"으, 으…."

마피아 2, 마피아 3는 신음을 내며 눈을 떴다. 이 광경을 지켜보던 마피아 조직원들은 박수를 치며 환호했다.

"부활했도다!"

"기적이 일어났도다!"

"영생을 누리소서!"

마피아 소두목은 탁 회장 앞에 무릎을 꿇고 경의를 표했다.

"장군님, 아니 하늘님! 아우들을 살려주셔서 감사합니다!"

"하늘과 맞서 계속 싸우겠소? 항복하시오!"

"항복? 그건 좀 곤란합니다만…."

"패배를 깨끗이 승복하는 것도 진정한 용기요!"

"저희는 왕관과 보검을 찾으러 왔습니다. 제발 돌려주십시오! 저것 없이는 저희는 이탈리아로 돌아갈 수 없습니다."

소두목은 눈물을 훌쩍이며 읍소(泣訴) 작전으로 나왔다.

탁 회장은 소두목을 내려다보며 말을 이었다.

"내가 저 보물들을 준다 카모 이태리에 가서 서민들 게(괴) 롭히는 치사한 범제(범죄) 안 저지르겠다고 맹세하겠소?"

"맹세하겠습니다!"

탁 회장과 소두목 사이에 돌연 이탈리아 청년 무기고가 나타났다.

"회장님, 이놈의 말을 믿으모 안 됩니더예! 마피아 놈들은 면종복배(面從腹背), 말 뒤집기, 사기, 협잡, 폭력을 일삼는 양아치들입니더! 영화 〈대부〉와 다릅니더!"

"청년이 마피아에 대해 우떻게 그리 잘 아시능교?"

"지가 유복자로 태어났심더. 마피아 소탕작전을 지휘하던 검사인 아부지가 마피아 놈들에게 폭사당했심더. 바로 저 '코사 노스트라' 조직 놈들에게!"

무기고는 분노로 얼굴이 벌겋게 달아올라 피를 토하듯 고함쳤다.

그 기세에 짓눌린 소두목이 울먹이며 말을 이었다.

"저희도 먹고 살려고 하다 보니 그렇게 됐습니다. 제가 저 청년에게 진심으로 사죄하겠습니다."

소두목은 무기고 앞에 무릎을 꿇었다. 그러자 마피아 2, 마피아 3도 같은 동작을 취했다.

해는 서쪽으로 넘어가 사위(四圍)가 어둑어둑해졌다.

복싱챔피언 출신 구 씨가 벌떡 일어나 탁 회장을 향해 외친다.

"장군님, 자장면 불어 터져유. 피자는 식어 빠졌구유. 얼른 먹구 나서 싸우든지 놀든지 합시다유!"

탁 회장은 결단을 내린다.

"좋심더! 이렇게 하입시더. 코쟁이 이태리 양반들, 묵고 살라꼬 여까지 와서 대가리 터지고 코삐(뼈) 내리(내려) 앉았는데 내가 크게 인심을 쓰겠심더. 왕관, 보검 돌려드리겠심더! 그라모 더 이상 서로 싸울 필요도 없심더! 지금부터 막걸리 마시멘서 잔치 벌입시더!"

양측 진영 사람들은 일어나 환호했다.

"와!"

무기고는 억울함을 풀지 못하고 소두목을 노려본다. 소피아가 나서서 무기고의 팔을 잡아끌며 속삭인다.

"여기는 코레아 땅이야. 우리 이탈리아 사람들끼리 화해하지 못하면 무슨 망신이야? 너도 마음을 좀 풀어!"

"……."

군의관 가운을 입은 갈 교수는 피자 한 조각을 입에 물고 환자 치료에 땀을 흘린다. 자칭 돌팔이 의사라지만 자상(刺傷), 타박상 따위 치료는 기본 아닌가.

막걸리 맛에 취한 마피아 4가 술기운을 빌려 나폴리 민요 '돌아오라 소렌토로!'를 부른다.

마피아 7은 아랫도리를 만지작거리며 훌라춤을 춘다. 다른 마피아 청년들은 삼삼오오 어깨동무를 하고 원무(圓舞)를 즐긴다.

이윽고 훤한 보름달이 떴다.

탁 회장은 땀투성이 장 관장과 머리를 다쳐 붕대를 맨 도민구를 불러 막걸리 한 사발씩을 따라준다.

탁 회장은 취중인데도 조심스레 장 관장에게 말을 건넨다.

"부탁이 있는데 ….."

"뭐든 말씀하십시오!"

탁 회장은 큼직한 양푼이에 든 막걸리를 벌컥벌컥 마신 후 말을 잇는다.

"나를 아부지라고 부르면 안 되겠소?"

"예?"

탁 회장을 바라보는 장 관장의 눈빛이 달빛을 받아 번쩍인다.

"내 피붙이 같아서 ….."

"…….."

장다희는 탁 회장의 빈 양푼이에 막걸리를 가득 따른 후 큰절을 올린다. 탁 회장은 입을 크게 벌려 웃으며 절을 받는다. 그녀는 절을 마친 후 고개를 들고 말한다.

"아버지!"

또르르, 또르르….

귀뚜라미 울음소리가 들리는 가운데 이렇게 부녀 결연 의식이 벌어진다. 탁 회장은 싱글벙글거리며 도민구와 술잔을 주거니 받거니 한다.

"아까 내 살릴라꼬 머리 다쳤지요? 아이고, 고마버라(고마워라)!"

"별 말씀 다 하십니다."

"긴 말 필요 없고 … 내 사우(사위) 안 할끼오?"

"예?"

도민구와 장다희는 서로 마주보며 민망스럽다는 듯 웃는다. 장다희의 눈이 별빛을 받아 반짝인다.

도민구는 장다희의 손을 슬며시 잡고 일어서 탁 회장 앞에서 허리를 굽혀 인사한다.

"알겠습니다. 장인어른… 아버님! 축복해주셔서 감사합니다!"

이들의 앞날을 축복하듯 컴컴한 하늘에서 유성우(流星雨)가 쏟아진다.

한동안 하늘을 바라보던 도민구가 탁 회장에게 묻는다.

"아버님, 아까 마피아 둘을 어떻게 살리셨습니까?"

"그거, 삘 거 앙이다. 내 총은 살상용이 앙이라 마치(마취) 총이다! 하하하!"

장다희도 궁금증을 못 이겨 질문한다.

"왕관과 보검, 어떻게 순순히 내주셨습니까?"

"그것도 삘 거 앙이다. 요전앞시(요전번에) 중국서 온 천재 기술자들 있었제? 그 양반들이 만든 복제품이다. 진짜배기와 똑같이 보이제?"

협객 여왕벌, 통일한국 대통령 꿈꾸다

부초그룹 창업자 탁종팔 회장은 한국 TV드라마의 단골 메뉴인 재벌가(家) 스토리를 볼 때마다 쓴웃음을 짓는다.

'겔국(결국) 자석(자식)들끼리 후계자 다툼 시킬라꼬 창업주는 저 고생을 했나?'

이런 의문이 들면서 부초그룹의 미래를 살핀다. 다행인지, 불행인지 탁 회장에겐 자식이라곤 무남독녀 탁하연밖에 없다. 사위를 일찌감치 후계자로 낙점해 그룹 경영을 맡겼으니 다른 그룹처럼 '왕자의 난'은 없겠기에 안심된다.

고민이 있다면 부초미술관의 처리 문제다. 여느 미술관처럼 호사스런 컬렉션 취미 또는 재테크 차원에서 세운 게 아니다. 국립 중앙박물관 못잖은 국보급 문화재를 다수 소장한 데다 이곳을 한국 문예부흥의 메카, 평화운동의 본산으로 키울 것이므로 그릇이 큰 인물에게 넘겨주어야 한다. 자산 규모를 비교해도 부초그룹보다 부초미술관이 더 크다.

장다회 관장을 뽑아 일을 시켰더니 매사가 믿음직스럽다. 총명한 데다 악착스레 일에 매달린다. 상상력이 풍부해 정답이 없는 문제를 풀어내는 능력이 출중하다. 번듯한 학력 없이도 이런 경지에 올랐다는 점이 더욱 마음에 든다.

'내 친딸보다 더 정(情)이 가네!'

탁 회장은 그렇게 여기다가 마침내 장 관장을 수양딸로 삼은 것이다. 친딸은 엄마 닮아 키가 후리후리하게 크고 연예인 같은 미인이다. 탁 회장과는 외모로는 전혀 닮지 않았다. 장 관장은 자그마하고 깡마른 체격이지만 생고무처럼 차진 분위기를 풍긴다. 미인이라고 할 수는 없지만 큼직한 눈망울이 선(善)하게 여겨지고 웃을 때 드러나는 새하얀 치아가 정결하게 보인다.

탁 회장은 노인결사대 대첩(大捷) 이후 미술관에 개인화실을 만들어 틈틈이 그림을 그린다. 10호짜리 자그마한 캔버스 5개에 1, 2, 3, 4, 5 숫자를 매겨 줄줄이 세워놓고 머리에 떠오르는 인물의 초상화를 만들어본다.

1번 캔버스엔 안소니 퀸 얼굴을 스케치했다. 노년에 화가로 활약했던 명배우 안소니 퀸! 그의 얼굴을 극장 간판에 그려 '출세'한 탁 회장 자신의 청년시절이 떠올랐다.

2번 캔버스엔 안소니 퀸과 함께 영화 〈길〉에 나왔던 젤소미나를 그렸다. 그 여배우의 실명은 기억나지 않는다.

3번 캔버스엔 몸에 착 달라붙는 타이츠를 입고 공중돌기 묘기를 부리던 서커스 여인인 어머니의 전신을 그렸다. 몸동작 이미지는 떠올랐으나 어머니의 젊은 얼굴은 기억이 가물가물해 흐릿하게 처리했다.

4번엔 수양딸 장다희를 그렸다. 커다란 '사슴 눈망울'이 젤소미나를 닮았고, 문득 어머니와 비슷하다는 느낌이 들었다.

5번엔 딸의 얼굴을 그렸는데 밑그림을 그리고 보니 영화배우 차예련과 흡사했다.

"아버지! 이 그림, 저를 그린 거예요?"

장 관장이 캔버스 4를 가리키며 묻는다.

"그래! 마이(많이) 닮았나?"

"실물보다 예쁘네요!"

"실물이 더 낫지! 하하하!"

"실례되는 질문인데 … 정규 미술교육을 받지 못하셨는데 어찌 이렇게 잘 그리시는지요?"

"그릴 대상을 애정으로 살피고 눈으로 들어온 이메지(이미지)를 그대로 캔바스에다가 옮기모 되는 기라!"

탁 회장과 장 관장은 미술관 밖으로 나와 풀밭을 산책했다. 잠자리떼가 군무(群舞)를 펼친다. 탁 회장은 공중 짝짓기를 하는 잠자리 암수 한 쌍을 보더니 싱긋 웃는다.

"미루지 말고 혼인식 올리라!"

"예?"

"도민구 선생도 내 앞에서 언약했응께네 날짜를 퍼뜩(얼른) 잡아라."

"감사합니다! 아버지!"

"아부지한테는 감사합니다, 이런 말 굳이 하지 않아도 갠(괜)찮다!"

"그래도 … ."

"내 죽으모 이 미술간(관)은 니가 맡아라! 소유껀(권)이고 경영껀

(권)이고 뭐고 모도(모두) 니한테 넘길낑께!"

"아버지!"

장다희와 도민구는 10월 9일 한글날에 부초미술관 풀밭에서 혼인식을 치르기로 했다. 몇몇 하객만 모신 가운데 아주 간소하게 진행하려 했으나 탁 회장이 뜻밖의 제안을 했다.

"이 풀밭에서 싸운 노인겔사대 할배들은 초청해야지? 그라고 그 이태리 마피아 양반들도 초대하고 싶네. 내가 비행기삯 낼낑게."

한때 적이었던 마피아를 청첩하겠다는 탁 회장의 포용력에 신랑, 신부는 경의를 표하지 않을 수 없었다.

"아버지! 멋있어요!"

"아버님! 진정한 영웅이십니다!"

"허허! 아첨인 줄 알지만 기분은 좋네! 겔혼식 때 축가는 신랑이 한 곡 부르모 좋겠네. 자네가 부르는 〈봄날은 간다〉를 듣고 울매나 감동했던지…."

"아버님 분부이니 연습하겠습니다."

"아버지! 제 신랑이 노래할 기회를 주셔서 감사합니다! 음… 그날 하객들에게 잔치국수를 대접해야지요? 제가 오늘 점심 때 잔치국수를 준비할 테니 시식해보시고 맛이 괜찮으면 그대로 만들겠습니다."

"좋지! 그럼 기리고(그리고) 있을낑게 하실(화실)로 국시(국수) 갖고 온나! 너거 묵을 것도 같이 갖고 오고!"

장 관장은 재빠른 손놀림으로 국수를 삶고 밴댕이를 끓여 국물을 냈다. 고명으로는 부추쇠고기볶음을 얹었다.

잔치국수를 들고 화실로 갔더니 이탈리아 젊은이 무기고, 소피아가 와 있었다. 탁 회장은 무기고의 토속 경상도 사투리를 듣고 박장대소 한다.

"이태리 총각이 내보다 갱상도 사투리를 더 잘하시네!"

"쪼매 합니더예."

탁 회장이 장 관장에게 국수 두 그릇을 더 말아오라고 부탁하며 무기 고 청년에게 묻는다.

"내가 키즈(퀴즈) 하나 내 볼낑게 맞차(맞추어) 보소. 국시와 국수의 차이는?"

"국시는 '봉다리'에 든 '밀가리'로 맨들고, 국수는 '봉지'에 든 '밀가루' 로 맨든 겁니더."

"코쟁이가 그런 것꺼지 다 알모 징그럽데이! 하하하!"

장 관장이 국수를 갖고 와 함께 먹는 자리에서 탁 회장의 질문이 이어 진다. 젓가락으로 부추를 집어 들며 묻는다.

"이거를 갱상도 말로 머라 하요?"

무기고는 눈을 깜박이며 잠시 생각하더니 답한다.

"정구지 아입니꺼?"

탁 회장은 장 관장에게 묻는다.

"국물 다시는 머갖고(무엇으로) 맨들었노?"

"마른 밴댕이로요."

그러자 탁 회장은 회심의 미소를 지으며 무기고에게 질문을 던진다.

"밴댕이가 갱상도 말로 머라 하요?"

"글쎄요?"

무기고는 한참 머리를 굴려도 생각나지 않자 모르겠다는 듯 고개를
흔든다.

"띠포리라 하요. 띠포리!"

"띠포리? 나폴리? 이태리 말 같네요! 하하하!"

웃고 떠들며 국수를 먹고 나서 탁 회장은 무기고, 소피아 커플에게
장다희, 도민구의 혼사 이야기를 꺼낸다. 그러더니 대뜸 이탈리아 젊
은이들에게 제안한다.

"두 분 … 혹시 겔혼할 사이인교? 만약 그렇다모 그날 함께 겔혼식
올리모 우뗳겠십니꺼?"

"결혼식을?"

무기고와 소피아는 눈을 동그랗게 뜨고 서로 쳐다본다.

"소피아 아가씨는 북한 지도자 인타뷰하는 게 소원이라멘서요? 겔혼
선물로 내가 그거 추진해볼낑게."

소피아는 일전에 마카오에 갔다가 허탕 친 쓰라린 기억이 떠올라 머
뭇거린다.

"결혼식 올리는 건 좋습네다만 … 인터뷰는 현실적으로 힘들지 않갔
습네까? 너무 무리하게 추진하지 마시라요."

그렇잖아도 요 몇 달 새 남북한 관계가 더욱 얼어붙었다. 북에서 또
미사일 몇 발을 날린 탓이다. 북한은 핵무기 개발에 박차를 가하고 남
한에 대해 거친 '말 폭탄' 세례를 퍼붓는다. 남북한 정부 차원에서 공식
적인 대화 채널이 끊어진 지 오래다. 김정은 체제가 공포정치에 힘입어
안착했다는 관측이 있는 반면, 해외 주재 외교관들이 줄줄이 망명하는
사례를 놓고 일부 전문가는 북한체제 붕괴 가능성을 자꾸 꺼낸다. 이탈

리아인 소피아가 보기에도 남북한 문제는 해결책이 막연하다.

그날 밤 탁 회장은 장 관장을 서재에 불러 만나 밀담(密談)을 나누었다. 창가엔 달빛이 교교(皎皎)하다.

"쌔기(쐐기) 문자로 요새도 북쪽하고 연락하나?"

"응답이 가끔 오긴 하는데, 북한 지도자가 직접 보내는 것인지 긴가민가합니다."

"다시 한 번 보내 바라. 니 곌혼식에 초대한다꼬!"

"여기로요?"

"그래! 은밀히 댕겨(다녀) 가라고!"

"아!"

"여기 오는 교통펜(편)은 우리가 제공한다꼬 해라."

"어떻게 오나요?"

"DMZ 육로로 오기는 에레블(어려울) 끼고, 비행기 타고 하늘로 오기도 곤란할 끼고 … 일본 유협계(遊俠界) 수뇌부에 타진해 본께네 원산 앞바다에서 잠수함에 태워 바다 밑으로 데려올 수 있다카네. 해저레이다(레이더)에도 안 걸리는 특수 재질 잠수함으로 … ."

장 관장은 귀를 의심했다. 외교안보 분야에 문외한이긴 하지만 평소에 국내외 신문을 열심히 읽어 기본 판세는 아는 편이라 자부했는데, 일본의 특수세력이 이런 물밑 활동을 펼친다는 사실을 까맣게 몰랐으니! 하기야 그 막강한 미국 정보당국에서도 아시아 협객계에 대해서는 자세히 파악하지 못한다 하지 않는가.

장 관장은 탁 회장이 부연 설명하는 '협객세계론'을 듣고 경악하지 않을 수 없었다. 문자 그대로 '별세계'였다. 멀쩡한 선진국에서조차 협객계 또는 비밀결사(結社)는 여전히 '밤의 통치자'로 군림한다는 것이다. 협객 세력은 권부(權府)의 견제를 받지만 권력자들을 돕기도 한단다. 권력자, 재력가 주변의 수행비서, 집사, 운전기사, 단골음식점 사장 등은 대체로 협객계의 밀정(密偵)이라는 것.

"누가 누구하고 잠을 잤는지, 오줌빨이 쎈지 약한지도 헌히(훤히) 파악되는 기라. 꾸룽내(구린내) 나는 돈 처묵은 것도 알 수 있제. 이런 약점을 디리밀멘서(들이밀면서) 힘쎈 놈들 모가지를 팍 잡는 기라!"

최고 권력자는 국가 정보기관에서 보고하는 공식 고급정보뿐만 아니라 협객계의 '찌라시' 정보에도 눈독을 들인단다. 정쟁(政爭)을 벌이는 상대방의 지저분한 '아랫도리 이야기'를 많이 입수한다면 협박용으로 얼마나 유용하겠는가. 국가 대 국가 정상회담에서도 가끔 이런 수법이 쓰인다 하니 요지경 세상이다.

"아버지도 협객이세요?"

"내가? 앙이다!"

"그러면 어떻게 협객세계에 대해 그리 정통하신가요?"

"내가 청년시절에 일본에 잠시 있을 때 어헹제(의형제) 맺은 재일교포가 일본 헵객계 핵심 멤바(멤버)다. 그분한테 기(귀)동냥으로 들은 기다(것이다)."

"한국 협객계 왕초는 누구세요?"

"왕초는 없고 고만고만한 인물들이 군웅할거(群雄割據)한다. 신문에 보도되는 조폭 두목들, 그놈들은 헵객계에서는 조무래기에 불과하다."

"협객계를 규합하면 큰 세력이 되겠군요."

"당연하지. 구한말, 똘똘 뭉친 일본 헵객들은 맹성항후(명성황후)를 시해하는 엄청난 일을 저질렀다, 앙이가?"

장다희는 눈앞에 일본의 극우세력 천우협(天佑俠), 흑룡회(黑龍會) 협객들의 험상궂은 얼굴들이 떠올라 소름이 끼쳤다.

탁종팔 회장은 실내가 답답하다며 바깥으로 나가서 이야기하자고 한다. 한로(寒露)가 가까워오니 밤공기가 차갑다. 고개를 들어 하늘을 보니 그날따라 북극성이 유난히 밝게 빛난다. 탁 회장은 왼손으로는 장다희의 손을 잡고 오른손으로는 북극성을 가리킨다.

"북극성 보이제? 니가 한국 헵객계 북극성이 되거라!"

"제가요?"

"앞으로 큰일을 할라 카모(하려면) 헵객계 할용(활용)이 필요하다. 여자라도 못할 거 없다."

"정신이 혼란스럽습니다. 어디서부터 시작해야 할지 …."

"겁 묵지 말고! 쿠레오파트라 왕간(왕관) 쓰고 부루투스 보검 휘두르모 지혜, 용기 얻을 거 앙이가?"

"참 묘합니다. 저같이 미천한 사람이 그런 세계사적인 문화재를 구경하다니 …."

"그기 니 팔자다! 헵객계 스승을 소개해 줄낑게 걱정 말고!"

"협객계에도 스승, 제자가 있습니까?"

"룸살롱마담 출신 민 여사 … 그분이 아마 헵객계 여왕봉인 거 같더라. 머리 꽉 숙이고 하나부터 열까지 배워라. 니 겔혼식에도 오실 끼다."

"……."

"쿠레이타(큐레이타)로 여게 머무는 줄리아 … 그 처자 징조(증조) 할

아부지가 이태리 고미술계 대부라카데? 그라고 아부지는 외교관… 내가 척 봉께네 (보니까) 그 집안이 이태리 헵객계 큰 줄기… 줄리아, 그 아가씨, 지금은 어리숙하게 보이도 (보여도) 나중에 그 바닥에서 여왕벌이 되겠더라. 줄리아를 니 사람으로 만들어 놓으모 구라파 (유럽) 헵객계에 든든한 빽이 생기는 기야!"

"소피아는요?"

"그 아가씨는 양지에서 활동할 인물이다. 니도 양지쪽 거물들을 니 사람으로 만들어야 한다. 국제적으로 권위 있는 싱쿠탱쿠 (싱크탱크) 대표자, 석학들을 스승으로 모셔라. 노벨상 수상자를 모실라 카모 비용이 들 낀데 그런 돈은 애끼지 말고 팍팍 써라!"

장 관장은 온갖 상념에 젖어 숙소로 돌아왔다. 잠이 오지 않아 노트북을 열어 베른중학교 동창생 사이트에 접속했다. 줄리아로 가장하여 북한 지도자에게 암호를 보냈다.

𒈗 𒁹𒊩 𒀭𒉌 𒊭 𒍣 𒈬 𒆠 𒀸

도민구는 결혼식에 초대할 하객 명단을 정리하다가 이탈리아에서 만난 로베르타 코레아 사장과 음악기획가 메흐타 대표가 떠올랐다. 옷깃을 스친 인연이지만 도민구에게 용기를 준 분들이어서 초대 메일을 보냈다. 뜻밖에도 두 사람 모두 참석하겠다고 응답이 왔다.

사촌 형인 도철구 의원에게 연락했으나 휴대전화 번호가 바뀌었는지 연결이 되지 않는다. 의원 회관으로 전화를 걸었더니 비서가 연락 주겠다고 해놓고는 감감 무소식이다. 그러다 며칠 후 보좌관이라는 사람이 도민구에게 전화를 걸어왔다.

"의원님께서 그때 해외출장을 가셔서 결혼식에는 불참하십니다. 아웅산 사건 아시지요? 1983년 10월 9일 미얀마 아웅산 묘소에서 북한이 자행한 테러 … 장차관, 경호원, 기자 등 17명이 순직했지요. 이번에 그곳에서 위령제가 열리는데, 의원님께서 참석하신답니다. 축의금 보낼 계좌번호 좀 알려주세요."

"축의금 안 받습니다."

줄리아는 심야에 북한 지도자가 보내온 암호를 받고 의구심이 들었다. 일전에도 장 관장이 북한지도자를 사칭해서 보낸 문자 때문에 마카오에 가서 소동을 빚지 않았나. 줄리아의 눈엔 장다희는 '천재끼'를 넘어선 신기(神氣) 또는 사기(邪氣)를 가진 인물로 보였다.

'관장은 내 마음 속을 훤히 꿰뚫어보겠지?'

그런 두려움이 들면서 장 관장의 말에 복종하지 않을 수 없었다.

𒀭 𒐏𒐏 𒈨 𒐊 𒁹 𒊏 𒋫𒌋

'결혼식 불참, 미술관 탐방 원'

이렇게 풀이된다. 줄리아의 머릿속에 고뇌의 소용돌이가 일어난다. 장 관장의 결혼식엔 못 오고, 미술관에는 오겠다는 뜻 아닌가. 누군가 결혼식에 초대했고 이에 대한 답신 같은데 …. 그렇다면 장 관장과 북한 지도자가 실제로 교신했다는 뜻인가?

줄리아는 두려움에 몸이 오싹했다. 침대에 누웠으나 도무지 잠을 이룰 수 없어 살며시 복도로 나가 장 관장의 숙소 앞에 섰다.

안에 전등이 켜져 있어 관장이 아직 잠들지 않은 듯했다. 조심스레 노크했더니 장 관장은 반색하며 문을 열어준다.

북한 지도자에게서 받은 암호를 보여주자 장 관장은 눈을 크게 뜨며 환호한다. 그녀는 이제 쐐기 암호를 줄리아보다 더 잘 풀이한다.

'결혼식 불참, 미술관 탐방 원, 원산 출발'

"누가 보낸 암호일까요?"

줄리아는 초조한 눈빛을 장 관장에게 보내며 물었다.

"북한 지도자겠지요. 이 암호로 교신하는 사람은 베른중학교 동아리 멤버뿐이라면서요?"

"유일한 예외가 바로 관장님 …."

"……."

"제가 어떻게 해야 하나요?"

"일본에서 연락이 갈 것이라고만 답신하세요."

장다희는 탁 회장의 숙소를 찾아갔으나 노인이 보이지 않았다. 혹시나 하고 화실에 갔더니 붓질에 심취해 있다. 안소니 퀸 초상화가 거의 완성된 듯하다. 암호를 전달하니 탁 회장의 얼굴에 활기가 감돈다.

"북한 지도자도 얼마나 불안하겠나. 회의석상에서 깜빡 졸았던 간부를 처형한 기(것이) 바로 그 증거 앙이었나? 자신(自信)이 있으모 적(敵)도 품고, 겁이 나모 동지도 의심하는 기 동서고금 이치졌제? 일본 헵객계 소식통 말을 들어본께네 그 양반이 만일 사태에 대비해서 극비리에 망멩(망명) 처를 구한다 카데. 여차하모 튄다?"

"그러면 저희 미술관으로 피신한다는 건가요?"

"그럴 수도 있겠제."

"그런 엄청난 사태를 아버지께서 어떻게 감당하시려구요?"

"머가(뭐가) 겁나노? 한반도 펭하(평화)를 위해서 하는 일인데! 그 양반이 여게 머물모 잘 믹이(먹여) 주고 잘 입히줄 끼야. 안보 비용을 생각해 바라. 울매나 싸게 먹히노? 그 정도 돈을 내가 부담하는 거, 헌캐(흔쾌)히 할 끼다."

"대한민국 정부나 국제사회에서 그 양반의 신병 인도를 요구하면 어떻게 하지요?"

"반(反)인류 범죄인으로 국제헹사(형사) 재판소 법정에 넘길라꼬? 나는 그거 반대한데이. 법 논리가 만능이 앙이다. 여게서 조용히 은거하도록 하는 기 여러모로 좋을 끼다. 정부에서 강제로 델꼬(데리고) 갈라하모 할배 겔사대원들이 목숨 걸고 막을 끼다."

"아버지가 그자를 보호하는 형식이지만 사실상 연금하는 것 아니에요?"

"보호? 연금? 우야든동 이 신성한 한반도 땅을 핵실험으로 더럽히는 걸 막아야제!"

커피포트에 끓인 물로 커피믹스를 타서 마시며 대화가 이어진다.

"북한 핵무기 때문에 한국땅에 사드 배치한다고 하잖아요. 정상적인 외교 루트를 통해서는 북한 핵문제가 전혀 해결되지 않는데 혹시 국제 협객계가 해결사 역할을 할 수 없을까요?"

"그런 시도가 오래 전부터 있었던 모양이야. 이런 기(것이) 성사될라

카모 양측 지도자들이 배포가 커야 하는데….”

“아버지가 일찍 협객계에 데뷔하셔서 남북한 관계에 중재자로 나서
셨다면 일이 이렇게 꼬이지 않았을 텐데요.”

“나를 그렇게 가대펭가(과대평가) 할 꺼는 없고 … 하나 안타까운 거
는 노벨펭하상(평화상) 껀이야.”

탁 회장은 북한 지도자가 핵개발 포기를 선언하고 남·북한 정상이
노벨평화상을 공동수상하는 프로젝트를 구상했단다. 일본 협객계를 통
해 북한에 은밀히 타진했는데 별 반응을 얻지 못했다고 한다. 장 관장
으로서는 ‘서울 돈키호테’ 탁 회장의 신출귀몰한 발상은 ‘감당이 불감당’
이었다.

10월 9일 한글날, 부초미술관 앞마당. 도민구 테너와 장다희 관장,
무기고와 소피아, 이 두 커플의 합동결혼식이 열린다. 할배 결사대원
들도 신사복을 말쑥하게 차려입으니 대부분이 무인(武人) 보다는 문인
(文人) 분위기를 풍긴다.

이탈리아에서 온 마피아 하객 10여 명은 할배 결사대원들을 얼싸안
으며 우정을 나눈다. 머리가 터지도록 싸운 ‘원쑤’였지만 이렇게 평화가
찾아오니 친구가 된 것이다.

얼굴 상처가 다 낫지 않았는지 반창고를 붙인 소두목은 탁 회장에게
다가와 인사를 올린다.

“장군님 덕분에 제가 큰 상을 받았습니다. 왕관과 보검을 되찾아온
공적으로 … .”

한국인 혈통의 로베르타 코레아 사장과 인도 출신 음악기획가 메흐

타 대표도 먼 산골짜기에까지 찾아왔다.

코레아 사장은 '한국 산천을 보면 마음이 편안해진다'는 말을 몇 번이나 반복했다.

메흐타 대표는 한국 여행이 처음이라고 했다.

"로마 콜로세움에서 내후년에 오페라 갈라 쇼를 열 예정인데 거기에 출연할 한국 성악가를 섭외할 일도 있고 해서 왔습니다."

민자영 여사는 화려한 한복을 입고 나타났다. 탁 회장이 그녀의 자태를 살피며 묻는다.

"맹성항후가 입었던 그 옷입니꺼?"

"진본을 입고 올 수 있겠습니까. 그건 소중히 보관하고요, 이 옷은 복제본입니다."

"억수로 멋집니더예!"

"과찬의 말씀을…."

"오늘 혼인하는 신부를 제 수양딸로 삼았십니더. 이 미술관도 그 아이한테 물려줄 낍니더."

"영단을 내리셨군요."

"여사님께 부택(부탁)이 있는데 … 우리 수양딸 아이를 제자로 받아 주실랍니꺼?"

"예? 저한테 뭘 배우려고요? 저는 아는 게 아무 것도 없는데요."

"인생을 가르쳐 주이소!"

"……."

주례는 S대학 갈용소 교수가 맡았다. 주례로 나서기엔 아직 젊었으나 왕관과 보검을 갖고 왔다는 인연으로 이 자리에 섰다. 주례사는 간

결명료했다.

"언제나 서로 사랑하고 아껴주는 부부로 살아가기를 기원합니다. 건강한 심신으로 백년해로(百年偕老) 하십시오!"

축가 순서.

먼저 마피아 청년 2명이 나와 〈오! 솔레미오〉를 불렀다. 성악을 전공하지는 않았지만 나폴리 출신인 이들은 고향 민요인 이 노래를 요람에서부터 들었기에 아주 자연스럽게 불렀다. 거의 직업 성악가 수준이었다.

"Che bella cosa e' na jurnata 'e sole, / n'aria serena doppo na tempesta! / Pe' ll'aria fresca pare già na festa/ Che bella cosa e' na jurnata 'e sole … ."

성악가 출신의 신랑 도민구는 이 청년들이 흙수저로 태어나지 않았더라면 지금쯤 오페라 무대에서 활약할 것이라는 상념에 젖어 눈을 감고 경청했다.

"다음은 세계적인 테너로 유럽무대에서 활약했던 신랑이 직접 축가를 부르는 순서입니다!"

사회자의 진행 발언을 듣고 도민구는 눈을 번쩍 떴다. 사회자는 이어 레퍼토리를 소개했다.

"곡목은 〈우리는 하나〉인데 가스펠 가수 윤복희 님이 불러 많은 감동을 준 노래입니다."

"외로움도 견뎌 나가겠소/ 바보란 소릴 들어도 좋소/ 나를 비웃는 그 비웃음들을/ 그 사랑으로 받아주겠소 … / (중략) / 우리는 하나요! / 당신과 나도 하나! / 우리는 하나가 돼야 하오!"

도민구의 청아(淸雅)한 테너 목소리가 울려 퍼지자 하객들은 한결같

306

이 깜짝 놀라는 눈치였다.

'우리는 하나요, 당신과 나도 하나 …'라는 가사 대목에서는 옆 사람과 손을 잡고 노래를 따라 부르는 하객도 있었다.

"와! 브라보!"

축가는 성공적이었다.

결혼식 도중에 신부 소피아는 내내 '혹시 북한 지도자가 와서 멀리서 지켜보는 것 아닌가?'하는 상상에 빠졌다.

탁 회장도 궁금해서 견딜 수 없었다. 일본 협객계에 거액을 보내 잠수함을 섭외한 프로젝트가 어떻게 추진되는지 …. 프로젝트가 순조롭게 진행되었다면 지금쯤 북한 지도자가 이 언저리에 나타나 신랑 노래를 듣고 있을 텐데 ….

멀리 앉은 하객들을 살피던 탁 회장은 느티나무 밑에서 오도카니 서 있는 재일교포 오범선 옹을 발견하고 벌떡 일어섰다. 마침 축가가 끝났기에 느티나무 쪽으로 서둘러 걸어갔다.

"헹님! 우짠 일입니꺼?"

"아우님, 미안하네. 이번 푸로젝또(프로젝트), 실패했네!"

"아이고 … ."

"내가 죽기 전에 북한 지도자를 만나고 원산 구경도 할 요량으로 잠수함을 타고 일본을 출발했지. 원래 계획대로라면 원산에 가서 그 양반데리고 여기로 왔지. 그런데 잠수함이 동해상에서 북상할 때 그 양반이갑자기 못 갈 사정이 생겼다고 연락한 거야. 북한 권력층 내부에서 뭔가 심상찮은 정변 움직임이 있는 모양이야. 할 수 없이 잠수함을 동해안에 대고 나 혼자 여기로 온 것이야. 물론 잠수함 요원들은 나를 내려

주고 일본으로 떠났고 ….”

탁 회장은 오 옹의 발언을 액면대로 믿어야 할지 의문스러웠다. 거액을 사기 당한 느낌이 들었으나 협객계에서는 확인 불가능한 사안들이 워낙 많아 뭐라고 따지기도 곤란했다. 탁 회장은 억지웃음을 지으며 오 옹의 손을 잡았다.

“헹님, 잠수함 타고 북한까지 댕기(다녀) 오신다꼬 고생 많았심더!”

“…….”

오 옹의 손에서 한기(寒氣)가 느껴졌다.

도민구의 축가를 들은 메흐타 대표의 눈빛이 반짝였다. 메흐타는 로베르토 코레아 사장의 의중을 타진했다.

“콜로세움 갈라 쇼, 주인공을 멀리서 찾을 게 아니라 도민구 테너를 모시면 되겠지요?”

“찬성입니다!”

“플로레스나 알라냐보다 더 잘 부르는데!”

“제 귀에도 그렇게 들리네요!”

탁 회장은 신부 장다희와 민자영 여사를 불러 서로 인사시켰다.

“결혼 축하드려요!”

“감사합니다. 아버지께서 여사님을 스승으로 모시라 했습니다. 제자로 받아주시면 큰 영광이겠습니다.”

“제가 감사드릴 일이지요.”

“여사님, 눈부시게 아름다우세요! 그 궁중한복도 아주 잘 어울리네요!"

"결혼 선물로 뭘 가져올까 고민하다 이 예복을 만들어 왔어요. 그 드레스 벗고 이 한복을 입어 보시겠어요?"

장 관장은 한복을 받아들고 숙소로 돌아가 옷을 갈아입고 풀밭으로 나왔다.

장 관장과 민 여사가 같은 옷을 입고 나란히 서자 두 사람이 빛의 중심이나 되듯 훤해졌다.

"와!"

이들을 바라보는 하객들의 입에서 이런 탄성이 쏟아져 나왔다.

르네상스 회원들 사이에서 누군가가 수군거렸다.

"선덕여왕, 진덕여왕이 나란히 선 것 같네!"

"복식(服飾)이 신라시대 것이 아니야. 조선 후기 것인데… 명성황후 당의(唐衣)?"

이탈리아 신랑, 신부인 무기고, 소피아는 결혼예복을 입은 채 '무소의 뿔' 프로그램을 만드느라 열을 올린다.

"한국에 온 이탈리아 처녀, 총각이 겔혼을 했습니더예!"

"그 주인공이 누군인지 아십네까?"

"바로 무기고, 저와!"

"소피아!"

"저희들이 부부가 됐습니다!"

윤 감독은 카메라 파인더에 눈을 대고 연신 '좋아요!'를 외친다.

'짝퉁 마라도나'인 마동출 회장은 '마라도나 가발'을 가방에서 슬그머니 꺼내 머리에 썼다. 마피아 청년 하나가 마동출을 보더니 벌떡 일어서서 소리를 지른다.

"마라도나!"

마피아 협객들은 마동출을 헹가래 치며 일제히 외친다.

"마라도나 신이 강림하셨도다!"

탁종팔은 명성황후 옷을 입은 장다희를 클레오파트라 왕관과 브루투스 보검을 보관한 수장고로 잠시 데려갔다.

"이걸 이 구중심처에 놓아둘 끼 앙이라 니 방에 갖다 놓아라."

"이런 귀중품을 어떻게 제 방에⋯."

"벡(벽)을 파서 숨기는 공간을 맹글어 보간(보관)하모 될 꺼 앙이가?"

"왜 그렇게 해야 하는지요?"

"니는 앞으로 역사에 길이 남을 대사(大事)를 맡을 인물이데이! 왕관하고 보검을 가까이 두고 기(氣)를 받게 할라꼬⋯. 지혜의 왕관, 용기의 칼, 그것도 쿠레오파트라, 부루투스 것잉께 대단한 기가 나오겠제?"

"제가 궁극적으로 지향해야 할 대사는 무엇입니까?"

탁 회장은 즉답 대신 눈을 감고 잠시 심호흡을 하더니 장다희의 머리에 왕관을 씌워 주고 손에 보검을 쥐여 준다. 그 모습을 보고 빙그레 웃으며 대답한다.

"남북한 펭하(평화), 통일⋯ 이 일에 온몸을 던지 바라(던져 봐라). 그리고 통일을 이룬 후에 '통일한국 대통령'이 돼서 이 땅을 번영시키라!"

310

"아버지!"

장다희는 탁종팔을 껴안으며 흐느낀다.

탁 회장이 장다희의 손을 잡고 미술관 밖으로 나오자 먼발치 느티나무 부근에 사람들이 모여 웅성거리는 모습이 보였다. 재일교포 오범선 옹이 서 있던 자리인데 ⋯ .

탁 회장이 부리나케 달려갔더니 노인이 쓰러져 있었다.

"의무반! 의무반!"

탁 회장이 소리치자 주례를 섰던 갈 교수가 달려왔다. 임상환자를 본 지 아득한 세월이 지났지만 그래도 명색이 의사, 의과대학 교수여서 응급환자를 돌볼 수밖에 없다. 가방에는 혹시나 하고 늘 청진기를 넣어 다닌다.

갈 교수는 오 옹의 눈꺼풀을 뒤집어 보고 청진기로 가슴을 살핀다. 탁 회장은 궁금증을 참지 못하고 다급하게 묻는다.

"구순이 넘은 노인입니더. 징세(증세)가 우떻습니꺼?"

"노령인데도 아주 건강한 분입니다. 그런데, 어제오늘 유달리 무리를 하신 것 같습니다."

"일본서 오셨거든예."

"단순히 장거리여행 때문이라기보다는 ⋯ 좀 특이한 증상이 보이는데요."

"특이하다꼬예?"

"손발이 시퍼런 잠수병 증세 ⋯ ."

하객들은 야외 식탁에 놓인 잔치국수 따위의 음식을 먹고 막걸리, 와인을 마시며 떠들고 논다. 뽕짝 노래와 이탈리아 칸초네가 동시에 너른 풀밭 위에 울려 퍼진다. 취한 할배들과 서양청년들이 나란히 서서 싸이의 〈강남 스타일〉 노래를 부르며 말춤을 함께 춘다.

　노래 소리가 그칠 무렵 대지(大地)엔 무서리가 내리기 시작한다.

(끝)